燕歌行

卷13

上兵伐謀

酒徒 著

目錄

CONTENTS

第一章

在劫難逃

聲東擊西？孫東霖的眼睛瞬間瞪得老大，
城頭的守軍早已是強弩之末，哪怕是直接強攻，
答矢八都魯和倪文俊兩個這回都十拿九穩，
再偷偷派一路奇兵從城北攀援雲梯而上，
徐壽輝今夜恐怕是要在劫難逃！

「你怎麼知道淮安軍就要到了？賊人就不怕被淮安軍給堵在城裡頭？」

「如果不是淮安軍馬上就到了，答矢八都魯老賊又何必讓他的手下上來拼命？能把倪文俊的兵馬耗光，不是將來更好收拾那廝麼？」

陳友諒又咧了下嘴，慘白的臉上露出幾分無法掩飾的愁苦。「至於朱重九那邊，呵呵，如果蘄州被韃子攻破了，淮安軍又何必再登岸？」

「他，你是說，他一開始就不願意來？聖上畢竟……」鄒普勝瞪圓了眼睛。

陳友諒看了看他，轉身走向其他弟兄。

有些話，他沒辦法明說，如果把他跟朱重九換了位置而處，最好的選擇就是袖手旁觀，任由天完國自生自滅。因為中間隔著朱重八和彭瑩玉，即便保住了蘄州，淮安軍也無法長期控制這裡；而徐壽輝偏偏又自大到了愚蠢的地步，居然死到臨頭了還給朱重九下什麼狗屁聖旨！

城頭上，剛剛經歷了一輪生死搏殺的勇士們，正在抓緊時間封堵缺口，整理兵器和鎧甲。他們的總數大約還剩下一千出頭，其中包括兩百左右最具戰鬥力的鐵甲衛。

凡是能堅持到現在不肯離開的，忠誠和勇氣都毋庸置疑，但是，這已經是陳友諒手裡的全部兵馬了，下一次戰鬥中，哪怕他將號角吹破，都不可能從城內召集到更多的志同道合者了。

看到陳友諒走過來，大夥都紛紛停下手中的活計，起身致意。陳友諒則笑著從大夥身邊走過，或者替這個整理一下鎧甲，或者替那個抹去臉上的血汙，笑容裡充滿了自信。

「好兄弟！陳某記不住每個人的名字，但爾等都是陳某的兄弟，過了今天晚上，咱們就又是一家人，今後有福同享，有難同當！」

「願為金吾將軍效死！」張必先在人群中帶頭，大聲回應。

「願為金吾將軍效死！」眾勇士紛紛附和，煙薰火燎的面孔上寫滿了激動。

他們當中的絕大多數，都不是陳友諒的嫡系下屬，甚至還有很大一部分人以前根本不熟悉陳友諒的名字，但在今晚的戰鬥中，陳友諒卻**用他的瘋狂和勇悍徹底征服了大夥，讓大夥願意跟著他一起去戰鬥，一起去面對任何敵人。**

「聽好了，咱們誰都不死！咱們一起活著，一起大口喝酒，大塊吃肉！」陳友諒的眼圈立刻發紅，哽咽著回應。

「一起活著，一起大口喝酒，大塊吃肉！」又是張必先帶頭，眾人齊聲呼和。充滿豪氣的吶喊聲順著城牆飄下去，在夜風中飄遍整個曠野。

曠野中，蒙元士兵正在抓緊時間做戰飯。大堆大堆的篝火，連成汪洋一片。

遠遠望過去，比蘄州城的規模還要雄壯。

每當有風向變換，空氣中就傳來野蠻的哄鬧聲和低沉的哀哭聲，笑聲來自答矢八都魯麾下的羌兵，這些出生於雪域高原的傢伙，比蒙古人還要野蠻十倍，活著的意義好像就是殺人放火，死亡對他們來說，像吃飯喝水一樣稀鬆平常。

蘄州是天完國的都城，所以蘄州附近方圓兩百里內對蒙元官兵來說，都屬於敵國，敵國的一切，都屬於可掠奪之物；敵國的百姓，則是可以隨便屠戮的羔羊。

遺傳自祖先的野性，讓蒙元官兵破壞掉了沿途看到的一切建築，從城池到村寨，從竹樓到水井。遺傳自祖先的嗜血欲望，也讓他們殺光了幾乎所有遇到的人，從八十老嫗到垂髫幼兒；從起義者的親朋好友，到自願束手就縛，甚至頭前帶路的順民。

破壞和殺戮帶來的陶醉感，讓官兵們忘記了死亡的恐懼，在篝火旁且歌且飲，而目睹了同鄉甚至親朋被殺，卻只能袖手旁觀的倪部叛軍，此刻士氣卻低落到了極點。

平素最沒有地位的是他們，在傍晚的戰鬥中，傷亡最大的也是他們。但是，他們想回頭卻已經來不及，他們只能在蒙元官軍和自家將領注意不到的時候偷偷地哭上幾聲，以發洩心中的哀怨。

「別哭了，死的又不是你親娘老子，號什麼喪！」倪文俊感覺到氣氛的壓抑，拎著刀，帶領著自己的一堆鐵桿嫡系來回巡視。「跟著那個老村夫，大夥能落到什麼好？他連老子的女人都敢搶，你們的婆娘哪天被他看上了，還不得乖乖送進宮去由著他禍害！」

「都別哭了，打仗哪有不死人的，早死早超生！」倪文俊的長史，黃州秀才孫東霖也大聲幫腔，「好歹大夥都走回了正道上，不再是一群賊寇，即便做了鬼，閻王爺那裡也會……」

他不說還好，一說，周圍的哭聲立刻就又增大了幾分，對於他和倪文俊這種曾經做了蒙元高官的人，投降的確算是找回了「正道」，但**對於普通兵卒，蒙元和天完又有什麼分別？後者好歹皇上還是個同族，前者卻只把大夥當作下賤的野狗。**

「閉嘴！」倪文俊也覺得孫長史是在幫自己的倒忙，瞪了後者一眼，呵斥道：「沒事幹，就給我整理一下雲梯和攻城鑿，等會兒老子還要派上大用場！」

「是，大人放心，卑職這就去辦！」

孫東霖趕緊倉惶而去，待走出人群，卻朝地上啐了一口，低聲詛咒道：「德行，還不是一樣的鄉巴佬！這時候還趕著去抱蒙古人的大腿，真是吃屎都趕不上熱乎的！哪天風水倒轉了，看你連哭都來不及！」

罵完，心裡終於順過一口氣來，才去完成倪文俊剛才交代給他的任務。

平心而論，他壓根兒就不看好蒙元朝廷的前途，他更不看好天完皇帝徐壽輝，然而作為一個手無縛雞之力的書生，他無法自己做選擇，所以大多數時間裡，他只能帶著一腔憤懣，隨波逐流。

他是有功名在身的人，應對這些簡單的俗務毫無壓力，只用了不到一刻鐘，就清點完了輜重營內的所有攻城器械，靜待著某個鄉巴佬前來驗收。

「嗚——！」一聲號角被夜風送了過來，蒼涼而婉轉。

「嗚嗚，嗚嗚，嗚嗚！」無數聲號角低低的回應，宛若百鬼夜哭。

緊跟著，蒙元官兵先動了起來，隨即是倪文俊身邊的嫡系，倪部精銳，倪部普通士兵，倪部裹脅而來的輔兵和百姓。

當一隊頭上包著紅布，滿臉酒氣的壯漢快步走到雲梯和攻城車前，推起來就大步朝蘄州方向移動的時候，孫東霖知道，新的一輪攻擊馬上又要開始了。

而遠處的蘄州城，看起來卻已經搖搖欲墜，敵樓塌了，左右兩個馬臉都被炸掉了半邊，城牆上的箭垛也十去其五，剩下的絕大多數亦為臨時修補過的，根本耐不住四斤實彈的一次轟擊……

「可惜了！」孫東霖深一腳淺一腳走在自家隊伍中，臉上沒有絲毫對勝利的渴望。

走著走著，孫東霖就發現情況有些不太對勁，蒙元官軍高舉著火把，直撲蘄州城的西牆。進攻方的大小火炮，也是一股腦地朝西牆上招呼，但自己所在的輜重營，卻正在悄悄地向北轉，每個過來抬雲梯的傢伙，眼睛裡都閃著決絕。

「咱們這是要去哪？」伸手抓住一名千夫長，孫東霖低聲詢問。

「直娘賊，走就是了，問那麼多幹什麼？」千夫長張翰一擺肩膀，將孫東霖的胳膊甩到半空。「哪涼快哪待著去，別給老子添亂！」

「我只是隨便問問！」孫東霖的臉立刻漲成了紫茄子，訕訕地收回手臂。

與淮安軍那邊行軍長史手握大權的情況不同，他這個行軍長史，是倪文俊用來裝點門面的擺設，所以在整個倪家軍中，從上到下，鮮有人肯給予半點尊敬。

「還軍師呢，連聲東擊西都不懂！」另一名千夫長從旁邊匆匆走過，瞥了孫東霖一眼，不屑地數落。

聲東擊西？孫東霖的眼睛瞬間瞪得老大，城頭的守軍早已是強弩之末，哪怕是直接強攻，答矢八都魯和倪文俊兩個這回都十拿九穩，再偷偷派一路奇兵從城北攀援雲梯而上，徐壽輝今夜恐怕是要在劫難逃！

正驚愕間，身旁不遠處又傳來倪文俊的聲音，「軍師，你跟著我，咱們一起去北邊。」

「噢，卑職明白！」孫東霖魂不守舍地回應。

「這個給你，咬住！別發出聲音！」倪文俊策馬走過來，彎腰將一根濕漉漉的木棍塞進了他的嘴裡。

有股又酸又臭的味道立刻直衝孫東霖的腦門，然而他卻不敢將木棍給吐出來，銜枚而行，原本就是偷襲的規矩。倪文俊將自己的「銜枚」直接塞給他，代表的是一種親近，如果給他敢當眾掃了倪丞相的面子，用不了多久就得死無葬身之地。

強忍著五臟六腑的翻滾，他跟在倪文俊馬尾巴後繼續向北潛行，先是遠遠地兜了個大圈子，然後才趁著西南方打得正熱鬧之時，悄悄地靠近蘄州城的北門。

「弓來！」倪文俊隔著老遠就下了馬，從侍衛手中接過一把兩石半的步弓，拎在手裡，迅速靠近城牆。

兩百多名精挑細選出來的弓箭手緊隨其後，一個個敏捷如叢林中的狐狸，短短幾個呼吸間，就來到北門附近，借著半空中的火光悄悄地拉開了角弓。

「噹——噹噹——」正在北門敵樓中焦急傾聽城西動靜的守軍，這才發現城外來了敵人，趕緊拼命扯動報警的大鐘。

才敲了兩三下，一支三尺餘長的狼牙箭凌空而致。「喀嚓！」一聲，將拴著大鐘的粗麻繩射作了兩段。

「嗖嗖嗖，嗖嗖嗖——！」又是一陣急促的箭雨，大鐘附近的天完將士個個被射得如刺蝟一般，當場氣絕。

「弓箭手掩護，敢死隊登城！」倪文俊再度拉圓角弓，將一名試圖跑向城西報信的守軍從背後射翻到城下，同時衝著身後吩咐。

早有默契的千夫長張翰用力點了下頭，帶領麾下兵卒推著雲梯車快速前進，三步兩步就將雲梯靠在城牆上，隨即用力拉動了雲梯上機關。

「砰！」安裝於雲梯頂部的鐵鉤猛然下落，死死地勾住城牆。千夫長張翰吐出銜枚，用嘴巴叼住佩刀，一手持盾，一手抓住梯身，如猿猴般朝雲梯頂端爬去。

北城牆上的守軍總計才只有兩百餘人，並且全都不是精銳，在突如其來的打擊面前，頓時亂作一團，有人叫嚷著跑上前試圖推翻雲梯，有人扯開嗓子大聲向西方示警，還有人則丟下兵器，轉身逃走。

倪文俊精挑細選出來的弓箭手準確地找上了他們，兩輪覆蓋之後，城牆上就再也看不到一個站著的守軍，只剩下敵樓的屋簷下方和敵樓之內還有少數倖存者在做最後的掙扎。

但是他們的掙扎註定是徒勞的，西城牆那邊打得正激烈，炮聲、火銃聲和手雷爆炸聲，將北門附近的警訊徹底吞沒，短時間內，誰也不可能注意到他們。

「砰！」一支大銃在倪文俊身後不遠處發射，將數十枚散彈砸入敵樓，掛在敵樓口的兩串燈球瞬間被打得支離破碎，整個敵樓徹底陷入了黑暗。

「該死，誰開的火，哪個叫你開的火！」倪文俊大怒，調轉弓箭，對準銃聲響起的位置，卻看見自己的狗頭軍事孫東霖兩眼發直，身體哆哆嗦嗦，慘白的臉上沒有半分血色。

「等打完了這仗，老子再收拾你！」一見後者那副㞞種模樣，倪文俊的殺心就降低了一大半，再度調轉角弓，將三尺長箭射入黑漆漆的敵樓，隨即抽出鋼刀，大聲斷喝：「全軍壓上，半刻鐘內必須給我打開北門！」

「是！」更多的雲梯快速靠近城牆，接二連三落下鐵鉤，一隊隊死士沿著雲梯攀援而上，速度快得像撲食的狸貓。

已經不用再掩飾行藏了，西城牆上的守軍即便聽不見北城的示警，至少會留意到燈籠已經全部熄滅，而他們現在分兵過來救援，恐怕也未必來得及，畢竟陳友諒手中的兵力單薄，不可能還拿得出來另外一支後備軍。

事實也正如他們所料，北城敵樓中的燈籠一滅，陳友諒在西城牆上立刻察覺到了危機。

「這交給你！」將令旗向張定邊手中一丟，扯開嗓子高喊：「來幾個人，跟我一道去北城！把幾隻渾水摸魚的小賊趕下去！」

「三哥，來不及了！」張定邊的反應速度絲毫不比陳友諒慢，然而，他卻做出了截然相反的判斷，「那邊只有兩百守軍，萬一賊人剛才是聲東擊西……」

「能拖一刻算一刻！」陳友諒狠狠瞪了他一眼，打斷道：「張定邊、張必先帶領鐵甲衛留在這兒，其他人跟我來！」

「是！」數十名渾身是血的勇士拎著兵器，快速向陳友諒靠攏，後者則調轉身軀，一馬當先衝向了北側城牆，邊跑邊大聲喊道：

「不要怕，如果是聲西擊北，西城這邊就暫時安全，大夥給我頂住了，頂完了這一輪，淮安軍馬上就到！」

前半句話也許很有道理，但是後半句話則完全是望梅止渴，然而蘄州城西牆上的勇士們，卻瞬間被激起了鬥志，一個個點燃手雷，接二連三地丟向城外。

兩名操炮手將大銃專用的散彈，拿鏟火藥的木頭鏟子填進炮口，第三名操炮手，抄起木錐朝炮膛內狠狠搗了數下，然後抽出木錐，將四斤小炮推向箭垛，對準城外靠近西北側的敵軍。

「轟！」一炮口噴出一道紅光，斜斜地掃向城外的一排弓箭手。紅光在接近目標的剎那驟然擴大，把整排的弓箭手全都包裹了進去。

短短四十幾步的距離，弓箭手根本來不及反應，像被冰雹砸過的麥秸一般趴在了地上，一個個死得慘不忍睹。

「砰！」「砰！」「砰！」幾名大銃手相繼開火，將可能威脅到陳友諒的弓箭手打得抱頭鼠竄。

借著弟兄們拼死換回來的機會，陳友諒兩腿繼續加速，整個人如受了驚嚇的野鹿般，衝過馬臉，閃過箭垛，轉過西城牆和北城牆的夾角，轉眼間就靠近了目的地。

北城牆上，早已站滿了倪部叛賊，剩下二十幾名守軍將士無路可退，只能用身體護住敵樓下方的城閘轆轤，阻擋張翰等人靠近。然而他們的防線是那樣的單薄，短短幾個眨眼，就已經被叛賊衝得四分五裂。

「砍繩子，把繩子砍斷！」陳友諒看得兩眼冒火，扯開嗓子提醒著。城門後的鐵閘重逾萬斤，只要將轆轤上的起吊繩索砍斷，短時間內，倪部叛賊就休想將其再抬起。

他的叫喊立刻吸引了反賊的注意力，有名百夫長嘴裡發出一聲怒喝，帶領著十名手下轉頭殺了過來。

「找死！」陳友諒大叫，鋼刀斜掄，劈出一道閃電。那名試圖建立奇功的百夫長連人帶兵器被他砸出了城外，「咚」地一聲，變成了一堆肉泥。

兩名叛賊緊跟著衝到，一左一右試圖對他展開夾擊，陳友諒將鋼刀端平，擰腰橫掃，雪亮的刀鋒搶在對方砍中自己之前，畫出了一道詭異的圓弧。兩名叛賊個個開腸破肚，慘叫著栽倒。

「給我去死！」陳友諒揮舞鋼刀大叫著，將第四名對手砍去半邊頭顱，然後從此人的屍體旁快速突進，刀尖前刺，捅入第五名對手的心窩。

狹窄的城牆給他提供了極大的保護，令每次上前跟他廝殺的叛匪都無法超過三人，他則越戰越勇，手下沒有一合之將。

「噹！」一支冷箭從城下飛來，正中他的左胸。陳友諒被推得後退了數步，隨即手起刀落，將嵌在鐵甲上的箭杆砍為兩段。

產自淮揚的精鋼板甲堅韌無比，遠距離而來的冷箭根本不可能將其洞穿，而作為高級將領的特供福利，陳友諒的板甲下還襯著一件同樣產自淮安的金絲軟甲，哪怕板甲有了破損，柔軟的細鋼絲也能提供第二層防護，將流矢徹底隔離在外。

「噹！」又一支羽箭飛來，射得陳友諒大腿火星亂冒。

「姓倪的，有種上來單挑！」他將自己的身體藏在箭垛後，同時扯開嗓子發出挑戰，「暗箭傷人算什麼好漢，有種過來單挑，陳爺讓你一隻胳膊！」

倪文俊已經勝券在握，哪裡會答應這種愚蠢要求？撇撇嘴繼續放箭。但是陳友諒卻不再給他瞄準機會，快速衝上最靠近自己的那座馬臉，貼著內牆，與周圍的叛軍戰做一團。

敵樓下的十幾名守軍殘兵，看到自家將軍捨命前來相救，立刻士氣大振，分出一半弟兄死死擋住張翰，另外幾人舉起鋼刀，朝著轆轤上的繩索亂砍亂剁。

「射死他們，一個不留！」倪文俊見狀，氣得眼眶欲裂，顧不上再放冷箭偷襲陳友諒，指揮著麾下弓箭手調整角度，向敵樓下方來了一次全方位覆蓋。

密密麻麻的羽箭飛上半空，然後又迅速掉頭而下，正在舉刀砍繩索的幾名勇士瞬間被射成了刺蝟，圓睜著雙眼相繼栽倒。

轆轤周圍的倪部叛賊也被這一輪箭雨放翻了十幾個，剩下的愣了愣神，本能地後退。

就在這電光石火之間，靠近外牆處的屍體堆中，猛然又跳起了一名天完勇士。三兩步衝到轆轤旁，將冒著火星的手雷朝下面一塞，然後整個人蓋在手雷上面。

「拉開他！把手雷拿出來，捻子還很長！」千夫長張翰歇斯底里地大叫，用鋼刀逼著手下弟兄去保護轆轤。然而，周圍的賊人哪有視死如歸的勇氣？一個個哆嗦地挪動雙腿，未能靠近半步。

「轟！」紅光閃動，起吊鐵閘的轆轤與勇士的身體同時炸飛起來，四分五裂。

「殺陳友諒！」張翰兩眼發紅，像輸光了的賭徒般掉轉頭，帶領城牆上的叛賊撲向陳友諒。

轆轤被炸壞了，北門無法再輕易打開，但殺了陳友諒，效果也是一樣，此人是全體蘄州守軍的主心骨，殺了他，破城易如反掌。

陳友諒雖然勇力過人，但畢竟不是西楚霸王，面對一波又一波衝來的敵軍，很快就被逼得節節後退，他身後卻還有數十名剛剛被甩開的叛匪嚎叫著撲上前，恨不得把他立刻就剁成肉醬。

「我是陳友諒，金吾將軍陳友諒！」鎧甲上接連挨了三、四刀，陳友諒終於察覺到事情不妙，猛的吐出一口鮮血，扯開嗓子大喊道：「老子是天完國的執金吾！敢殺老子，看老子先死還是你們先死！」

「砰！」一聲火銃近距離射擊，打斷了他的瘋狂。正堵在身後撈便宜的叛匪，被散彈打得東倒西歪，厲聲慘嚎。

陳友諒身上也挨了十幾彈，多虧了鐵甲和金絲軟甲的雙重防護才沒有被打成篩子，但劇烈的痛楚令他忍不住破口大罵：

「直娘賊，你沒長眼睛啊？要不是老子……」

「事急從權！」太師鄒普勝放下正在冒煙的大銃，趴在城牆內側的箭垛上，喘得如同一個風箱。

「你怎麼不再打準點！」陳友諒吐出一口血，跳過屍體，攙扶著鄒普勝快速後退。

這一槍雖然讓他身上多處受傷，卻也暫時將通道「清理」了出來，讓他有機會擺脫追兵，去與張洪生、歐普祥、于光、吳宏、王溥等人會合。

在他身後，張翰帶領百餘名死士緊追不捨，刀鋒上的血淅瀝瀝灑得到處都是。陳友諒只跑出十幾步，知道大事不妙，狠狠將鄒普勝向前推了一把，然後轉頭劈剁。

「噹！」張翰舉刀招架，被震得連退數步。陳友諒大叫著追上去，兜頭又是一刀，將張翰左側的嘍囉砍掉半個腦袋，隨即又是一記肘錘，將另外一名嘍囉直接砸出了城外。

突然，腳下的屍體動了一下，雙手抓住他的大腿，陳友諒趕緊豎起刀尖向下猛刺。

身負重傷的倪部嘍囉自知必死，居然不肯鬆手躲閃，咬著牙用胸口硬抗。陳友諒咆哮著繼續揮刀下剁，一刀，兩刀，三刀，終於將這個亡命徒的雙臂切斷，再抬頭，一抹雪亮的寒光已經近在咫尺。

「老子夠本了！」陳友諒閉上眼，大叫著將刀尖向前捅去，準備跟對手來個玉石俱焚。

刀鋒如願刺進了對手的小腹，想像中的疼痛卻遲遲未到，他驚愕地睜開眼睛，正看見貼身侍衛長王溥將鋼刀從敵軍的胸口拔出來。

于光、吳宏雙雙越過他，迎住一名叛軍，呼喝酣戰，張洪生則從他的頭頂跳過去，撲向叛軍千夫長張翰。二人顯然是舊相識，四目相對，火花迸射，手中的兵器招招砍向彼此要害，恨不得下一刻就讓對方身首異處。

「奶奶的，你們終於來了！」陳友諒用刀身支撐著，大口大口地喘氣。

按照淮揚人的手鐘計算，**剛才的惡鬥其實只有短短三、四分鐘，但是他卻感覺彷彿走過了幾百年，渾身上下每一個關節都充滿了酸澀。**

然而，老天爺沒有給他任何休息時間，很快，一股滾燙的熱血濺在了他臉上，猛抬頭，看見張洪生被張翰卸掉了半邊身子，剩下半邊身子靠著城垛，鮮血如瀑布般往下淌。

「老張！」于光紅著眼撲過去，試圖給張洪生報仇雪恨。張翰卻不肯跟他拼命，果斷退入其他叛賊的身後。

「不要臉，無恥下流的王八蛋！有種別跑！」于光氣得破口大罵，高舉鋼刀緊追不捨。一名叛軍死士猛的躺倒，身體快速滾動，刀刃直奔他的小腿。

「噹！」電光石火之際，于光豎起兵器擋了一下，緊跟著抬起戰靴踹斷此人的肋骨。另一名死士從側面撲來，被他用盾牌擋住，隨即一刀捅了個透心涼。第三名死士從正面撲上，被他擰身掃斷了大腿。

「嗖！」一支從城牆外射過來的鵰翎箭貼著他的哽嗓飛過，帶起一串殷紅的血珠。

于光疼得咧了一下嘴巴，舉刀猛撲……忽然間，覺得眼前一黑，全身的力氣快速從脖頸處溜走，鼻子、嘴巴和耳朵裡同時淌出了黑色的血漿。

「他毒發了！」張翰欣喜地大叫，帶領嘍囉再度上前，試圖將于光亂刃分屍。「噹！噹！噹！噹！」嘍囉們的鋼刀砍在于光身上，將淮揚板甲砍得火花四射。

接連吃了幾刀的于光卻絲毫不感到疼，側身用護肩接了張翰一刀，然後抱起對方，重重地撞向兩個城垛之間的缺口。

「轟！」狹窄的缺口被撞出了一團紅褐色的煙塵，高大魁梧的于光和滿臉恐慌的張翰同時飛出城外，雙雙摔成了肉泥。

吳宏咬牙切齒地撲向周圍的敵軍，失去主心骨的叛軍被殺得節節敗退，吳宏的身上的板甲也很快被砍得百孔千瘡，他卻不肯停下來清理傷口，雙手揮刀，將敵軍趕過馬臉，趕上城樓。兩名敵軍成為他的刀下鬼。

正當他準備撲向下一名對手，背後猛的伸過來一桿長矛，從板甲破碎處刺了進去，深入半尺。

「啊——！」吳宏大叫著回頭，將雙手持矛的偷襲者帶得步履踉蹌。

他大叫著揮刀，砍斷已經彎成了弓形的矛桿，隨即又是一刀，將偷襲者削去首級。十幾把鋼刀從四面撲來，將他淹沒在寒光當中。

「保持隊形，兩兩相護！」

陳友諒如瘋虎一樣衝入敵樓，撲向圍著于光屍體亂刀齊下的敵軍，一名叛匪被他在後腰上開了條口子，脊骨碎裂，像條蚯蚓般在血泊中翻滾。

另幾名叛匪放棄對于光屍體的凌遲，齊齊朝他舉刀，陳友諒毫不猶豫地向前踏了一大步，將正對著自己的那名叛匪劈得凌空倒飛。

第二名叛匪的刀刃後半部，同時狠狠切上了他的大腿，被護腿的甲胄卸掉了大部分力道，只帶起一串淡淡的血霧。

「去你娘的！」陳友諒扭頭一刀，砍斷此人的脖頸，又側身一刀，將第三名圍攻自己的人劈出圈外。

第四、第五把刀先後砍中了他，砍破板甲和金絲甲，疼得他頭暈目眩，半跪於地，叛匪大喜，紛紛舉刀衝來，準備將他剁成肉泥。

「砰！」又是一聲火銃轟鳴，一片鐵砂貼著陳友諒的頭盔掃過，將他身邊的叛匪打得鬼哭狼嚎。

「三哥，我來了！」張必先丟下發射完的大銃，撲上前將陳友諒抱在懷裡，掉頭朝馬道狂奔。

張定邊、歐普祥等人帶著百餘名殘兵，攙扶起累癱在地上的鄒普勝，且戰且走。

「誰叫你們過來的！西城牆呢，西城牆不要了嗎？趕緊給老子回去！」陳友諒瞪圓了眼，扒住張必先的肩膀大喊大叫。

「皇上跑了！」張必先低下頭，跟他對吼，眼淚和血水順著兩頰一起往下淌。「皇上自己剛才從東門跑了，咱們還拼個什麼勁！快走，再不走就來不及了！」

「你說什麼？皇上……」陳友諒不敢相信自己的耳朵，冷冷地看著張必先，眼睛裡寫滿了絕望。

「賣布的那廝自己跑了，把三千多妃子全都丟在皇宮中，文武百官也跟著撒了丫子，就把咱哥幾個丟在城牆上！」張定邊邊罵邊從張必先懷裡接過陳友諒，將他背在了後背。

陳友諒像被抽去了魂魄般，軟軟地靠著他，嘴巴裡不停嘟囔著：「他真的跑了？他是咱們的皇上啊！他怎麼能這樣，怎麼能這樣……」

御林軍千戶張洪生沒跑，太師鄒普勝沒跑，五千從池州趕來的精銳沒跑，三百鐵甲衛沒跑，自己這個金吾將軍也沒跑，然而，**天完國的皇帝陛下，當年連死都不怕的徐大哥，居然沒等城破就自個跑路了，這讓池州和安慶等地的南派紅巾以後還有什麼面目見人？這讓連日來戰死於城頭上的千秋雄鬼們情以何堪?!**

沒有人回答陳友諒的疑問，殘存的鐵甲衛和御林軍們簇擁著逃下北城牆，穿過蘄州城寬闊筆直的街道，以最快速度衝向城東。

有大量的火把出現在城西和城北的敵樓中，那是蒙元官軍和倪部叛軍在慶賀他們終於破了城，大夥能聽見來自背後的鬼哭狼嚎，卻是誰也沒有勇氣回頭。

城內的樓臺館舍中也很快湧起了火光，那是一些地痞流氓在趁機發財。每當災難來臨，最高興的就是他們，因為他們可以不受追究地去殺人越貨，可以再一次輕鬆改變身分。

被打劫的百姓們，則無助地嚎哭，男人、女人、老人、孩子，帶著匆忙收起來的大包小裹，像沒頭蒼蠅一般隨著人流四處亂撞。看到渾身是血的張必先等人從身邊跑過，他們的眼裡先是閃過一抹畏懼，隨即便湧滿了無法克制的厭惡。

「呸！」有人朝陳友諒的臉吐了口吐沫，雖然半途落地，卻將他羞得把頭深深地埋了下去。**天完國本來是為了保護百姓們而誕生，然而天完國從始至終帶給他們的卻只有災難。**

「放下我，放下老夫！」鄒普勝的聲音從背後傳來，孱弱卻充滿了果決。「老夫不走了，老夫今天要死在這裡！」

背著他的御林軍士卒停住了腳步。

同時停住腳步的，還有數十名筋疲力盡的鐵甲衛，他們緩緩走向正在搶劫包裏的一夥流氓，毫不猶豫地揮刀，將陶醉在發財美夢中的「大俠小俠」們挨個一刀兩斷。

「啊！」看到甲士們當街殺人，百姓們一哄而散。幾夥正在發戰爭財的地痞也嚇得丟掉搶來的財物，低頭鑽進了深巷。

「老夫今天要死在這裡，你們誰跟老夫一起去死？」鄒普勝又問了一句，隨手拿起一把流氓們丟下的菜刀，快步走向下一個著火的街道，斑白的頭髮在風中四下飄舞。

「三哥……」張定邊鬆開雙臂，朝陳友諒滿臉歉然地笑了笑，快步追了上去。

「三哥，兄弟來世再跟著你！」張必先抬手在臉上抹了兩把，也走向鄒普勝孱弱的背影。

「你們這幫王八蛋，沒良心！」陳友諒破口大罵，踉蹌著追了過去，「沒良心，沒義氣，老子豈是你們想的那種人？死則死爾，老子是金吾將軍，老子去了地下，也得走在閻王爺的前頭！」

「去死，一起去死！」剩下的鐵甲衛和御林軍見了，也紛紛跟上，剩下的七十來人，個個帶傷，看上去卻像是百萬雄師。

「轟——！」一顆流星從南向北，呼嘯著掠過夜空。

「轟——！」「轟——！」「轟——！」更多的流星拖著長長的火焰之尾，將夜空點綴得無比絢麗。

數以百計的流星匆匆滾過，蘄州城外忽然地動山搖，陳友諒猛的停住了腳步，用力屏住呼吸，不讓自己哭出聲來。

他看見夜空中，銀河橫亙。

今夜是個大晴天。

今夜星光註定燦爛。

「淮安軍來了！」鄒普勝猛然打了個哆嗦，眼淚像泉水一樣沿著慘白的面孔往下淌。

「是淮安軍的火炮！韃子這回完蛋了！」張定邊、張必先等人也紛紛停住腳步，欣喜若狂。

如此密集的狂轟濫炸，必定出自淮安軍之手。蒙元官兵也有大炮，但他們的大炮以笨重而著稱，動輒四五千斤，輕易無法向前移動；而倪家軍手中的六斤炮，滿打滿算也不超過十門，不可能打出如此霸道的氣勢。

彷彿與他們的歡呼聲相應，又一排炮彈凌空而至，砸在搖搖欲墜的西城牆附近，將城上城下的元軍炸得鬼哭狼嚎。

肯定是淮安軍！只有他們的戰艦上才配備了如此規模的火炮；也只有戰艦上的火炮，為了避免船身被後座力推翻，只能按照一定間隔陸續發射。所以打出來的炮聲節奏感極強，彷彿唐鼓大家敲出的旋律。

「轟！」一枚開花彈正中北門敵樓，將原本就垮塌了大半的敵樓徹底推平。碎磚亂木與彈片交織在一起，朝四面八方飛濺，凡是被波及者，無不筋斷骨折。

蒙元官兵被這兜頭一通狂轟打了個措手不及，一個個像沒頭蒼蠅般四下亂竄，誰也不知道該如何應對。**在幾分鐘之前，勝利對他們來說還像熟透的杏子一樣唾手可得，然而短短幾分鐘後，留給他們的，卻只有火焰和死亡**。

「站住，不要慌，殺進城裡去，淮賊來自江上，他們一時半會兒登不了陸！」蒙元四川行省丞相答矢八都魯輪刀剁翻了兩個四下亂竄的百夫長，大聲喝令道。

「站住，不要慌！往城裡衝！淮賊來自江上，根本來不及登陸！」

……

答矢八都魯之子，四川行省平章孛羅帖木兒帶領百餘名親兵，將主帥的命令一遍遍大聲重複。

他們父子的判斷不可謂不準確，淮安軍的炮火雖然激烈，但士兵卻無法在短時間內殺到蘄州城下，蒙元官兵只要趕在淮安軍之前控制住蘄州城，就可以將闔城百姓劫做人質，憑藉優勢的兵力固守。

屆時，淮安軍顧及到朱重九的好名聲，未必敢朝著無辜百姓狂轟濫炸，光憑著戰艦上攜帶的輜重也不足以支持淮賊與官軍來一場曠日持久的戰爭。

只是，短短幾分內的巨大落差，讓他們麾下的蒙元將士無法穩定心神，只想儘快從鋪天蓋地的炮火下退出去，遠離蘄州城這個受詛咒的地方，一股股人潮順著剛剛打開的西門奪路而出，如同受了驚的螞蚱。

「跟我來，堵住城門！」孛羅帖木兒氣得兩眼冒火，將刀一擺，準備帶領麾下親信去封堵所有人的退路。

答矢八都魯卻從身後拉住了他，眼裡充滿了失望，嘆道：「別去了，來不及了！撤兵，傳我的命令，現在就撤！」

「阿爺——！」孛羅帖木兒氣得大叫：「總計也沒幾條船，我就不信，他們憑著火炮就能把大夥全都轟死！」

「撤兵！」答矢八都魯抬手給了他一巴掌，厲聲吼道：「你帶著人先撤，我帶人斷後，穩住陣腳，別囉唆！」

「您……」孛羅帖木兒被打得暈頭轉向，不可置信地看著自己的老父親。

「少將軍，城外大營！」參知脫歡輕輕扯了他的絆甲絲條一下，提醒道：「城外大營起火了，再不撤，我軍形勢危矣！」

「啊？」孛羅帖木兒如夢方醒，扭頭朝五里外眺望，只見滿天星斗下，有股妖異的火光拔地而起，火光所處位置，正是官軍的大營。

「不要聲張，組織人馬後退！大營裡有一萬弟兄留守，即便遭到偷襲，也不至於立刻被淮賊拿下！」答矢八都魯的聲音再度在他耳畔響起。

敵方明顯是在用**攻心之計**，先派一哨奇兵去大營內四下縱火，然後又用亂炮轟擊正在進城的官軍。

然而，蘄州城與大營之間相距如此遠，驟然受挫的大元將士們怎麼可能相信他們的後路沒丟？**萬一此刻軍心崩潰，哪怕殺上岸的淮賊只有三千，也足以讓所有人死無葬身之地！**

「遵命！」孛羅帖木兒好歹也跟在其父身後打了三、四年的仗了，基本功非常扎實，稍微冷靜下來，就明白了父親的用心良苦，趕緊轉身帶領親信去召集人馬撤退。

在他們父子的齊心協力下，剛剛奪取了西城牆和部分城區的蒙元官兵，潮水般向城外湧去。

「韃子撤了，弟兄們，跟我去殺倪文俊！」陳友諒捕捉到了戰機，再度跳起來，吶喊著衝向北城門。

「殺倪文俊！」張定邊、張必先等人緊隨其後，再往後，則是僅存的七十餘名殘兵。

這支渾身是血的殘兵，沿著到處是火頭的街道大步前行，遇見發國難財的地痞流氓，就用亂刀砍成肉醬；如果是落單的自家弟兄，則不由分說地將他們拉進隊伍。

一行人走走停停，不斷驅散作亂的地痞流氓，收攏躲藏在角落裡的潰兵，沒等走到北城牆下，人數已經擴充了十倍。甚至一些天完王朝的底層小吏以及達官顯貴的家丁，也主動跟在他們身後，試圖在蘄州城的新主人到達之前，能拿到一份耀眼的投名狀。

陳友諒則是來者不拒，將張定邊、張必先和歐普祥鐵桿死黨分派出去，讓他們整頓隊伍。

當視野裡終於出現了北門兩側的馬道，他立刻將刀尖前指，大喝一聲道：

「跟我來！殺賊！」一隊伍像潮水般衝上城頭，看到擋路的倪部叛匪，立刻圍攏上去，亂刃分屍！

先前鋪天蓋地的炮擊雖然與蘄州城的北牆還有很遠的一段距離，卻已經讓倪文俊和他的手下人心惶惶；突然掉頭殺回來的陳友諒等人，更是令倪家軍上下不知所措。

戰，他們肯定能輕鬆將陳友諒所率領的烏合之眾殺個精光，然而，他們卻不知道淮安軍已經走到了什麼位置？不知道朱重九的兵馬會不會緊跟著就殺到眼前來？更不知道淮安軍這次前來爭奪蘄州，所出動的兵馬是三千五千，還是三萬五萬？如果是後者，恐怕答矢八都魯都要退避三舍，倪家軍更沒有必要留在城牆上做無謂的掙扎。

‧第二章‧

一鳴驚人

與淮安軍以往的三三制不同，
兩個重甲長槍連，外加三個胸甲火槍兵連。
乃是吳良謀、劉魁和逯德山三人，
根據敵我雙方的特點以及兩年來的實戰經驗推演而來，
今天將其拿到戰場上初試啼聲，果然一鳴驚人。

戰場上，一分鐘的耽擱，往往就能決定生死。對士兵們來說，最可怕的不是主帥做了錯誤決策，而是主帥遲遲不做任何決策。

就在倪文俊在為去留問題猶豫不決之時，陳友諒已經帶領其麾下的烏合之眾衝上了城頭。擋在他前面的倪軍將士，要麼被他親手劈翻，要麼被張定邊和張必先二人揮刀砍死，被殺得節節敗退。

「倪文俊，還不趕緊逃命！」陳友諒扯開早已嘶啞的嗓子，大聲嘲笑道：「你的蒙古主子都逃了，你這條老狗瞎堅持個啥？趕緊夾著尾巴滾蛋，看在同事多年的份上，本將軍饒你不死！」

「老子先殺了你！」倪文俊氣得七竅生煙，瞪著兩隻眼睛，準備跟陳友諒拼命。才朝前走三五步，就聽見城牆外有人亂哄哄地喊道：「丞相快走，淮安軍殺過來了！」

「丞相快走，蒙古人自己跑了，弟兄們根本擋不住淮賊！」

「丞相……」

一個人喊，倪文俊可以充耳不聞，但幾十個人同時示警，讓他瞬間又亂了心神，咬牙道：「立即撤退，留得青山在，不怕沒柴燒！」

眾叛匪等的就是他這句話，霎那間如蒙大赦，順著雲梯兩側就往下溜。

「留下一隊人斷後！」倪文俊不得不親自點將，「夏柳松留下斷後，其他人，一個接一個慢慢來！」

「遵命！」被點到名字的親兵百夫長夏柳松不得不答應，硬著頭皮帶領自己麾下的弟兄迎戰陳友諒。

好在後者也是強弩之末，一時半會兒倒不至於要了他的小命，趁著雙方再度陷入僵持的機會，倪文俊果斷推開擋路的弟兄，搶了一架雲梯，快步衝下。

「倪文俊，有種別跑！你個有爹養沒爹教的孬種！」陳友諒看到倪文俊從城頭上消失，立刻追著他的背影大喊大叫。

張必先和張定邊兩人所帶弟兄聞聽，精神頓時一振，刀光過處，人頭滾滾。替倪文俊斷後的夏柳松等人則徹底失了士氣，潰不成軍。

「去死！」張定邊手起刀落，從背後將百夫長夏柳松劈下了城牆，隨即單手朝雲梯上一搭，準備衝出城外追殺敵軍。

「回來！」陳友諒一把抓住了他，搖頭道：「別逼傻狗進窮巷！咱們回頭，去迎接淮安軍！」

張定邊猶豫了一下，立刻明白陳友諒的意思。倪文俊不敢在城頭上多做停留，是怕淮安軍趕過來斷了他的退路，甕中捉鱉，並非就是怕了他和陳友諒。萬一大夥追出城外，追到倪文俊隨時都可以跑路的曠野中，後者便不再有任何顧忌，真的反咬一口，大夥即便不死也得落一身傷。

而回頭去接應淮安軍，任務就輕鬆多了，費了九牛二虎之力才入城的官兵，如今早已經撤得乾乾淨淨。西城外縱使零星還有些歪瓜裂棗，也應該屬於被答矢八都魯故意留下來的「尾巴」，士氣和戰鬥力都不值得一提……

想到這兒，張定邊對陳友諒佩服得五體投地，將血淋淋的鋼刀一擺，扯開嗓子高聲叫喊：「弟兄們，走，跟三哥去迎接淮安軍！咱們早日合兵一處，殺韃子一個屁滾尿流！」

此刻在倖存下來的大多數天完將士眼裡，陳友諒就是一尊**金甲天神**，無論發出什麼命令，都必須無條件遵從。

接下來大夥所看到的事，也證明陳友諒的判斷的確英明無比。從北牆敵樓一直走到西牆敵樓的遺骸處，除了被丟下的傷重等死者之外，大夥沒有遇到一個還能站起來的元兵。

從馬道下了城，又沿著城門追出了半里之外，大夥所遇到的阻擋也是微不足道，只需要稍稍努力一衝，斷後的元兵就立刻潰退。

「答矢八都魯老賊退得倒是果決！」張必先追得興趣索然，將刀往地上一戳，喘息著道：「好歹也是一省丞相，連淮安軍的面兒都不敢見，他也不嫌丟人！」

「黑燈瞎火的，他哪知道來了多少淮安軍！」陳友諒緩緩收住腳步：「不過我估計老賊不會真的就這樣一走了之，以他的個性，寧可捨掉一部分兵馬，也得給淮安軍添點噁心！」

話音剛落，就聽見東南方一陣爆豆子般的脆響，緊跟著，無數黑影在星光下跌跌撞撞，有的向北，有的向南，人的哭喊聲和戰馬的悲鳴聲攪作一團，彷彿地獄的大門忽然被炸碎，百鬼夜奔。

「**是老賊給淮安軍設下了套！**」張必先又驚又怕，望著陳友諒，脊背上冷汗滾滾。

「三哥，你真神！」

「陳將軍，咱們該怎麼辦？」

其他將士的面孔上，寫滿了對陳友諒的崇拜。

「不用急！老賊捨不得下大本錢！」在一片期盼的目光中，陳友諒信心十足地道：「留下的人不會太多，充其量是給淮安軍一個下馬威，讓淮安軍覺得他不好對付而已！咱們這就趕過去，剛好能給淮安軍壯壯聲勢！」

說著話，他將手中鋼刀一舉，帶領大夥轉頭奔向正南方，才走了兩三步，便又聽到一陣爆豆子般的聲響，「砰！砰！砰！砰！砰！……」

夜空下，跑動的人影更多，哭喊悲鳴聲也愈發淒厲。

「是排銃！」沒等大夥發問，陳友諒就解釋道：「到底是朱總管親手調教出來的嫡系，配合上可比咱們的人嫺熟多了，蒙古人即便派出了騎兵，恐怕也討不到任何好處！如果……」

「砰！砰！砰！砰！……」第三波射擊聲接踵而至，將他的話淹沒在狂暴的旋律當中。

緊跟著是第四波、第五波和第六波，淮安軍不知道派了多少火銃手登岸，射擊的節奏越來越快，不多時，回聲和火銃聲就混在了一起，此起彼伏，連綿不絕。

「這……」陳友諒張了張嘴，再也說不出一個字。

受上次出使揚州的影響，他對火器的重視程度，在整個天完國都首屈一指。他麾下弟兄火器配備的數量，在天完國也是數一數二，但他卻無法判斷到底得用多少兵馬，採取怎樣的戰術，才能把火銃使得如此狠辣！

「砰！砰！砰！砰！……」同一個星空下，一波彈雨飛過，將手持盾牌的元軍打得七零八落。

「吱——！」御侮校尉盧四猛的吹動哨子，命令隊伍中的火槍手交換位置。站在長槍手身後的第一火槍手立即小步後退，將銃口指向地面，把火藥殘渣甚至未能擊發的鉛彈，從火銃的前端倒了出來。第二火槍手則與倒退回來的第一火槍手交換位置，然後將燧發槍舉到肩膀處，朝著亂作一團的元軍扣動扳機。

「砰！砰！砰！砰！」槍聲如豆，對面的元軍立刻又被削去了整整一層，剩下的不敢再做任何停留，慘叫一聲，轉身便逃。

「吱——！」又是一聲尖利的哨音從盧四嘴裡發出。已經退到最後位置的第一都士卒則快速裝填火藥，壓入彈丸，整個過程如行雲流水般嫻熟。

「一營，向正北方，攻擊前進！」一名騎著戰馬的翊麾校尉舉刀前指，號令麾下弟兄向前推進。

「一營，正北方，攻擊前進！」他身邊的親兵扯開嗓子重複，同時用力敲響擺在雞公車上的大鼓。

「咚——！咚——！咚——！……」牛皮大鼓發出低沉的旋律，每一記都如悶雷般鑽入人的心底。

與淮安軍以往的三三制不同，兩個重甲長槍連，外加三個胸甲火槍兵連。臨戰時，長槍兵單獨在隊伍前列一個雙層橫陣。三個火槍兵連，則按照左中右比肩而立。每個連的內部，又按照都為標準，再度細化為三個橫排。

此外，除了長槍連之外，三個火銃連的連長身邊，還專門配了一名神射手，依照連長的命令，專門挑選敵軍中的底層將佐，或者勇悍者開冷槍。

以上兵種組合乃是吳良謀、劉魁和逯德山三人，根據敵我雙方的特點以及兩年來的實戰經驗推演而來，反覆練習了上百次，直到最近接收了新式燧發火槍和神機銃，才終於宣告成熟，今天將其拿到戰場上初試啼聲，果然一鳴驚人。

習慣了遠處用火炮弓箭，近身則長槍大刀的蒙元兵卒，根本無法適應第五軍團的最新戰術，往往沒等與後者發生接觸，就先失去了隊伍中的主心骨。緊跟著又挨上兩輪彈雨，整個隊伍的損傷就超過了三成，剩下的立刻士氣崩潰，丟下身邊的袍澤倉惶逃命。

而被答矢八都魯留下來給淮安軍添堵的副萬戶李哈喇，同樣無法適應眼前的變化。他分明謹慎又謹慎，將麾下弟兄擺出了一個標準的三才陣，只待占上一點便宜，然後轉身就走。

誰料左右兩個斜翼的游騎沒等發揮出作用，就紛紛被一聲聲「霹靂」給打下了馬背。緊跟著，前鋒隊也迅速宣告崩潰，被對手只用了三五個呼吸時間就打得四散奔逃。

情急之下，李哈喇毫不猶豫地命令最為精銳的跳蕩隊壓了上去。結果跳蕩隊的表現竟比前鋒隊還要不堪，沒跟對手發生任何實質性接觸，就倒崩而回，兩千人馬逃回來的至少有一千八，從將領到兵卒，一個個驚惶得如喪家之犬。

「妖法！紅巾賊用了妖法！」有名少了條胳膊的副千夫長，向李哈喇示警。

「為將者不戰先退，斬！」李哈喇毫不猶豫地就宣告了他的死刑。兩隻眼睛盯著前方，嘴角不停地抽搐。

「饒命，萬戶大人，饒命啊，末將身負重傷！」斷臂副千戶聞聽，立刻大叫著撥歪馬頭，試圖先跑遠點避避風頭。

李哈喇身邊的親兵怎肯給他機會，先一箭射過去，將其射下馬背，然後上前手起刀落，砍下了他的頭顱。

「督戰隊上前，凡敢衝擊本陣者，一律射殺！」李哈喇繼續發號施令。

「是！」喚作凌五的心腹高聲答應，點起五百督戰兵，舉弓上前，對著迎面敗退下來的自家袍澤一波箭雨。

「啊——！」「娘咧——！」「饒命——！」正在倉惶逃命的潰兵們被射了

個措手不及，一瞬間倒下了上百人，慘叫聲此起彼伏。

副萬戶李哈喇卻充耳不聞，繼續緊盯著正前方，兩隻眼睛裡，閃爍著幽綠的光芒。

他不能手軟，也不敢手軟，答矢八都魯給他的任務是騷擾淮安軍，並沒要求他死戰到底，然而，如果連半炷香功夫都不到，他就被打得轉身潰逃，回去後，少不得項上人頭會被丞相大人借走用上一用，所以無論斷臂千戶說的是不是真話，無論淮安軍用沒用妖法，他都必須再堅持一會兒。

凌五帶領著督戰隊，繼續向敗退下來的自家袍澤潑灑羽箭，將後者射得一排接一排倒在地上，血流成河。

後續跑過來的潰兵被嚇得兩腿發軟，趕緊側轉身體，讓開督戰隊的正面。這下，敵軍的模樣終於能看清楚了，副萬戶李哈喇頓時暴跳如雷。

「督戰隊，放箭攔截！左廂、右廂，兩翼包抄！中軍，給我一起上！」像發了瘋的野狗般，他嘴裡發出憤怒的咆哮，手中鋼刀向前急指，胯下的戰馬也不安地揚起了前蹄，四下亂蹬。

不怪他沉不住氣，眼前看到景象，實在太侮辱人。追過來的淮賊，總計只有五百上下規模，並且全是步卒，沒有任何騎兵，身後也沒有隱藏著上百門大炮。

然而就是這區區五百淮賊，卻在幾個呼吸時間內，接連摧毀了三千官軍的鬥志，並且還不依不饒地追了過來，彷彿對面如林的火把都舉在土偶木梗手裡一般。

「督戰隊，放箭攔截。左廂、右廂，兩翼包抄！中軍，給我一起上！」

……

李哈喇身邊的親兵也迅速變得士氣高漲，扯開嗓子，將自家萬戶大人的命令一遍遍重複。

「殺呀——！」左右兩廂的千人隊聞聽，立刻高舉兵器向前推進。與中軍的蒙元將士一樣，他們先前也被自家潰兵嚇得心驚膽戰，但是當看清楚第一波衝過來淮安軍規模之後，他們心中的恐慌立即變成了羞憤。

區區五百人就想將五千官軍一口吞下，那帶隊的淮安軍將領不是瘋子，就是自大狂！而這五百人身後的同夥，至少距離他們有二里多遠，大元官兵完全可以先狠狠給他們一個教訓，然後再從容撤離。

「殺呀——！」李哈喇身邊的中軍將士嘴裡發出同樣的吶喊，邁動雙腿上前，準備給對手兜頭一棒。

他們的戰意是如此強烈，以至於潰退回來的同夥都不敢面對他們，撒開雙腿，能跑多遠就跑多遠。他們的喊叫聲是如此響亮，以至於正在攻擊前進的淮安軍，不得不停止對潰兵的追殺，原地緩緩結陣。

「吹角，讓弓箭手覆蓋射擊！」李哈喇絕不會給對手從容準備時間，果斷地在馬背上揮動鋼刀。

然而，令李哈喇和他麾下將士們絕望的是，這數千支羽箭給淮安軍造成的損失卻微乎其微。

大部分羽箭還沒等落下，就被半空中來回擺動的長槍撥偏了方向，最後不知所蹤；小部分落入對手陣列中的，也被淮安軍士卒用結實的頭盔和閃亮的胸甲隔開，奈何不了對方分毫。

最令人為之氣結的是，射向長槍兵胸口的羽箭幾乎把對方射成了刺蝟，但身中數箭的淮安士卒們卻好像吞了金剛符一般，連看都懶得低頭多看一眼，就將身上的鵰翎一支支撥落塵埃。

「靠近些，繼續射！我就不信……」李哈喇被親眼看到的景象氣得渾身發抖，啞著嗓子繼續大喊。

他麾下的將士也不甘心如此就認輸，舉著兵器緩緩向前移動。

接下來發生的情況，讓李哈喇心神恍惚，對面的淮安軍居然還在不緊不慢地整隊，長矛手身後的那些戰兵，則伴隨著某種古怪的哨音，快速調整著彼此間距離，彷彿即將登臺做戲一般。

近了，更近了，緊握弓臂的射手，幾乎能看見長矛兵的面孔，他們猛的停住腳步，果斷將弓弦向後猛拉……

「砰！」正前方的淮安軍中，突然冒起一股白煙，數十股鮮紅的血跡猛然從李哈喇的中軍將士們胸口冒起，噴泉般凌空飛濺。

失去控制的羽箭四下亂竄，中彈者驚詫地瞪圓眼睛，像酒鬼一樣踉踉蹌蹌，一個接一個跌倒於血泊當中。

「吱——！」淒厲的哨音響起，淮安軍快速後退。

「穩住，穩住，左右兩廂衝上去，近身肉搏！」李蛤喇一邊被自己的親兵裹脅著，極不情願地策動戰馬逃命，一邊扭過頭去大聲喝令。

他的判斷非常準確，淮安軍的方陣，威力最大的是正面。兩個側翼如果遭受打擊，很容易就影響到他的進攻節奏。然而，親眼目睹了中軍如何崩潰的左右兩廂元兵，卻徹底喪失了思考能力，紛紛調轉頭，緊追自家主帥腳步而去。

「穩住，穩住，給我穩住啊！」李哈喇聲嘶力竭的叫嚷。

如果還想活命，他就必須表現出值得答矢八都魯刀下留情的素質來！**這個想法，徹底葬送了他的逃生機會**，身後的淮安軍神射手們正愁找不到合適目標，看到有一個騎著戰馬的傢伙居然試圖重新穩定隊伍，立刻將手中的神機銃轉向了他。

「砰！」「砰！」「砰！」三顆包裹著軟鉛的彈丸，從三個不同角度射入了李哈喇的身體，將他打得從馬鞍上騰空而起，當場氣絕。

「砰！」淮安第五軍團都指揮使吳良謀又對著百步外的某個倒楣的敵軍將領開了一槍，然後搖搖頭，非常不過癮地將神機銃丟給了自己的親兵。

「沒事去抓幾個俘虜去，別在這兒瞎耽誤功夫！」吳良謀幾次抖動韁繩，都被自己的親兵擋住了去路，非常不高興地吩咐。

本以為這回能把答矢八都魯父子堵在城裡，來個甕中捉鱉，誰料對方遠比他想像的狡猾，居然來了個斷尾求生，結果第五軍團的兩個戰兵旅各自只登陸了一個營，就將答矢八都魯丟下的尾巴一掃而空，讓他這個都指揮使從頭到尾未能發揮出半點作用。

「行了，佑圖兄，莫非你還想做胡通甫不成？」逯德山邁著四方步從後邊追上，一句話就徹底扼殺了吳良謀去陣前過把癮的衝動。

「胡通甫怎麼了？我就喜歡第二軍團那種高歌猛進的打法，每一回都酣暢淋漓！」吳良謀瞪了逯德山一眼。

「咱們把火器演練純熟了，甭多說，弄出三個旅來，保證你今後一樣會酣暢淋漓！」逯德山笑呵呵地道。

吳良謀徹底被弄沒了脾氣，悻然翻身下馬。

逯德山說得一點都沒錯，大量使用了火槍的隊伍，特別是使用了燧發槍的隊伍，攻擊力絕對天下無雙，只要弟兄們配合嫻熟，三疊橫陣就能輪番向敵軍開火，速度絲毫不亞於弓箭，威力卻至少是弓箭的兩到三倍。上千桿火槍源源不斷地打過去，即便擋在前面是金剛不壞之軀，最終也得被打成一個馬蜂窩。

而更為可怕的是，它對火槍手的體力要求，遠遠低於長槍兵和弓箭手，只要他能將不到十斤重的火槍端平，並且能穿上胸甲走路，就有希望成為一個合格的火槍手。

接下來需要努力的方向，無非是服從命令，並且能保持穩定的心態，至於準頭，那是神射手才需要具備的技能，普通火槍兵只管對著正前方的目標扣動扳機就行，憑著射擊速度和彈丸的密度，也能將對方打得潰不成軍。

「我覺得主公把第一批迅雷銃和神機銃全都給了咱們，肯定有讓咱們第五軍團率先朝這個方向發展的意思！」見吳良謀情緒不高，逯德山笑著點撥。

「而你我再如何努力，武藝也比不上胡大海和陳至善，所以還不如將火器的長處發揮到底！」

「話雖是這麼說，但是主公……」吳良謀搖頭。「誰知道主公到底是什麼意思呢，咱們還是別胡亂猜測得好。」

「別的不敢保證，主公肯定是要在整個淮安軍中大力推行火器，不信，你看他這幾年的精力主要都放在了什麼地方。」逯德山道。

「也許你是對的！」吳良謀不想跟他爭論。

正有一句沒一句的閒聊間，第五軍團的副都指揮使劉魁大步走了過來，一手還拖著一個渾身是血的漢子。

「佑圖，逯長史，看看我帶回來的這兩條好漢！徐壽輝早撒丫子了，多虧了他們倆，才將答矢八都魯父子頂在了城外！」

「咦？」吳良謀的眉頭一挑，眼裡冒出了幾分讚賞。

「這是吳佑圖，第五軍團指揮使；這是逯德山，第五軍團長史，我們哥仨是老搭檔。」劉魁又指著兩名渾身是血的漢子介紹道：「這位是金吾將軍陳友諒，這位是鎮殿將軍張定邊，他們兩個都是一等一的好漢！」

陳友諒和張定邊趕緊給吳良謀和逯德山行禮，「見過吳將軍，逯長史！末將迎接來遲，請兩位大人勿怪！」

「這是哪裡話來？兩位能困守危城死戰不退，吳某心裡好生佩服！」吳良謀拱了下手，以禮相還，在眾人沒注意的時候，他的眼裡卻閃起了一道寒光。**這個人就是陳友諒！如果要殺掉他，眼下是最好的機會**，劉魁絕對不會幫著外人，而逯德山也一定會幫自己找出藉口，甚至幫忙毀屍滅跡。想到這兒，他的手緩緩朝佩劍上伸去。

然而，當掌心與劍柄接觸的瞬間，一股冷氣卻順著胳膊直衝頂門，**殺了陳友諒，自己就是主公嫡系中的嫡系，從此成為整個淮安軍中最受信任的將領，然而，這真是主公想做的事麼？**

他當年手中只有區區幾千兵馬時，就大氣地放走了朱重八，果斷地扶持了張士誠，現在他擁兵十萬，又怎麼可能把一個無名之輩放在心上？

那不是朱重九，不是自己熟悉的朱都督。也許，**這是主公給自己出的一道考題？**自己如果真的對陳友諒下了手，恐怕也不再是吳良謀，不配再做第五軍的都指揮使！

猛然間，吳良謀陷入了矛盾，向前向後都可能是錯，站在原地，亦無法看到答案。

「兩位激戰多日，想必都累壞了！」強按下心頭的殺機，他低聲吩咐：「來人，送兩位壯士先回城去休息，待明日清理完戰場，本指揮使再與他們二位把盞慶功！」

「是！」身邊的親兵聽得滿頭霧水，仍是順從地答應。

劉魁和逯德山也不知道吳良謀到底發哪門子神經？但有外人在前，他們必須維護後者的權威，因此笑了笑道：「陳將軍，張將軍，二位先請。蘄州城的事不必擔心，既然我們淮安軍已經來了，就斷然不會坐視它落入韃子之手！」

「多謝吳將軍，劉將軍和逯長史！」陳友諒也是屍山血海裡打過滾的人，後腦勺對著吳良謀，心裡不寒而慄，本能地就打算儘快離開這裡。

劉魁和逯德山將二人送出了百餘步，交給親兵，帶著滿肚子的困惑走了回來。

「佑圖，你今天到底怎麼了？根本不像平時的你！」劉魁忍不住抱怨。

「我突然想起一句話，」吳良謀臉上的表情忽然變得好生輕鬆，「**將在外，君命有所不受**！兩位以為然否？」

「你要把蘄州城占下來？」逯德山嚇得連連擺手，「不行，這絕對不行！除非你有本事回過頭去，把朱重八一併給滅了。」

「關鍵是糧草彈藥都無法自給，大總管那邊也派不過足夠的文官來！」劉魁聽了也搖頭，不認為吳良謀的「設想」有實現的可能。

在他們兩個眼裡，自家大總管氣度恢弘，絕不會因為第五軍團對他的戰略目標做了些變動，就從此對大夥心生間隙。但大總管府的地盤這兩年膨脹過快，卻著實是個大麻煩，缺錢，缺糧、缺兵馬，缺官吏，光是徐睢、淮揚就已經把大夥忙得焦頭爛額，偏偏蘄州和揚州之間還隔著朱重八和彭瑩玉，什麼都得靠水路運，在如此多不利情況下，這塊地盤對大總管府來說絕對是個雞肋！

吳良謀也不做解釋，藏起自己心中的真實想法，撇嘴道：「我只是覺得，不能白白便宜了徐壽輝這軟骨頭而已！否則等咱們一走，他還是把蘄州城拱手讓給別人！」

「那就想辦法讓別人不敢再窺探蘄州！」只要吳良謀沒打算驅逐徐壽輝，劉魁就願意幫他分憂解難，「先給答矢八都魯父子一個教訓，告訴他，徐壽輝是咱們大總管的人，誰敢再動蘄州，就是不給咱們大總管面子！」

他說得神色俱厲，吳良謀和逯德山聽了，各自的眼神卻俱是一亮。

淮揚大總管府暫時沒有力氣將蘄州納入治下，但**扶植一個傀儡，讓他唯大總管府馬首是瞻卻沒有太多問題**。從這個角度上看，徐壽輝的貪生怕死恰恰成了他的優點，即便他將來野心膨脹得再厲害，只要大總管府對其保持著足夠武力優勢，他也不敢翻起什麼浪花來。

並且，扶植徐壽輝，也沒有完全違反大總管的命令，畢竟當初淮安軍出兵的戰略目標之一，就是逼迫徐壽輝去除帝號，與其他各路紅巾平起平坐，共同奉《高郵之約》為圭臬。

「徐壽輝畢竟還是彭和尚與趙普勝兩個名義上的主公，咱們如果控制了他，彭、趙二人今後對淮安軍就會縛手縛腳，如果能讓蘄州、宿松和池州與淮安軍共同進退，咱們就能對朱重八構成包夾之勢，隨時都可以出兵去端掉他的老巢！」見吳良謀和逯德山沒有反對意見，劉魁大受鼓舞，信馬游韁地幻想著。

「彭瑩玉恐怕沒那麼容易對付！」聽他越說越不靠譜，逯德山忍不住吐嘈道：「徐壽輝過去能壓得住彭和尚與倪文俊，是憑藉他帶領大夥起兵反元之功，而自打當了天完皇帝之後，他就沒幹過一件正經事，光顧著娶老婆，日日當新郎官，朝政基本全甩給了鄒普勝，對外攻城掠地，也全憑著倪、彭兩人，所以威望早已所剩無幾，再加上這回棄城而走，恐怕南派紅巾上下不會有多少人還瞧得起他。」

「彭和尚雖然派了陳友諒帶兵來幫忙，卻沒派人來救他的駕，很明顯，已經起了讓他這個天完皇帝自生自滅的念頭。」吳良謀補充。

「只要徐壽輝一天不死，彭和尚就很難另起山頭，除非他也學倪文俊去投降蒙古人！」劉魁聞聽，立刻退而求其次。

「彭和尚雖然野心很大，卻是個響噹噹的漢子，絕不會像倪文俊那樣認賊作父！」逯德山對彭瑩玉一向持讚賞態度。

「趙普勝、歐普祥、丁普朗三人都是彭瑩玉的門生，彭瑩玉不肯起兵造徐壽輝的反，他們三個就不會輕舉妄動！」

「還有一個鄒普勝，天完朝的太師，恐怕也不是個忘恩負義之人！」

「所以說來說去，最關鍵點還要著落在徐壽輝身上！」

「咱們得儘快找到他，免得這傢伙被嚇壞了，一路跑到別人的地盤上！」

「他未必會捨得蘄州。以他目前的情況，去了別人那邊，照舊是被當作傀儡養起來，還不如直接投靠咱們大總管，好歹將來不失梁公之位！」

……

三人很快將扶植徐壽輝為傀儡的利弊，分析了個清清楚楚。

淮安軍的傳統向來就是能說能做，當確定把徐壽輝樹為傀儡對淮揚更有利之後，三人立刻決定開始動手，先聯名寫了一封信送回大總管府，說明改變戰略目標的理由，以及蘄州城當前所面臨的真實情況，然後一邊撒出大量斥候，設法尋找徐壽輝和敵軍的行蹤。

第二天日上三竿，蘄州城完全被淮安第五軍團收歸掌控，派出尋找徐壽輝和敵軍蹤跡的斥候也紛紛返回。

「徐某人眼下在廣濟！」斥候連長黃叔度頂著滿頭汗水報告：「咱們的人已經聯繫上他了，但是他不肯回來！」

「廣濟？」吳良謀的眉頭挑了挑，目光掃向身後的輿圖。

按照輿圖上標示，廣濟距離蘄州只有三十幾里路，騎兵半個時辰就能追到城下，這個天完皇帝跑了整整一宿才跑出這麼點路，腿腳可真不是一般的慢！

「據咱們的弟兄彙報，徐壽輝身邊所帶的護衛只有四百餘人，但珠寶細軟就拉了六十幾大車，所以無法走得太快，能一夜時間逃到廣濟，已經是竭盡所能了！」黃叔度很是鄙夷這位敵軍尚未入城就捲舖蓋逃命的天完皇帝。

「那他說沒說將來有什麼打算？」吳良謀問。

「沒說，但是他好像也不打算再跑了，就蹲在廣濟城裡緊閉四門！」黃叔度的回答很是出人意料。

「依逯某看，他是等著咱們出招呢！」第五軍團長逯德山接過話頭，「他是料定了咱們不會主動攻擊他，而有蘄州城在前面擋著，答矢八都魯和倪文俊一時半會兒也打不到廣濟去，只要能多拖上些時日，彭瑩玉和趙普勝怎麼也得再派點兵馬過來！」

「說不定朱重八和韓林兒也會派人馬過來撿便宜！」劉魁不屑地撇嘴。

淮安軍不出兵，周圍諸侯就對蘄州之危視而不見，誰也不願意過來跟答矢八都魯硬拼，但淮安軍的兵馬一到，就自然成為跟元軍交戰的主力，其他紅巾諸侯再派人過來，非但不會遭到太大損失，反而趁機撈些名聲及實際上的好處，當然何樂而不為！

「所以過來的人越多，徐壽輝的選擇餘地就越大，越奇貨可居。」逯德山冷笑道：「這個人，見識是短了些，心思轉得可一點兒都不慢！」

「好歹也是當過皇帝的人啊！」吳良謀眼神漸漸發冷。「答矢八都魯和倪文俊退到了什麼位置，斥候查探清楚了麼？」

「已經查探清楚了！」黃叔度回道：「答矢八都魯帶領麾下兵馬去了蘄水，倪文俊把營盤紮在蘄水城外，二人並沒有拆掉蘄河上的木橋，從蘄州通往蘄水的道路也沒有遭到任何破壞！」

「看來這兩個傢伙還不服氣啊！」吳良謀冷笑道。

蘄州城原名蘄春，與蘄水城相距大概有四十餘里，中間還隔著兩條不大不小的河流，如果答矢八都魯昨夜被打得沒了士氣，肯定會破壞道路和橋梁，以免被淮安軍乘勝追殺，而他現在的做法，顯然是正整頓兵馬，隨時準備再殺過來洗雪前恥。

「那就打到他們倆服氣為止，剛好殺雞儆猴！」劉魁握著拳頭道：「讓那些想趁機過來佔便宜的傢伙們好好想想，他們有沒有足夠的牙口！」

「別急，還有時間！」吳良謀斟酌道：「咱們先想辦法穩住徐壽輝！來人，把陳將軍和張將軍還有鄒太師給請來！」

「是！」親兵們答應一聲。

不多時，三人結伴而至，臉色看起來疲憊不堪，但身上的衣服和腳下的靴子都已收拾得乾乾淨淨。

「見過吳將軍！」三人一進門，就齊齊肅立拱手，「昨夜救命之恩，蘄州上下此生必不敢忘！」

「嗯！」吳良謀擺了擺手，「免禮，來人，請三位大人坐下說話！」

「恩公面前，哪有我等的座位！折殺了！」三人好像排練了很久般，異口同聲的回應。

「叫你等坐就坐，我們淮安軍沒有讓客人站著說話的規矩！」吳良謀眼神一寒，「至於救命之恩，你們得去感謝我家主公，而不是吳某。」

「是，吳將軍吩咐的是，我等莽撞了！」陳友諒三人打了個哆嗦，趕緊順坡下驢。

昨夜跟劉魁初次相遇時，雙方相談甚歡，誰也沒料到吳良謀竟藏著極其濃烈的殺機，所以今天被對方召見，處處陪著小心，以免不小心說錯半個字，被對方推出轅門外，一刀了結了性命。

好在吳良謀寒暄幾句後，就立即開門見山，說出所求：

「你家主公在廣濟，吳某想請他回來，他卻不放心，所以吳某只好勞煩你們三位，替吳某去跑一趟，就說我淮安軍無暇照管蘄州，打退了答矢八都魯就會班師回揚州，請他早些回來，一則可安百姓之心，二來，雙方也能面對面商量一下今後的諸多事宜！」

「吳將軍說，你打跑韃子就會撤兵？」張定邊性子最急，脫口而出。

陳友諒在背後踩了一下他的腳跟，然後上前躬身施禮道：「我等願為大將軍效力，請大將軍賜予信物，我等也好去說服舊主放心來歸！」

「嗯！」吳良謀旋即從腰間解下佩劍，親手遞給陳友諒，「這把寶劍乃我家主公所賜，在淮安軍中，只有都指揮使才有資格使用，你拿去給徐統領看，他自然會相信吳某的誠意！」

「我家主公……」鄒普勝在旁邊聞聽，神色頓時大變，然而想起昨夜淮安軍犀利的炮火，輕輕吐了口氣，道：「我家主公並非妄自尊大，只是不願屈居於韃子皇帝之下，所以才倉促立了國號，分封百官！」

這話說出來，傻子都不會相信。如果徐壽輝不是妄自尊大，就不會在向揚州求救時，還下什麼狗屁聖旨，但吳良謀聽了，也不戳穿，繼續說道：

「過去的事都過去了，大夥都沒必要再提，畢竟徐統領在起兵抗元之時，還算是一條響噹噹的好漢，我家主公如果在乎徐統領給他下旨，就不會派末將逆流來援，但今後你我雙方該如何相處，還請鄒將軍多替徐統領打算，畢竟我淮揚兵力有限，不可能每次都放下自己的事，跑來替外人守城！」

「末將明白，末將一定會勸我家主公深思！」鄒普勝越聽臉色越蒼白，小心翼翼地回道。

「多謝吳將軍！末將也會竭盡全力勸告徐大哥，不負將軍所託！」陳友諒亦保證道。

他兩次稱呼徐壽輝，一次用了舊主，一次用了徐大哥，明顯是在表明態度，令後者聞聽後湧上了幾分讚賞。

「陳將軍和張將軍昨晚所為，吳某甚感佩服！」吳良謀目光轉向陳友諒，和顏道：「此番勞煩兩位將軍替吳某跑腿，算吳某欠二位一個人情，今後有需要吳某幫忙的地方，二位儘管派人送信來！」

「不敢，不敢！」陳友諒立刻連連擺手，「淮安軍救了陳某與大夥的命，陳某正愁無以為報，替吳將軍跑一趟腿，又怎麼敢收取酬勞！日後如果承蒙將軍不棄，陳某願意帶領麾下百餘兄弟受將軍驅策，百死亦不旋踵！」

「這話以後再說，你先去做事，我家主公向來欣賞有血性的漢子！」吳良謀示意陳友諒不要想得太遠。

陳友諒、張定邊和鄒普勝趕緊行了個禮，捧著吳良謀的佩劍告辭。

第三章

買空賣空

徐壽輝心中盤算：想拿地盤做交易，
池州彭瑩玉和安慶趙普勝未兩個必肯聽他的；
剩下的，只有這條老命！這條老命隨時都可能被人奪走，
除非，淮安軍能留下來給自己提供保護，
讓自己可以狐假虎威，買空賣空……

待出了第五軍團的臨時駐地，三人互相看了看，個個背上都滲出了大片的汗漬。

「你居然準備投靠淮安軍？皇上和彭丞相平素待你不薄……」鄒普勝不滿地瞪著陳友諒。

「昨夜一戰，陳某已不欠天完什麼，徐大哥從今往後也不再是陳某的主公！」陳友諒毫不客氣地說：「至於彭丞相，他應該明白天下大勢所趨！」

「你……」

鄒普勝被氣得說不出話，心裡卻無法否認陳友諒說的未必沒有道理，徐壽輝自己丟下文武百官和城頭上的將士逃命，就別怪大夥不再認他這個主公；而彭和尚這兩年全靠著淮揚的扶植才勉強在池州站穩腳跟，根本沒資格去跟朱重九理論是非，更沒資格去爭奪天下。

「不做皇帝，對徐大哥更好，太師，你應該明白，他根本就不是那塊料子！」陳友諒得理不饒人，對鄒普勝又道。

鄒普勝愈發說不出話來，咬著牙將頭扭到一邊。

「其實……」張定邊拉了一下陳友諒，「你決心別下得這麼早啊！昨夜闔城百姓應該算是咱們救下來的，大夥都會念著你的恩情，如果能借淮安軍的勢……」

「你想得倒是美！」陳友諒聲音陡然增大，讓鄒普勝也能聽得清清楚楚。「可誰又比誰傻多少？有張士誠這王八蛋擺在前頭……」

嘆了口氣，他不想再說些沒有用的話，正所謂**時勢造英雄**，陳某人時運不佳，只能認命，好歹跟上一個雄主，日後未必失公侯之位。

「張士誠，這又關張士誠什麼事了？」張定邊依舊懵懵懂懂，不停地追問。

陳友諒嫌他囉嗦，拎著寶劍加快了腳步。

正追過來的鄒普勝看了他一眼，也苦笑著搖頭，「你呀，這輩子也就做個猛將的分，就別問那麼多了！陳將軍說得對，不做皇帝，其實對徐統領更好！」

張定邊性子耿直，除了打仗之外，不願意在別的地方多花心思，所以他理解不了，為什麼徐壽輝當統領比當皇帝要好？為什麼眼前正發生的這一切事情要歸咎到遠在杭州的張士誠頭上？

但同樣的問題對於鄒普勝，卻沒有任何難度，當心中的羞惱之意稍稍退去之後，他立刻就清楚地認識到了現實。

淮安軍不欠徐壽輝任何東西，包括《高郵之約》，當年也只有彭和尚以天完國右相的身分表示了支持，高高在上的徐壽輝的態度則是不聞不問，所以當蘄州遇到叛軍和蒙元的聯手攻擊時，朱重九根本沒有義務揮兵來援。

在這種情況下，淮安第五軍團能逆江而上，完全是為了施恩於天完；或者說，只是為展示淮揚大總管府的實力。當他們將展示實力的目的達成後，下一步做到什麼程度，是立刻撤兵放任徐壽輝自生自滅，還是確保蕲州城能繼續苟延殘喘，就得看天完國上下肯付出什麼樣的代價了。

誰也不用指望朱重九再像當年不遺餘力的支持張士誠和朱重八，來支持徐壽輝。首先，當年朱重九兵力單薄，打下的地盤越大，所承受的風險越大，所以他在支持張、王、朱等人，等於同時在給淮揚自身爭取緩衝空間；而現在，朱重九麾下的戰兵超過了十萬人，根本不需要再依靠他人之手獲取戰略緩衝。

此外，如果張士誠也跟朱重八那樣，只是在桌子底下玩火，表面上依舊對淮揚禮敬有加，也許還能讓朱重九繼續當他的袁公路。但是張士誠這廝沒等朱重九稱王呢，自己就弄了個吳王的帽子戴上了，然後又跟蒙元的官吏暗通款曲，準備聯合當地的亦思巴奚兵一道對抗淮揚，**這已經是赤裸裸的掀桌子行為**，哪怕朱重九再昏庸糊塗，其麾下的逯魯曾、劉伯溫等人也會站出來提醒他要長記性。

想明白了其中關竅，鄒普勝心中的怨氣也就慢慢平息了下去。作為天完國的太師，他比任何人都瞭解自己的主公徐壽輝。以後者的能力和見識，當一個縣令都非常勉強，至於做皇帝，呵呵，天完國在起兵之初是何等的興旺，轉眼幾年，

就被他給折騰成了什麼樣子

所以陳友諒說得一點兒也沒錯，徐壽輝不當皇帝，對他本人，對大夥都好。至少不至於為了個虛名，讓大夥今後死無葬身之地，只要徐壽輝肯低頭聽淮揚大總管府的擺佈，有張士誠這個活生生的例子在前頭，朱重九也不會轉而再扶植其他人。

畢竟窩囊廢有窩囊廢的好處，將來想讓他交權，只需要一道手令。若是換成了陳友諒或者彭和尚，萬一以後羽翼豐滿，誰能保證他們不會是另外的張士誠？

想到此節，鄒普勝的心裡又湧起了對陳友諒的幾絲憐憫，以後者的能力和威望，若是能得到淮揚大宗府的傾力支持，用不了多久，便可以徹底取代徐壽輝，成為威名赫赫的一方諸侯，而陳友諒經常掛在嘴邊的口頭禪，也暴露此人擁有過野心。

但是如今，**一切都成了夢幻泡影，朱重九不會再給其他人成為吳王的機會**，沒有外力支持，陳友諒如果還不肯放棄他的「光武之志」的話，只會讓他自己更快地變成別人腳下的一具屍體。

「陳將軍，慢點兒走，老夫年紀大了，跟不上你的腿腳！」鄒普勝追趕著陳友諒道：「吳將軍命令老夫跟你一起去，咱們剛好可以在路上商量一下，怎麼樣才能說服徐統領！」

「太師不再怪陳某見異思遷了？」陳友諒回過頭來，冷笑問。

「不怪，不怪！是老夫先前愚鈍，沒理解陳將軍的良苦用心，我等當初舉義兵，乃是為了救萬民於水火，並非為了功名富貴，若是能捨一個天完國號，而使蘄黃四州的百姓得以擺脫蒙元暴政，我等又何必在乎一個虛名！」到底是文官，同樣意思的話從鄒普勝嘴裡說出來，就悅耳很多。

陳友諒微微一愣，衝著鄒普勝做了個長揖，「太師所言甚是，我等本心乃是為國為民，何懼身外虛名！今天該如何幫徐統領找回初心，還請太師多多謀劃。畢竟陳某和張兄弟都是武夫，除了打仗之外，其他事非我等所長！」

「太師這兩個字就不用再提了！」鄒普勝以平輩之禮相還。「天完朝已成過眼雲煙，我這個太師是空，你那個金吾將軍也是空，此後你我三人，不妨以兄弟相稱，也好彼此有個照應！」

「陳某敢不從命，鄒大哥在上，請受小弟一拜！」陳友諒拱手施禮，換成一副江湖做派，隻字不提彼此的過往。

鄒普勝心安理得地受了他的長揖，然後伸手托住他的胳膊，笑道：「老夫年紀大了，這領兵打仗的事肯定比不過你和張兄弟，但今後你們兩個有事情需要找人商量，老夫倒能幫忙謀劃一二，雖未必能謀劃得太長遠，至少不會故意將你們往岔道上領！」

「陳某正有此意，鄒大哥肯給些指點，當然是最好不過！」陳友諒笑道。

張定邊看到鄒、陳兩個談笑盈盈，忍不住問道：「我說你們倆，剛才不是還跟鬥雞似的，怎地這麼快就和好了？到底是怎麼回事？你今後到底想把我等往哪裡帶？」

「那還用想麼？當然是投奔淮安軍，除了朱總管，誰還值得咱們兄弟效力？」陳友諒給出答案。

「那倒是！」張定邊眨巴了幾下眼睛，說道：「如果不單幹的話，也就朱重九那邊值得咱們兄弟給他賣命了，至少危急關頭，此人能自己拎著刀子往前衝，從沒拋棄過麾下弟兄！」

「朱總管義薄雲天，自然非尋常之輩能比！」鄒普勝接過話頭，「不過，自立門戶這些話，張兄弟你以後還是不要說的好，雖然朱總管氣度恢弘，不會將這些玩笑話放在心上，可他手底下的人，未必個個都是君子……」

「我只是說說而已，就我這個性子，你讓我做頭領，我也得幹得了才行！」

張定邊聽了鄒普勝的話，立刻理解其意。

「多謝鄒大哥提醒，陳某以後一定會多加收斂！」陳友諒的心思很敏銳，也在轉眼間明白鄒普勝在拐著彎勸告自己。

做臣子，要有做臣子的態度，先前大夥在天完那邊可以隨便說話，那是因為徐壽輝這個皇帝當得稀裡糊塗，如果去投了淮安軍，就不能像原來那樣大咧咧扯什麼「做官要做執金吾」了！

「老夫聽說，大總管那邊極為重視規矩。」見陳友諒和張定邊能聽得進去勸，鄒普勝又道：「所以你我兄弟，嘴巴上謹慎一下也就是了，其他倒不必顧忌太多；此外，若是有立功機會，大夥千萬要把握住，咱們來得晚，原本就落在別人後頭，如果做事還老拖拖拉拉的話，日後想要名標凌煙可就難了！」

「那是自然，吃誰的飯，為誰幹活，你幾時見過老張出工不出力來著！」張定邊咧了下嘴，大聲附和。

「機會來了，當然不能錯過！」陳友諒的心機遠比張定邊深，聽出鄒普勝可能別有所指，沉吟了一下，才緩緩做出回應，「但是有時候卻只能盡人事聽天命，比如這回，能將徐統領說服，自是大功一件：但若是徐統領不肯聽勸，依舊固執地要當他的天完皇帝呢？咱們該怎麼向吳將軍交代？」

「徐統領昨夜曾經棄城出逃！」鄒普勝搖搖頭，「這人啊，如果豁出去連死都不怕了，那就誰也奈何不了他，可如果第一回給了自己苟延殘喘的藉口，就絕對會有第二回。」

「鄒大哥是說……」陳友諒的臉色大變。

「吳將軍給了咱們這個差事，可沒說就限咱們哥仨去！弟兄們在頭前拼命，徐統領卻自己跑了，昨天僥倖活下來的人中，想找他討個說法的，恐怕不止是咱們哥仨！」

想找徐壽輝討個說法的，當然不止是陳友諒、張定邊和鄒普勝哥仨。事實上，當聽說此君帶著大批財寶偷偷溜走的時候，許多守城者就在心裡暗暗發誓，這輩子即便是做鬼，也要找到這位皇帝陛下，為自己，為在這場戰亂中無辜慘死的袍澤討還公道。

於是乎，陳友諒回營地之後稍作鼓動，立刻糾集了上百名昨夜在戰場上浴血生還的漢子。這些人幾乎個個身上帶傷，但本領士氣遠非徐壽輝身邊那幾百御林逃兵可比，跟著陳、張、鄒三人去廣濟走了一趟，第二天下午就把天完皇帝徐壽輝連同他的老婆孩子全都給「接」了回來。

「哎呀，你們怎麼能如此胡鬧！吳某只是要你們勸徐統領回來商量事情，又不是叫你們把他給押回來！」

吳良謀卻做起了老好人，先假惺惺地訓斥了陳友諒等人幾句，然後和顏悅色地向徐壽輝抱歉道：「淮揚大總管帳下第五軍都指揮使吳良謀，奉命前來救援蘄州，請徐統領勿怪我等來遲！」

「朕如今是階下之囚，還有什麼資格說話！」徐壽輝把本錢輸光了，豁出去地道：「說吧，你家主公到底想幹什麼？只要徐某有的，爾等儘管拿走就是！」

「那要看你有什麼了。」吳良謀也不生氣，和氣地反問。

「朕……」徐壽輝將手臂朝地上一按，想跳起來發火，人起到一半，又緩緩坐了下去，咬牙切齒地大聲喘息。

他現在連廣濟這個彈丸之地都沒能保住，辛苦積累了好幾年的財貨也盡被陳友諒捲走獻給了淮安軍，除了一條爛命之外，他已經是一無所有。

「不急，徐統領可以慢慢想！」吳良謀依然是那副不慍不火的模樣，「來人啊，給徐統領搬個座位！順便帶陳將軍他們下去更衣用飯，大熱天的跑來跑去，弟兄們都辛苦了！」

「不辛苦，不辛苦，謝大將軍賜飯！」陳友諒等人聞聽，趕緊拱手道謝，然後鄙夷地看了徐壽輝一眼，跟著親兵下去用餐。

片刻後，親兵們搬來椅子，從地上拉起徐壽輝，硬按著他坐好，吳良謀則又命人拿來一壺茶，倒了兩杯，一杯自己握在手裡，另外一杯遞給後者，「來，先消消火氣。」

徐壽輝將接過茶杯，將裡邊的水一飲而盡。不管有毒沒毒，先喝了解渴再說，反正他現在已經一無所有了，死於毒藥和死於刀劍之下相差不大。然而水一入口，他幾乎冒煙的喉嚨立刻感覺一片溫潤，舌頭、嘴唇、鼻孔和全身汗毛無一處不覺得舒坦。

「好茶！」畢竟當過皇帝，徐壽輝立刻辨出茶葉的品質，「是洞庭湖上的君山金鑲玉吧！多謝了！」

「我也不知道是什麼茶葉，今天上午派人去收拾徐統領的行轅，大夥在地上撿了幾個盒子！」吳良謀笑道：「弟兄們覺得扔了可惜，就留著自己用了，順便分了半斤給吳某！」

徐壽輝剛剛被茶水澆滅的火氣頓時又冒了起來，看著吳良謀，恨不得立刻將此人活活掐死，「原來是搶了徐某的東西，再來招待徐某，吳將軍，你可真會做人！」

「不是搶，是撿！」吳良謀強調，「第一，昨夜吳某來的時候，蘄州城已經被韃子攻破，蘄州城的原主人不知所蹤！第二，今天吳某去徐統領的行轅時，裡邊的人早跑光了，值錢的東西也差不多被拿了個乾淨，這些什麼君山金鑲玉，是別人遺棄不要的，只有吳某這種沒見過什麼世面的土鱉才會撿回來自己喝！」

徐壽輝被氣得眼前一黑，差點沒當場暈倒。**不怪別人說話損，是他這個天完皇帝先跑路了，淮安軍隨後才拿下蘄州城的，所以即便是搶，吳良謀也是搶了答矢八都魯的茶葉，跟他徐天子何關係之有?!**

正恨不得以頭搶地之時，又聽吳良謀緩緩吸了茶水，道：「我家主公最恨豪傑自相殘殺，所以徐統領不必擔心，你既然到了蘄州，吳某絕不會動你和你的家人一根汗毛，包括你那三千佳麗，如果她們還願意跟著你的話，吳某也絕不會讓她們受什麼委屈！」

「不過是怕難掩天下悠悠之口罷了！」徐壽輝翻了翻眼皮撇嘴道，說話的氣勢卻比先前弱了許多。

「那倒未必！」吳良謀冷笑，「其實想殺你非常容易，比如吳某現在就當著所有人的面，把蘄州交還給你，然後帶著兵馬一走了之，徐統領，你以為你能活著看到明天早晨的太陽麼？」

「你，你這是借刀殺人！」徐壽輝跳起來，指著吳良謀的鼻子叫嚷。

「怎麼會呢，眼下城裡剩下的兵馬收拾收拾，怎麼也能找出兩三千吧！徐統領再花錢招募一些，湊一萬估計不成問題！對了，蘄州城的官庫和糧草，我至少會給你留下一半，畢竟在回去的路上，弟兄們也得吃飯！」

「真的？」徐壽輝簡直不敢相信自己的耳朵，滿臉熱切地問。

「我何必騙你！」吳良謀笑著點頭。

「那……」徐壽輝激動得語無倫次，但是很快，他的心慢慢變冷，冷得失去了站立的力氣，緩緩跌回椅子裡。

吳良謀的確沒必要騙他，但吳良謀一走，他依舊活不到明天早晨。首先，答矢八都魯和倪文俊聽到消息，立刻會連夜殺回來，他倉促召集起來的弟兄，根本不堪一擊；其次，今天陳友諒到廣濟去「請」他時，只帶了區區百人，他身邊的御林軍都不願意上前拼命。如果淮安軍走後，陳友諒等人趁機發難，他這個天完皇帝少不得要身首異處！

「怎麼了？知道這蘄州城燙手了？」吳良謀捧著茶杯，撇嘴冷笑道：「吳某一心想救你的命，你卻總拿吳某的好心當作驢肝肺，你也不仔細想想，就憑你身邊的那幾百御林軍，保得住你一家老小麼？別跟我提你那幾十大車財貨，這種時候，你手裡的財貨越多，越容易死得不明不白！」

幾句話如同刀子般，句句刺在徐壽輝的心窩上。

大夥對他這個天完皇帝早就徹底失望，當眾人準備自謀出路時，幾十大車財貨正像吳良謀說的那樣，成為他一家老少的催命符。

想到自己可能一隻腳已經踏進了鬼門關，徐壽輝頭上冷汗淋漓而下。

他可以豁出去一死，但是他卻不願意連累自己的妻兒，他先前敢跟吳良謀針鋒相對，是因為知道朱重九習慣沽名釣譽，很少禍及家人；而真的落到陳友諒手裡，或者御林軍中有人帶頭作亂，他徐壽輝肯定會被斬草除根。

「你知道問題出在哪裡了吧？**你昨天不該逃**！死在蘄州城裡，你徐統領還是個千秋雄鬼，大夥都會佩服你，連你這幾年做過的糊塗事都可以忘記，但你一逃，讓自己威望盡失，軍心和民心也盡失！吳某從沒聽說過，把國都丟給了敵人，回頭還能繼續做天子的，即便有，也必將是權臣的傀儡，下場慘不堪言！」

吳良謀從他的表情上，知道他已經勉強能夠接受失敗。

「吳將軍所言甚是，徐某糊塗了，多謝將軍當頭棒喝！」徐壽輝站起來，誠摯地道：「徐某願將蘄黃四州還有半個安慶獻給朱總管，請吳將軍給我全家留一條生路。」

「且慢，吳某從沒想過動你和你的家人！蘄黃四州也早非你徐壽輝所有，至於半個安慶，你現在下旨去讓趙普勝將軍交給我家主公，能保證趙將軍就會奉命麼？」

「這……」徐壽輝想了想，然後無力地癱軟到椅子上，「吳將軍說得對，徐某的確已經一無所有了，還請吳將軍念在徐某有反元之功上，給徐某指一條明路！」

吳良謀徹底佔據上風，立刻改變戰術，「來，再喝杯茶，咱們慢慢聊。據吳某所知，徐統領當年是做布料生意的吧？咱們就拿你最熟悉的方式，坐下來談一筆生意，徐統領以為如何？」

「徐某出身的確寒微！」雖然吳良謀儘量讓自己的語氣平淡，徐壽輝聽在耳裡，依舊覺得非常羞惱，然而他自知沒本事與對方硬抗，只好想方設法從別處找場子，「漢高祖不過是個小小的亭長，漢昭烈也曾織鞋販履，至於其他英雄……」

「我家主公當年是個屠夫。」吳良謀笑呵呵地將徐壽輝沒說出的話接了下去，「我家蘇長史是個衙門裡跑腿的，至於吳某，若不是當年跟了我家主公，這輩子恐怕也不過就是個開礦化銅的工頭，豈能有今日之風光？」

吳良謀又道：「吳某說你賣過布，並非故意折辱，只是想從你最熟悉的事情上跟你聊一聊今後的出路。你要是不願意，吳某也不勉強！」

「這……」

徐壽輝抬起頭，再次小心翼翼地打量吳良謀。過了很長時間，才終於確信對方不是在故意戲耍他，於是長長地嘆了口氣，幽幽道：

「如此，徐某就多謝吳將軍了。不過咱們醜話說到前頭，徐某只剩下爛命一條，別的，你想要，徐某也拿不出來！」

「徐統領又何必妄自菲薄呢？」吳良謀知道火候已經差不多了，鼓勵道：「好歹你現在沒落到別人手裡，這蘄州城，吳某也說過，過幾天就可以還給你！」

「當真?!」徐壽輝心裡一熱，隨即又喟然長嘆，「多謝吳將軍高義，只是吳將軍先前也曾說過，徐某沒本事再把蘄州城守住，要了等於自尋死路！」

「那也未必！」吳良謀搖搖頭，拋出第二個誘餌，「如果淮安軍狠狠給答矢八都魯一個教訓，讓他輕易不敢再來找你麻煩呢？如果吳某留兩千弟兄給你做隨身侍衛，保護你和你家人的安全呢？以徐統領的本事，莫非還沒把握坐鎮蘄州麼？」

「那，那當然……」徐壽輝結結巴巴，不知該如何回答是好。

「徐統領先不要著急，仔細想想再回答！」吳良謀擺擺手，示意徐壽輝少安勿躁，「吳某說過，咱們是做生意，**在商言商**，徐統領並非《高郵之約》的簽署人，我淮安軍肯前來救你，是念在你沒有向蒙元朝廷屈膝的份上，但交還蘄州，還有替你彈壓宵小，卻不是我淮安軍必做之事，所以徐統領**必須為這兩件事付出代價**！」

「這……」徐壽輝眼裡的火焰跳了跳，立刻萎頓了下去。對方的話一點也沒錯，淮安軍不欠他任何東西，他沒資格要求別人幫自己那麼多忙，只是如今他手裡，根本拿不出任何看起來有價值的東西。

「你可以討價還價，但必須有足夠的誠意！」見他遲遲給不了答案，吳良謀端起茶水來抿了一小口，耐心地提醒他：「要知道，想跟我家主公做生意的人不只是你一個，吳某完全是敬你當年的所為，才特意把你請來優先談一談價錢！」

「我……」徐壽輝雙拳緊握，圍著椅子直轉圈，心中盤算著：想拿地盤做交易，池州彭瑩玉和安慶趙普勝兩個未必肯聽他的；若拿金銀珠寶，這幾年的辛苦積攢，早就被陳友諒拿去做了投名狀，剩下的，恐怕只有這條老命！

可這條老命偏偏最不值錢，隨時都可能被人奪走，除非，淮安軍能留下來給自己提供保護，讓自己可以狐假虎威，買空賣空……

想到**買空賣空**，猛然間，他眼前一亮。大聲叫道：「徐某願意以天完國皇帝的身分向大總管效忠，徐某蘄、黃四州、半個安慶，還有池州，徐某願意盡數獻大總管闕下，只求大總管保護徐某一家周全！若是有人不肯聽從命令，他就是亂臣賊子，徐某願親自替大總管去征討他！」

「你倒是不傻！」吳良謀撇嘴道：「還知道拿別人的東西來給自己換好處，可我家大總管連蘄州都不想要，又怎麼會為了你幾句話，就去找那彭和尚和趙普勝兩人的麻煩？」

「這……」徐壽輝老臉一紅，額頭瞬間冒出一層熱汗。

「實在沒辦法，你可以賒欠！」吳良謀看了看他，循循善誘道：「先把以前的欠帳還上，然後好好想一想，你能替我家主公做些什麼？用你今後能做的事，一筆一筆還下去，只要人沒死，早晚有還清的時候！」

「我，我……」聞聽此言，徐壽輝的臉色更紅，額頭上的汗水出完一層又一層。

然而，他畢竟當年也是個生意場上的老手，明白只要對方沒拂袖而去，就還有討價還價的餘地，於是結結巴巴地說道：「徐某願意先打欠條，以後有了錢慢慢再還，徐某可以先以天完皇帝的名義，在『高郵之約』下連署，還了此番淮安軍前來相救的欠帳，然後再……」

「你得主動去除天完皇帝的名號，否則我家大總管無法跟你做交易！」見對方漸漸上道，吳良謀點頭道。

「徐某馬上就可以下旨詔告天下，願意主動遜位！」徐壽輝從吳良謀的笑容裡大受鼓舞，激動地說：「然後以南派紅巾大統領的身分，宣布願意奉《高郵之約》為圭臬，並在淮安軍的保護下，為朱總管暫攝蘄州，以安地方百姓和南派紅巾諸將之心，以淮揚律法為治下律法，以淮揚政令為治下政令，接受大總管調遣！」

無論在本時空還是朱大鵬的那個時空，徐壽輝都不是一個心志堅定的人，在另一個時空的歷史上，他先是被丞相倪文俊操縱，躲在深宮中數年無法過問政事，隨即又被陳友諒劫持，成為後者的傀儡，直到最終被陳友諒榨乾了利用價值，沉江於採石磯。

在本時空，徐壽輝所面對的情況，要比朱大鵬所在的那個時空發生的歷史還複雜好幾倍，與此同時，他所掌握的力量又遠比另一個時空單薄，所以稍作掙扎之後，他便選擇了屈服，按照吳良謀所提出的建議，「主動」接受淮揚大總管府的保護，雙方發誓以「高郵之約」為基礎，聯合天下豪傑，一道驅逐韃虜，恢復中華！

而吳良謀並不知道自己正在重複另一個時空別人做過的事，見徐壽輝如此「上道」，不由湧起幾分好感，於是乎，雙方正式訂立了「互利互惠」的外交關係，待淮安水師將盟約的底稿送回淮揚，請大總管朱重九用印之後，就可以正式生效。

盟約中首先宣布天完皇帝徐壽輝感於淮安軍千里來援之德，不願讓自己竊居於朱重九這位義薄雲天的賢者之上，所以從即日起，正式宣告退位，去「天完」國號和「獻武」帝號，轉而出任荊州大總管之職。從今往後，荊州與淮揚約為兄弟，一方有難，另一方將無條件趕來支援，刀山火海，絕不敢辭。

盟約中第二條則正式宣告，荊州與淮揚之間的關係受《高郵之約》保護，雙方同為《高郵之約》的初始締結者，共同維護該約的威嚴。如果在《高郵之約》的第一個五年期內發現有背信棄義者，雙方將共同出兵擊之。

第三條則宣告雙方從即日起互通有無，此後荊州治下各府路，包括黃州和安慶半壁，淮揚商號可以隨意開設分號，並且受當地官府保護。荊州的大小商人如果獲得荊州大總管府頒發的擔保文憑，也可以前往淮揚大總管府所掌控的各地開設分號，同樣接受淮揚各級官府的保護，任何人不得藉故打擊，強買強賣。

第四條，為了避免答矢八都魯和倪文俊兩人的聯軍趁虛而入，淮揚第五軍團將派遣三個戰兵旅，常駐蘄州。直到倪文俊授首，黃州、荊安、安陸等地被完全光復為止。在此期間，淮揚第五軍團的補給，由荊州方面擔負。所消耗的彈藥先由淮揚商號供應，然後再以最低折扣作價，讓荊州方面以金銀或者其他貨物的方式來支付。

…………

如是種種，共寫了二十三條，五十多條小款。

淮揚長江水師就停在蘄州城外，當晚便派了最快的哨船，將條約晝夜兼程地送回了揚州。

朱重九正在為吳良謀辜負自己的密令，放掉陳友諒而鬱悶不已，待看了此盟約後，頓時氣極而笑：「好你個吳佑圖！好個二十三條！等朱某把海路探出來，肯定讓你去大展宏圖！」

蘇明哲聽自家大總管笑得古怪，趕忙勸解，「主公息怒，吳佑圖年輕氣盛，做事難免莽撞，等蘄州的戰事結束，主公將他調回來怎麼收拾都行，千萬別因為一時之怒而……」

「你自己看！」朱重九將盟約底稿丟給蘇明哲，搖頭道：「連法外治權都想出來了，虧得咱們與徐壽輝還是一國之人，要是去了非洲，少不得他也會整船整船往外拉黑奴！」

蘇明哲滿臉困惑，接過底稿，不禁皺起眉頭，「這，真的有些過了！不過徐壽輝居然也肯接受，也算是一個願打一個願挨的事，別人也說不出什麼來！」

「是啊！」朱重九自嘲道：「誰敢說什麼閒話，咱們吳都指揮使還可以打上門去，割了他的舌頭，焚其書，毀其史！」

也不怪他義憤填膺，吳良謀逼迫徐壽輝接受的東西，與朱大鵬記憶裡西方人對東方的殖民統治非常類似，但同一件事在蘇明哲眼裡，卻是完全不同的觀感。

「主公莫非覺得吳將軍對徐壽輝過於苛刻？請恕老臣不敢苟同。徐壽輝原本就是一具塚中枯骨，如果沒有主公庇護，恐怕連三個月都活不過，如今非但能保住性命，還能對南派紅巾的其他豪傑發號施令，對他來說，已經是最好結果。」

「至於荊州百姓……」蘇明哲小心地開解道：「雖然三個旅的糧餉輜重要著落在他們頭上，可比起大修宮室，沒事就瞎折騰還是要輕鬆許多，並且有咱們的人在旁邊盯著，今後荊州各地的官員吃相也會多少注意些，不至於主動把百姓往咱們這邊推！」

朱重九臉上的憤懣變成了無奈，大總管府不再是他一個人的大總管府了，雖然大多數情況下，他還能讓自己的意志得到執行，但**這個他親手締造的怪獸，已經漸漸有了自己的一套行事準則，裡邊的每個人，都有自己的思維方式，不再對他唯命是從。**

這種變化，讓朱重九越來越不舒服，但卻會令淮揚大總管府越來越強大。**作為一個眾多思維碰撞和綜合出來的整體，它不會被任何感情所左右，只會選擇對自身最有利的路去走，哪怕這條路兩邊躺滿了屍骸。**

正感慨間，卻聽蘇明哲笑著說道：「主公仁厚寬宏，乃天下萬民之福，然而主公早晚會跟天下豪傑放手一博，**不流他們的血，就得流咱們自己的血**。倒是吳良謀弄出來的這個條約，看起來**別出蹊徑**，如果真行得通的話，將來可以少死很多人！」

這句話，讓朱重九怦然心動。

蘇明哲說得一點兒都沒錯，他的確不想跟天下豪傑兵戎相向，因為在他內心深處，總覺得這些人能帶領大夥起來反抗蒙古人的統治，就功在千秋，而這些英雄豪傑沒死在蒙古人刀下，最後卻死在他朱重九手中，則是一個天大的悲劇。即便他最後能成功一統全國，成功將蒙元殖民者趕回漠北，夜深人靜時回想起來，心中也會覺得負疚萬分。

然而大總管府的其他人卻不會這麼看，在大夥眼裡，朱重八也好、張士誠也罷，都是依仗大總管府的扶持起家，然後又背信棄義的卑鄙小人，大夥並不知道這倆傢伙在另一個時空的那些輝煌軌跡，所以巴不得趁其羽翼未豐就下重手剪除他們，以永絕後患。

局勢發展也逐漸證明，無論淮揚做出多少讓步，都不可能換得張士誠、朱重八和韓林兒等人的善意回報。**天無二日，國無二主，在解決蒙元朝廷這個最大威脅之後，大夥就是命中註定的敵人**，如果朱重九堅持不肯讓這些諸侯流血，則大總管府上下所有人的血都要為這些諸侯而流乾。

不是你死，就是我活，中間幾乎沒有第三種選擇的可能。而吳良謀的荊州條約，無疑在「你死我活」這兩個選擇間，**另外撕開了一條狹窄的縫隙**。雖然眼下還看不出這個縫隙最後能否成為第三條道路，但是至少讓大夥看到了一個既能避免其他英雄豪傑死於淮安軍之手，又不會耽誤淮安軍將來一統天下的希望。

「主公可曾記得當年咱們與朱重八初次想見時，他曾經說過的話？」見朱重九臉色不停地變化，蘇明哲小心地勸諫。「他覺得咱們過於謹慎，甚至有些小富則安的愚昧，話雖然說得婉轉，卻讓老臣十分惱怒！」

「我當然記得，要不是他的提醒，咱們也不會那麼快地就領兵南下！」朱重九的思緒迅速被拉回現實中來，「所以朱某終究沒看錯他，這個傢伙雖然人品不怎麼樣，眼光和見識卻是一等一的！」

「老臣從那時起就不敢再小視他。」蘇明哲點點頭，「所以老臣最近一直在想，咱們大總管府是不是又重蹈當年的舊轍？」

「你是說，咱們不該休生養息？」朱重九微微一愣，「這可是在議事堂裡反覆謀劃才定下的決策，那時你可沒有說任何反對的話！」

「老臣的確沒有反對！」蘇明哲笑道：「咱們淮揚一口吃不成胖子，穩紮穩打最為合適，但要是有人肯出錢出糧，主公何不讓淮安軍多出去磨礪一番？畢竟光是埋頭苦練，練不出精兵來，是騾子是馬，早晚還得拉出去遛遛才算！」

「你是說讓荊州負擔軍資？以戰代練？」朱重九皺著眉頭問。

「主公英明！」蘇明哲豎起拇指，讚道：「老臣就知道主公早晚能看到這一點！吳佑圖那小子雖然做事莽撞，但一顆心全向著咱們淮揚，讓徐壽輝和彭和尚他們將錢糧出了，咱們就派遣兵馬輪流去荊州參戰，反正那裡距離揚州甚遠，即便戰事偶有不順，也影響不到這邊來。」

「嗯！」朱重九陷入沉思。

最近半年多來，淮安軍兵馬數量雖然得到了急速的擴充，然而戰鬥力如何卻是個未知數，所以在養精蓄銳的同時，**如何保證兵馬的戰鬥力就成了一個難題。**朱重九一直找不到妥善解決的辦法，沒想到被大夥認為尸位素餐的蘇明哲會將答案送上門來。

「老臣以為，這個盟約裡頭，對荊州方面重視程度遠遠不夠！主公如果覺得委屈徐壽輝的話，不妨將第五軍團的六個戰兵旅全都派過去，儘快幫助荊州收復失地。如果條件許可，甚至可以幫助荊州向外擴張，等第五軍團力氣耗盡了，就把第三軍團派出去；待第三軍團又成了疲兵，第七軍團的整編也該結束了，剛好讓他們去戰場上磨礪一番。」

「也罷！既然連你也覺得吳佑圖這事幹得不錯，我就暫且放過他這一回，等會兒召集大夥到前面議事，聽聽其他人還有什麼說法。要是大夥都不反對的話，我就在這份盟約上用印。不過……」朱重九面色一沉，「若是每個都指揮使都像他這樣自作主張的話，淮揚大總管府還是早日散夥的好，免得大家越處越彆扭，以至於到最後反目成仇！」

「主公言重了！老臣可以對天發誓，今生絕不敢背叛主公！」蘇明哲聽了，立即站起身，滿臉惶急地賭咒道：「如果蘇某有半點不臣之念……」

「得了，我不是懷疑你。也不是懷疑吳良謀！」朱重九擺擺手，意興闌珊地道：「我只是心裡不太痛快而已，也就是在你面前還能說說，等會兒到了前廳，還得強裝出一副大度模樣，否則又是一堆口水！」

「主公豈不聞『君正則臣直』？」蘇明哲被說得老臉一紅，低下頭。

朱重九主張暢所欲言，不因言而罪人，長期貫徹之後，結果就是議事廳中，大夥的話語分量越來越重，而朱重九向大夥妥協的次數則越來越多，很多時候甚至要委屈自己，尊重在場大多數人做出的選擇。

「正因為主公仁厚，所以我等才敢屢犯龍顏；也正是因為主公仁厚，所以臣等才必須變得陰險狡詐，不給小人可乘之機！咱們君臣這叫相得益彰！」蘇明哲厚著臉皮拍朱重九的馬屁。

「呸！」朱重九被拍得哭笑不得，卻仍不免有些小小得意，雖然離自己理想中的民本政府相差甚遠，畢竟言路已開，只要加以妥善利用疏導，最終未必不會成為類似於後世的虛君政治模式。

如是想著，他心裡的鬱悶多少又散掉了一些，向蘇明哲點點頭，快步朝前院走去。

第四章

銀子惹的禍

桑哥失里斟酌了一下，決定實話實說，
「四月份的時候，糧價比往年貴了兩倍，
五月中旬，慢慢回落到去年糧價的一倍半！」
「哦？」妥歡帖木兒眉頭緊皺，「那不就是空心銀子惹的禍？」

君臣二人一前一後，須臾來到議事廳內。蘇明哲命人敲響門口的鐘鼓，召集各級謀臣和各部主官前來探討國事。

不多時，逯魯曾、劉伯溫、胡大海等人陸續到齊，分文武兩廂落座，從蘇明哲手裡接過盟約輪流傳閱。

果然如朱重九所料，除了對一些細節有所異議之外，大多數文武都對盟約的主要條款讚不絕口。特別是劉子雲、胡大海等高級將領，簡直把這份盟約給誇到了天上去，恨不得其立刻能落到實處，好讓自己帶著麾下兵馬去荊州一展拳腳。

商局主事于常林和工局主事黃老歪等，則看到了這份盟約執行後給淮揚帶來的巨大利益，一個個興奮地手舞足蹈。

禮局所關注的重點則是，此約一簽，淮揚就徹底奠定了自己的諸侯盟主地位。雖然表面上，北派紅巾依舊以韓林兒為共主，但朱重九已經成了當年率先提出「尊王攘夷」的齊桓公，只不過這個王，從具體某個傀儡換成了一份白紙黑字的「高郵之約」而已。

「諸位所言大謬！」唯獨劉伯溫怒氣衝衝地說道：「自古以來，有因義而興兵者，有因怒而興兵者，劉某從未聽聞還有因做生意沒賺到錢而大打出手者。此約一簽，將置我淮揚大總管府於何地？諸君只看到眼前蠅頭小利，就不怕重蹈當年春秋時齊國之覆轍？」

「主公，微臣以為，劉參軍所言不可不察！當年齊國以商止戰，亦因百官爭相逐利，而終失其霸主之位，前車之鑒可為後世之師！」學局主事逯鯤緊跟著表示支持。「雖然逼迫徐壽輝去帝號，對我淮揚有百利而無一害，但是好好一份盟約，為何非要把商閭之事混在裡面？一旦公之於眾，豈不讓天下豪傑笑我淮揚滿身銅臭，逐小利而忘大義？此乃太阿倒持之舉，請恕微臣不敢苟同！」

「主公，臣亦不敢贊同主公簽署此約！」被派往山東輔佐王宣的第六軍長史章溢難得回來一趟，也仗義執言道：「且不說吳將軍未獲得主公授權便擅自與徐壽輝定盟，有罪在先；此約一簽，天下讀書人必然以我淮揚為商販之國，從此敬而遠之！」

「微臣以為，劉參軍所言甚是！」

「微臣請主公急速下旨召回吳將軍，問其背主定盟之罪！」

剎那間，學局、禮局的幾個主要官員都紛紛站了出來，與劉伯溫和逯鯤、章溢三人，掀起了一股反對狂潮。

與朱重九所擔心的不同，大夥在意的不是此條約對南派紅巾和蘄黃等地百姓帶來的傷害，而是惱火吳良謀和逯德山等人，居然把商人和淮揚商號的利益，與大總管府的利益捆綁在了一起。

要知道，眼下大總管府提倡四民平等，已經給了外界「重小民而輕士大夫」的口實。若是再將商販的利益與大總管府之間的聯繫加強，而不是及時減弱的話，必將在讀書人之間引發更大的非議，甚至導致其他地區的士紳更快地倒向蒙元官府，而不是對淮安軍贏糧而景從。

但是，戶局主事于常林只用短短幾句話，就將反對者們問得面紅耳赤：

「主公，微臣也以為劉大人所言聽起來很有道理！然微臣卻不知道，從主公起兵至今，天下士紳幾曾支持過主公？微臣更不知道，天下讀書人有幾個曾經替我淮揚搖旗吶喊，奔走呼號？」

趁著劉伯溫等人被氣得接不上話的時候，于常林向前邁了一大步，聲音陡然轉高，「倒是在座諸位身上之衣，碗裡之食，還有前線將士手中之兵器鎧甲，皆出於工商！我淮揚既然以工商立國，不為工商張目，卻想著去求肯什麼讀書人和天下士紳的支持，豈不是捨本逐末？到頭來，天下士紳未必肯為我淮揚所用，我淮揚的根基卻因此而毀，那才是真正將大夥往絕路上領！」

「的確如此，于大人說得對，我等不需要討士紳的歡心，他們願意跟著主公一起幹就來，不願意幹就滾，沒有幾顆臭雞蛋，不信大夥就吃不了飯了！」黃老歪迫不及待地咆哮。

「天下讀書人早就抱蒙元粗腿去了，有幾個敢冒著掉腦袋危險與我等共同進退？」第一軍團副都指揮使，兵局主事劉子雲言辭稍微溫和些，「倒是幾位大人素來看不起的販夫走卒，百工力棒，始終與我淮揚生死與共！」

「除了章、馮幾位大人，微臣也沒看到多少讀書人主動來投奔主公，倒是全天下的商販，差不多能趕到淮揚的都來過了，並且很多商號即便開在大都，也跟我淮揚暗中往來不斷！」內務處主事張松見劉子雲等人勢大，立刻選邊站。

「**天下攘攘，皆為利往！**」第七軍團都指揮使王克柔出身於鹽梟，對利益之爭看得很透，引經據典：「讀書人科舉得官，求的是展胸中之志，留萬世之名，其實也是一份**讀書的紅利**而已！只不過說起來好聽些罷了。主公今後得了天下，再開科舉，就不信他們不來。」

……

眾文武們紛紛開口，雙方你一言我一語，各抒己見。

不知不覺間，外邊的天已黑了下去。蘇明哲命人點起油燈。跳躍的光芒，轉瞬間將議事堂照得如白晝般明亮。

有一個從諫如流的主公是好事，但大總管府的每一項決策出爐，因為朱重九不願意早做決斷，流程都變得十分冗長。像這樣的爭論，幾乎每個月都發生好幾次，往往直到一方徹底啞口無言了，才能分出個最終結果來！

「主公，自古以來，商人逐小利而忘大義……」跳動的燈光下，劉基和章溢等人繼續據理力爭，但是他們說出來的每一句話，很快就被大夥的駁斥聲音徹底吞沒。

「主公，如果照這樣下去，今後我淮揚再對外宣戰，就不是解民於倒懸，而是有人竟然膽敢不買淮揚商號的帳！」劉伯溫舌戰群雄，最終卻寡不敵眾，氣得將頭轉向朱重九，憤然說道。

「那又如何，只要我淮揚兵戈足夠鋒利，什麼理由不是理由！」于常林、黃老歪等人撇了撇嘴，冷笑著道。

「喀嚓！」外邊響起一聲驚雷，仲夏夜的暴雨匆匆而來。

一道道閃電劃過夜空，好像某頭剛剛斷奶的猛獸，迫不及待地向世界展露出獠牙！

一場突如其來的暴雨，將盤桓於江南多日的暑氣徹底給洗了個乾淨。

太陽變得溫和了許多，讀書人搖著扇子，結社酬唱，以文會友，為自己的將來謀劃出路；商販們也趁著老天爺給面子，趕緊將各類新奇貨物擺在店鋪最顯眼處，以圖趁著客人從門口路過時，能賣上一個好價錢。而農人則將時令瓜果挑到城內，給「貴人」們嘗個新鮮，以換取一家人的口中之食。

若不是年久失修的官道上經常有背著角旗的信差策馬疾馳而過，百姓們真的忘記了戰爭其實就近在咫尺。

徐壽輝、朱重八、劉福通、彭和尚，一個個大夥耳熟能詳的名字，讓達魯花赤老爺夜不能寐。

紅巾軍劫富濟貧，好，大夥家裡沒有隔夜之糧，當然不怕紅巾軍來劫！紅巾軍殺官劫獄，好，大夥家裡沒有當官的，那些衙門裡終日作威作福的老爺們死不死，關大夥何事？但紅巾軍占了一個地方之後，收錢收得比色目二老爺還狠，搶完了牲口還拉女人，就讓大夥無法忍受了，**即便在蒙古老爺的治下，好歹還有個規矩可循，你紅巾軍也是苦哈哈出身，怎麼能做得比蒙古老爺還要惡毒？**

唯一一個讓大夥覺得恨不起來的，只有朱重九。

倒不是這個屠戶的形象比起其他紅巾首領來有多高大，而是他的一些做法，給江南各地帶來了肉眼可見的影響，讓絕大多數人都得到了好處，讓大多數人都認為，他的存在對大夥有利無害。

且不說市面上越來越多，越來越便宜的淮揚雜貨，自打淮安軍遮斷了長江，南方百姓的日子就一天比一天比一天好過，蒙元朝廷被隔在了千里之外，對地方上的很多事情都鞭長莫及。衙門該繳納去大都的錢糧，也因為道路的中斷，而堆放在各自府庫裡，不再有任何人催逼。

一等蒙古老爺們為了防禦紅巾賊，不得不通過地方豪紳之手，組建「義兵」，而地方豪紳為了避免底下人學著當年張士誠的樣子，帶著義兵造反，也不得不放寬了對民間的盤剝，一個個變得和善可親，輕易不敢再搶男霸女。於是乎，在遠離戰場的一些州縣，竟然罕見地出現了幾分盛世光景，從官府到民間處處透著安逸富足。

「要是朱屠戶一直占著揚州就好嘍！」難得吃上幾頓飽飯，百姓們心裡自然清楚眼前的幸福生活因何而來，蹲在自家門口，一邊喝著棗樹葉子泡出來的茶湯，一邊感慨著。

「想得美！自古以來這殺官造反的，有幾人能夠長久?!」一名賣針線的小販停住腳步，撇嘴道：「他牛叔，趁著最近日子好過，趕緊買塊淮布，把三丫風光嫁掉算了！要不然，哪天世道又變了，你哭都來不及！」

「我呸！造孽才買你們家的淮布！」牛姓莊戶漢一聽，將嘴裡的茶湯遠遠地噴了過去。「我還是買點兒棉花，讓三丫頭自己紡了自己織的好，雖然沒有淮布看著光鮮，好歹能穿個結實！」

「買棉花啊，我這有！」小販立刻接過牛大哥的話頭，彎腰從雞公車上搬下一大包棉花來，「上好的大食草棉，剛從雷州運過來的，用來紡紗織布最好不過！」

「我呸！」牛大哥又狠狠呸了一口，「怪不得你天天給朱屠戶下咒，原來就是為了多賣幾斤棉花。作死吧你！小心哪天見了閻王爺，小鬼拔你的舌頭！」

「看你這人，怎麼不知道好賴呢！這麼好的草棉，你不要，別人還搶著要呢。」小販生意沒做成，也不生氣，繼續扯開了嗓子兜售。

勞碌了一整天歸來的鄉鄰們聽到喊聲，難免會停下來看看他手中的貨色，但大多數人都是只看不買，偶爾一兩位手頭寬裕的，也僅僅是買一根鋼針，幾軸彩線之類。臨結帳時，還要討點添頭，否則不肯將手中的銅錢放下。

「哎呀，我說劉爺，您就別再多拿了，統共才五文錢的生意，看看您，光麻繩就繞了一大卷走！」小販不肯折本，忍不住抱怨。

鄉鄰們聽了，紛紛哄笑道：「邵老二，誰不知道你做大買賣的，還在乎這點兒蠅頭小利？麻繩再給扯上幾尺，我們白送你個西瓜吃！」

「真的？」邵老二喊了一整天，正口乾舌燥。聽到西瓜兩個字，嘴裡立刻變得濕漉漉的，說話聲音也跟著變了調。

「看你那個饞樣！像幾輩子沒吃過瓜一般！」鄉鄰們見了，少不得又要笑著奚落幾番，但笑過之後，真的跑到井口旁，用轆轤吊起一個不知誰家放進去的西瓜，雙手搬了過來。

大夥也不需要刀子，直接將西瓜用拳頭捶裂了，掰成數分，然後蹲成一圈，臉對臉地大快朵頤。待解過了渴，則眼巴巴看著小販邵老二，等著後者說幾段最新的傳聞，以彌補鄉間生活的貧乏。

邵老二抹了下嘴巴，說道：「剛才說朱屠戶不能長久，是我信口開河。事實上，這天下不知道有多少人希望朱屠戶能興旺發達呢！但凡事得從兩邊想，這自古以來，幾曾有殺豬漢坐過天下？」

「那可不一定！」周圍的百姓聽了，紛紛出言反駁。「風水輪流轉，當年劉三兒不也出身市井麼？」

「那是唱戲的瞎編，人家劉三爺當年可是正經八本的亭長老爺，地方上有頭有臉的人物！」邵老二賣弄道：「況且人家劉三爺當年是斬了白蛇，才得了大漢四百年的國運，那朱屠戶從起家到現在，可曾有過什麼神蹟？」

「那掌心雷呢，不是說朱屠戶會打掌心雷，一揮手就能炸死好幾百人麼？」

「嗨！掌心雷是什麼東西，你們又不是不知道，上月府衙的趙老爺不也一樣在城頭試炮麼？」邵老二雙手在空中比劃著：「早些年朱屠戶就是憑著這一招新鮮，才得了淮揚，如今這招大夥都學會了，他再想像原來那樣見誰滅誰，就不大可能嘍！」

眾人聞聽，心裡頭頓時覺得愈發地沮喪。

自古以來，除了痞子劉邦之外，大夥的確沒聽說過哪個開國皇帝出身比朱屠戶還要低下的，而劉邦至少斬過白蛇，顯過神蹟，而朱屠戶卻連佛子身分據說都是假冒的，完全凡人一個。

如今朱屠戶的掌心雷也被破了，他拿什麼來橫掃天下？城裡的達魯花赤老爺，萬戶老爺都聯合起來要對付他，即便他全身都是鐵打的，能攆得了幾斤釘兒啊！

「所以呢，大夥趁著現在日子好過，該給兒子娶媳婦就趕緊娶媳婦，該打發閨女嫁人就趕緊嫁，好歹能讓孩子們風光幾天不是！」

邵老二見眾人被自己鎮住了，趕緊趁機推銷貨物，「就算不為自家的孩子著想，為了朱屠戶那邊能多撐幾天，嚇住城裡的各位老爺，也該多買些淮揚貨不是？從針頭到剪子，還有淮布、淮棉，大夥買得越多，朱屠戶手頭越寬裕，他支撐的時間就越久，咱們的日子就越好……」

不知道是前半段話起了作用，還是後半段話打動了人心，鄉鄰們紛紛走向他的雞公車挑挑撿撿，片刻功夫就將上面的雜貨給買走了一大半。

鄉民們是樸素的，他們是真心地希望朱屠戶能永遠將長江切斷，讓蒙元朝廷再也無法把手伸到自家門口來。至於朱屠戶和他的淮安軍今後出路在哪兒？他們看不到，也不抱任何希望。自古**上馭下，良使愚，貴馭賤，賢使不肖，乃不易天條**，朱屠戶再有本事，還能把頭頂上的天空戳出個窟窿來。

「唉！這朱屠戶不把天捅出個窟窿來，我看他是絕不肯消停啊！」與普通百姓相比，士紳們見識多，看得「遠」，對「朱重九」三個字感覺更為複雜。

從故宋的與士大夫共治天下，到蒙元的豪傑替天子打理地方，最後到淮安軍目前的四民平等，攤丁入畝，士大夫犯法與百姓同罪，朱重九奪走了他們手中延續了上千年的特權！怪不得天下的士紳提起淮揚就人人咬牙切齒。

而那朱屠戶還不知道收斂，最近居然又縱容屬下幾個佞臣，炮製出一個「荊州盟約」，讓其手中兵馬公開替商販張目，這下可是朝烈火堆上潑了一瓢熱油。

頓時，黃河以北，長江以南，凡是還在蒙元官府掌控中的地方，無不「群情激奮」，連續半月，每日站出來聲言要助官府討賊安民的「義士」數以百計。不過激憤歸激憤，敢主動請纓，領兵去「討伐」朱重九的英雄豪傑卻不見幾個。

即便是蒙元朝廷，也保持了絕對的冷靜，當朝丞相哈麻還宣布要對淮賊徐徐而圖之，務求待其「運遷自衰」之後，一戰而竟全功，至於什麼時候朱重九頭上的好運能夠遷移到別處，哈麻卻語焉不詳。

反正想讓他學著前丞相脫脫那樣領兵親征，或者讓他弟弟雪雪在濰州主動向淮安第六軍團發動進攻，是絕無可能的事情。

「哈麻誤國！」見朝廷居然不敢帶頭向淮安發難，民間輿論在經歷一番醞釀之後，將矛頭轉向了丞相哈麻和手握兵權的武將。

「哈麻通淮！」「雪雪勾結淮賊！」「月闊察兒跟淮賊早有勾結！」

七月，一份份來自地方上的奏摺如雪片般飛向了大都，轉眼就淹沒了整個中書省，讓哈麻等人用盡了渾身解數也無法再阻攔其中某幾份直達天聽。

大元天子妥歡帖木兒最近修習藏傳秘法又略有進境，一眼就看出這些奏摺上面寫的東西，大多都是捕風捉影的無稽之談。

但其中有一份來自四川行省的奏摺，卻讓他不得不將哈麻宣進宮來認真核實。因為那份奏摺的書寫者，是他麾下為數不多依舊還敢主動跟紅巾軍開戰的猛將之一，四川行省丞相答矢八都魯！

「這上面說的可是事實？他麾下六萬戰兵糧餉嚴重不足，以至於他在跟吳賊良謀交戰時，麾下勇士只能餓著肚子上陣？」妥歡帖木兒將奏摺朝哈麻面前推了推，問道。

「這？」哈麻被問得先是一愣，隨即意識到中書省裡還藏著脫脫的餘孽，這些傢伙在暗中給自己使絆子。

「微臣敢保證，自打微臣就任後，從沒剋扣過四川行省的錢糧，所以答矢八都魯丞相所奏，恐怕其中別有隱情。」

「你是說，下面有人居然把咱們君臣都瞞過了，偷偷向撥給答矢八都魯的錢糧伸手？」沒想到哈麻比自己還糊塗，妥歡帖木兒眉頭皺了皺，臉上湧起幾絲失望。

對於自己親手提拔起來的這位丞相，到目前為止，他還是滿意的，至少自從此人取代了脫脫之後，原本可以跑耗子的國庫，漸漸又有了起色，撥給皇家的各項用度也有了一定保證，不至於讓自己這個大元天子想禮敬一下佛祖都束手束腳。

「微臣不敢諉過於人，但微臣給答矢八都魯的錢糧，是按照就近支付的方式，責令雲南、陝西、湖廣三個行省劃撥，然後再從三省應該繳納給朝廷的錢糧裡頭扣除。」哈麻不解地道：「據微臣所知，陝西今年雨水尚算充足，湖廣大部分地方也沒有受到紅巾賊波及，並且因為路途遙遠，微臣已經命令雲南和湖廣兩個行省，將本該解運到朝廷的錢糧折成金銀，取道川陝轉運，無形中，二地又能省下許多火耗！」

「那三地該解往大都的金銀可曾運到了？」妥歡帖木兒繼續刨根究底。

「啟稟陛下，去年拖欠未交的部分，今年五月份已經入庫，但今年上半年的還沒運到，三省平章都有摺子來，說銀車已經上路，不出意外的話，兩個月之內就能抵達大都！」

「這就有些奇怪了？」妥歡帖木兒背著手，圍著書案來回踱步。

如果按照哈麻的說法，答矢八都魯手中應該錢糧十分充足才對，不至於親自寫了摺子來告御狀；況且他與哈麻往日無怨近日無仇，又不是脫脫的嫡系，按道理，不被逼到山窮水盡的地步，根本沒必要挑起事端，給自己結仇。

「微臣魯鈍，無法替陛下解惑，但微臣以為，陛下有必要宣召桑哥失里，詢問一下荊襄一帶的米糧行情！」哈麻建議。

「可是汪家奴之子桑哥失里？他怎麼會知道荊襄一帶的米糧行情？」妥歡帖木兒停住腳步。

「的確是陛下的怯薛桑哥失里！」哈麻點點頭。

在與推翻脫脫兄弟的「戰事」中，汪家奴父子功不可沒，故而他也隨時打算給二人以回報。

「汪氏乃川陝望族，家中多有經商者，所以對金泥玉屑之事甚為精通，微臣曾以民事考校桑哥失里，其所答無不中的，實乃難得的少年才俊！」

「嗯！」妥歡帖木兒沉吟道。從哈麻的回答中，他不難發覺結黨營私的痕跡，但桑哥失里曾經做過怯薛的經歷，讓他決定暫且賭一賭自己的運氣。

「也罷！」妥歡帖木兒輕輕甩了一下衣袖，「來人，宣御史汪家奴之子桑哥失里入宮見朕。就說朕久不見他到宮中來了，想看看他長大後變成了什麼樣子！」

「是！」朴不花答應一聲，立刻派人去宮外叫人。

妥歡帖木兒想了想，質問哈麻道：「你先前提及米糧行情，可是察覺問題所在？大都城眼下的米糧行情如何？你據實啟奏，不要弄些假的東西來粉飾太平！」

「陛下聖明！」哈麻躬身行了個禮，報告道：「正如陛下所料，最近兩個月，大都城內糧價飆升了將近一倍，所以臣剛才推測，答矢八都魯告微臣的狀，是因為各地圖省事，轉運給他的也是金銀，而不是糧草輜重等實物，萬一荊襄各州物價飛漲，他的用度自然就出現了巨大缺口。」

「怎麼？又有地方受災了麼？」妥歡帖木兒本能地就往天災上想。

「不是！」哈麻搖頭，「今年開春以來，北方各地都風調雨順。微臣派人在大都周圍屯田，麥子收成也高於往年，所以百官之家才能在俸祿之外，再多得一份實惠，不至於因為大都城內的糧價上浮，就人心惶惶！」

這是他實打實的政績，所以說出來格外自豪。

妥歡帖木兒聽聞百官家中都有餘糧，也笑著點頭，「有勞你了，朕以前雖然每年開春都去祭天，卻從沒往開荒種地方面想過。倒是你，替朕解決了一個大麻煩！」

「微臣既然被陛下視作肱骨，理當鞠躬盡瘁！」哈麻被誇得心頭一熱，躬著身子回應。

無論以前做過多少齷齪事，至少在掌握了實權之後，他幹得非常對得起良心，非但一直想方設法去填補大元朝的財政窟窿，於糧食供應方面，也儘量減少對南方各地的依賴。所以去年蒙元朝廷雖然接連失去了蘇杭和山東兩個重要產糧區，大都城內倒也沒出現遍地餓殍的景象，甚至有一些豪門望族，還從將中書省內的牧場改變為良田嘗試中，賺了個盆滿鉢圓。

「你是個肯用心做事的！至少不像某些人，老拿大話來糊弄朕！」妥歡帖木兒很滿意哈麻的態度，誇讚道。

「微臣自知才能有限，所以不敢專斷，將需要行家的事情交給行家去做，方能不辜負陛下所託！」哈麻趕緊接了句，以鞏固自己在對方眼裡的好印象。

這話說得很有水準，既順著妥歡帖木兒的調子，貶低了好大喜功的脫脫，又表明了自己不會像前任那樣大權獨攬。

妥歡帖木兒聽了，果然看著哈麻愈發順眼，誇道：「你能恪守本分就好，朕非涼薄之人，可別人總是欺朕過於寬厚，最終令朕不得不下重手除之。你只要恪守本分，即便才能方面有所欠缺，朕也容得下你，咱們君臣兩個今天就說定了，你儘管用心做事，朕信你，咱們君臣有始有終！」

「微臣，陛下知遇之恩，微臣唯粉身以報！」哈麻「噗通」一聲跪了下去，向妥歡帖木兒連連叩頭。

這些天來，每日面對著雪片一樣的彈劾，還要時刻提防脫脫的舊人在背後捅刀子，令他心力交瘁，而脫歡鐵木兒的一句「**有始有終**」，則讓他覺得自己所有委屈都值得了，恨不得自己現在就將心臟掏出來擺在御書案上，任對方煎炒烹炸。

「起來！」妥歡帖木兒彎下腰拉起哈麻，「愛卿這是做什麼？此地並非朝堂，卿不必如此多禮。」

「臣……」哈麻眼睛發紅，不知不覺間眼淚流了滿臉。

看他激動成如此模樣，妥歡帖木兒心裡也湧起幾分融融的暖意，但是很快，**這股暖意就變成了冰冷的帝王權謀**。

他輕輕拍了拍哈麻的手，笑著說道：「行了，你也是當朝首輔，哭哭啼啼的，讓人看見後成何體統？國事艱難，朕和你心裡頭都清楚，但咱們君臣齊心協力，終究能夠力挽狂瀾！」

「是，微臣願為陛下效死！」哈麻抽了抽鼻子，訕訕收起眼淚。

妥歡帖木兒又在他手背上拍了幾下，然後慢慢鬆開手，慢慢走向御案之後，慢條斯理地問道：「剛才咱們君臣說到哪了？看朕這記性！一轉眼就忘了個乾乾淨淨！」

「說到大都和荊州兩地，糧價飛漲！」哈麻不知道妥歡帖木兒是真忘了，還是在將話題往正事兒上引。

「對，糧價。答矢八都魯那邊，你讓人送的都是金銀，而今年入夏以來糧價暴漲，所以同樣數量的金銀，可能就不夠他給麾下士卒買米吃了，你先前想說的，是不是這個意思？」妥歡帖木兒誇張地拍了自己的腦袋一下。

「陛下目光如炬！」哈麻用力點頭，「臣的確如此推測，但具體情況如何，還得等桑哥失里到了之後才能確定，此外……」

看了看妥歡帖木兒的臉色，他斟酌著說道：「糧食乃萬物之本，只要糧價一漲起來，其他物品如生鐵、皮革、木材、漆料等，價格肯定也跟著暴漲，答矢八都魯又不懂得量入為出，所以日子難免過得捉襟見肘！」

「他一個武將哪會懂得那麼多。」妥歡帖木兒主動替答矢八都魯辯解。

君臣兩個非常默契，都沒將話頭往貪腐上引，而事實上，越是用金銀來支付軍隊的開銷，中間的損耗就越難以估算。經手官員個個雁過拔毛，假如原本該撥給答矢八都魯十萬兩官銀，最後到了他手裡能有八萬兩就謝天謝地了。

這八萬兩官銀，還不能直接給將士們去買貨物，得先換成小額的銅錢，再用銅錢去交易，然後再安排人手將米糧運回軍營，一次次折騰下來，損失又是不知凡幾。

正相談甚歡的時候，耳畔聽到一陣急促的腳步聲，是朴不花帶著桑哥失里回來了，正等在門外恭候處置。

「宣他進來！」妥歡帖木兒和顏吩咐。

「聖上有旨，宣桑哥失里覲見——！」當值的小太監立刻扯開嗓子，將命令重複。

「臣桑哥失里拜見陛下，祝陛下永蒙長生天眷顧，福壽無雙！」

桑哥失里生長於顯貴之家，早就熟悉了一整套覲見禮節，不用任何人指點，就低頭在離御書案七尺遠的地方跪倒，叩頭稱頌。

「起來吧！」妥歡帖木兒擺擺手，「讓朕好好看看你，你可有些日子沒進宮了！」

「臣前年交卸了怯薛之職，非得宣召，不能入宮！」桑格失里慢慢站起身，如實回道。

「也是，你們都是棟梁之才，怎麼可能一直被當作朕的侍衛使喚！」妥歡帖木兒點點頭，「嗯，還是當年那模樣，骨架寬了些，人也變得白淨了。汪御史是個有福之人，兒子個個都有出息！」

「多謝陛下盛讚，臣愧不敢當！」桑哥失里被誇得臉色微紅，躬身拜謝。

「有什麼不敢當的，朕巴不得後生晚輩中多幾個有出息的人，畢竟是自己的孩子，用起來放心！」妥歡帖木兒掏心地說。

「臣家世受皇恩，無以為報，故而臣自開蒙之日起，便精習六藝，以待日後能報效國家！」桑哥失里趕忙回道。

「甚好，甚好！」妥歡帖木兒欣慰地點點頭，「你既然有報國之志，朕豈能讓你埋沒於案牘？今天朕宣你入宮，就是有事情要問你！」

「陛下儘管問，臣將知無不言，言無不盡！」桑哥失里抬起頭，眼中充滿了建功立業的渴望。

「哈麻丞相怕耽誤軍機，所以特許雲南、陝西、湖廣三省將錢糧都折了現銀，運往答矢八都魯帳下……」妥歡帖木兒將剛才哈麻所言又重複了一次。

桑哥失里聽得極為認真，眼中不停閃過道道精光。待妥歡帖木兒陳述完，便轉身向哈麻施禮問道：「丞相確定讓三省運往軍前的是現銀，而不是紙鈔、絹麻等物？」

「當然！」哈麻被問得微微一愣，不滿地道：「軍國重事，本相怎麼可能准許他們用紙鈔和絹麻來應付？」

「晚輩並非質疑丞相，只是需要確認一下，以免做出錯誤判斷，辜負了聖恩！」桑哥失里聞聽，向哈麻行了個禮解釋。

「不用往紙鈔上想了，你只管回答陛下，荊州那邊的糧價如何？其他東西是不是也跟著漲起來便可！」哈麻有點不高興，提醒桑哥失里。

他今天是本著提攜晚輩的心思，才給桑哥失里一個在皇帝面前表現的機會，誰料此人是個愣頭青，非但不知感激，反而還當著皇帝的面質疑起他的執政能力來，這讓哈麻如何能夠忍得？恨不能立刻就將桑哥失里趕出去，挽回自己在御前的能臣形象。

兩人在財貨方面的造詣都很深，短短幾句話就將一個可能出現的疏漏排除在外，但妥歡帖木兒卻聽得滿頭霧水，敲了敲桌案，質疑道：

「且住！哈麻、桑哥失里，你們兩個剛才在說什麼？軍前之事，跟紙鈔和桑麻又有什麼關係？」

「陛下恕罪，微臣剛才並非有意質疑丞相大人！」桑哥失里不敢怠慢，紅著臉解釋，「因為脫脫變鈔之事，我大元的交鈔在民間已經很少有人敢用了，所以微臣怕底下人膽大妄為，故意將該撥付軍中的現銀拿交鈔來應付！」

「陛下恕罪！」哈麻也補充道：「微臣先前不提此事，是因為微臣已經一再重申，讓地方上不得怠慢，所以各省官吏應該沒那麼大膽子陽奉陰違！」

「嗯！朕知道了。你們不必過多解釋，朕知道這是誰的錯！」妥歡帖木兒哼了聲，鬱悶地擺擺手。

變鈔是前任丞相脫脫在他的支持下施行的一條重要新政，初衷乃是為國斂財，充盈日漸空虛的官庫。誰料因為脫脫的無能，至正交鈔頒行之後，竟然令紙鈔徹底糜爛，五百貫紙鈔拿到市面上，往往連一斗米都買不到。

「絹麻原本在民間也可做錢幣通用！」桑哥失里看了看妥歡帖木兒的臉色，道：「但淮賊以水車紡線，以水車織布，導致絹麻的價格一路走低，再拿去做現銀抵帳，則很難換回足夠的米糧！」

「嗯，這個朕也知道！哈麻不會這麼笨，你繼續說！」妥歡帖木兒有些心虛地說。

不光是淮揚方面在用水力織布，在他和二皇后奇氏兩個的支持下，郭守敬的後人六指郭恕，早就把淮揚的小型新式紡紗機和人力織布機給造了出來。

如今大都城附近的幾處皇莊裡，每月都有大量的麻布、絲綢和棉布產出，所以京師附近絹麻價格越來越低，實在不能完全歸咎到朱屠戶的頭上，至少皇家有一半的功勞。

「是！」桑哥失里很是機靈，發現妥歡帖木兒對桑麻的話題不太感興趣，立刻一帶而過。「微臣想再請教丞相，各省運往軍前的現銀是番銀、滇銀還是陝西銀子？是庫銀還是私家散碎銀兩。若是銀子不夠，可否用銅錢頂帳？」

「這……」哈麻日理萬機，哪能顧得上這麼多細節，愣了好一陣才回道：「有什麼差別麼，還不都是現錢？」

「啟稟陛下，丞相，這其中差別甚大！」桑哥失里解釋道：「滇銀和陝銀，都產自咱們大元朝自己的銀坑。成色上卡得極嚴，輕易做不了假；而番銀，則是大食人從南洋運來，裡邊至少含了半成以上的錫和鉛，同樣一兩銀子，用滇銀是十錢，用番銀，只能算是九錢半，或者九錢上下，十萬兩運到軍前，差的就是一萬兩！」

哈麻沒想到一個銀子裡頭還能藏著如此多的貓膩，臉色頓時變得一片青黑，大元朝的官吏貪婪到什麼地步，他自己心裡一清二楚。真的能多剋扣一成火耗的話，即便手中沒有番銀，他們也會想盡一切辦法變出番銀來！

正氣得半死不活間，又聽桑哥失里補充道：

「官銀和私銀差別更大，表面上看，是官銀成色更好，但事實上，民間用私銀交割大宗貨物時，兩邊都會派出帳房和夥計，將散碎銀子先驗明了成色，然後用戳子稱了，一錢一釐的當面數個清楚。用官銀，則多為五兩或者十兩一錠，點完了數字就可以入帳了。如此，有些地方在鑄官銀時，就故意在銀水中弄出許多氣泡來，表面上看，銀錠的大小一模一樣，實際上，五兩大小的銀錠，分量差上半兩都不足為怪，反正兩邊都是公對公，庫對庫，從不拿出去花，差多少都無所謂！」

「砰！」沒等哈麻發怒，妥歡帖木兒已經氣得一腳踹翻了桌子。「賊子敢爾，朕一定要剝了他們的皮！將他們滿門抄斬，以儆效尤！」

「陛下息怒！」哈麻、朴不花、桑哥失里，還有在場的太監宮女們，嚇得全都跪在了地上，用力叩頭。「陛下龍體要緊，不值得為這些貪官氣壞了身子！」

「哼，朕再不生氣，他們就敢把假銀子送進皇宮來了！」妥歡帖木兒手腳發麻，臉色鐵青，「哈麻，派人給我去查，看看國庫還有各地府庫裡，有多少鎮庫的銀子都是空心的，朕一定要查個水落石出！」

「是，微臣馬上就派人去辦！」哈麻大聲答應著，倒退著朝外走。臨轉過身前，還不忘狠狠瞪了桑哥失里這冒失鬼一眼，恨此人不該把一個眾所周知的事給擺到檯面上來。

「站住，回來！」妥歡帖木兒卻從他的小動作上猜到了幾分端倪，衝著桌案踹了一腳，喝止道：「先不用急，等把今天的事弄清楚了一併再去。桑哥失里，你接著說，還有什麼貓膩是朕不知道的？」

「這……」桑哥失里猶豫地看了眼哈麻，後者卻不想再搭理他，將頭迅速轉開。

「陛下請先息怒！」桑哥失里得不到任何指示，只好先按著自己的想法死撐到底。

「其實微臣所說都是猜測，具體實情如何，微臣也不清楚。也許是微臣多心了，冤枉了各省的官吏；也許是像丞相所說，是因為荊州那邊物價騰貴……」

「那你倒是說說，荊州那邊物價到底如何？」妥歡帖木兒不耐煩地打斷道。他是個聰明人，發洩過了，心裡也就想明白了，冰凍三尺非一日之寒，所以將注意力從空心官銀上再度轉回民間米糧價格方面。

「升肯定是升了，但算不上飆升！」桑哥失里斟酌了一下，決定實話實說，「那邊天氣暖和，麥子收得早，只要新糧下來，糧價就會轉向平穩。據微臣所知，只是四月份的時候，糧價比往年貴了兩倍還多，到了五月中旬，就又開始慢慢回落到去年糧價的一倍半的樣子了！」

「哦？」妥歡帖木兒聽不到自己想要的答案，眉頭再度緊皺，「那還不就是空心銀子惹的禍？朕回頭要是查出來……」

「陛下息怒，微臣還有一種推測，不知道正確與否，請陛下和丞相參考！」

桑哥失里猛然間靈機一動。

「說吧！將你想到的都說出來！你是朕的晚輩，說錯話沒關係！」妥歡帖木兒深吸了口氣，強壓住心中的熊熊烈火。

「微臣這裡有幾個樣錢，不知道陛下見過沒有？」桑哥失里從貼身衣袋裡，掏出幾枚黃白之物，一一擺在妥歡帖木兒的案頭。

他出身怯薛，所以入宮時，當值太監們也沒認真搜他的身，此刻猛然看到金屬的光芒，朴不花趕緊閃過去，一邊將妥歡帖木兒擋在身後，一邊咆哮道：「大膽，帶鐵器入宮，你想謀逆不成！」

「陛下恕罪，微臣只是想給陛下看個實物！絕無謀害陛下之心！」桑哥失里被嚇得魂飛魄散，這才意識到自己早已不是怯薛，不能擅自帶任何金屬物品出入宮廷，直挺挺跪在地上。

「閃開，你個老東西！真是糊塗透頂！如果連朕的怯薛都想謀害朕，朕還能相信誰！」妥歡帖木兒倒是不糊塗，一腳踢開朴不花，然後走到書案後，拿起桑哥失里進獻的樣錢仔細端詳著。

「這是銅錢？不得了，居然還有銀的和金的，這淮賊還真會耍花樣！」

「是淮賊今年夏天頒行的錢幣，分為金銀銅鋼四種，金元並不多見，每一枚折十枚銀元，每枚銀元換銅錢一百，每枚銅錢換鋼錢十個。」桑哥失里逐一解釋道。

「一枚換一百，這是什麼古怪換法？」妥歡帖木兒聽得好奇，忍不住問。

「陛下請看！」說起錢來，桑哥失里眼睛立刻放光，「這一枚淮揚銅錢，大概頂尋常小平錢兩個重，所以一百枚銅錢差不多頂二百個小平錢重。而十枚銀元，重量差不多是一兩一出頭，每枚銀元的成色是九成的銀子，一成的鉛和銅，也就是十枚銀元剛剛折合一兩純銀，一兩純銀剛好折一千枚淮安銅錢，一千枚淮安銅錢至少能折合小平錢兩千個，差不多剛好等同於市面上的銀價！」

「什麼意思，你直接說就行！朕聽著這麼多數字就頭疼！」妥歡帖木兒被繞得眼睛發花。

第五章

上兵伐謀

「你也不看咱們主公是誰？
自打沒了外人掣肘，咱們對付韃子的招數哪次重複過？
有些自以為聰明，跟咱們主公比起來，根本不夠看！」
「上兵伐謀，末將現在才知道，
原來真有不用刀兵就打垮敵軍的妙計！」

「是！陛下，此事絕非一兩句話能說清楚。臣斗膽請陛下多看一眼淮賊的錢，再品評一番其質地成色！」

「嗯，朕且依你！」

「丞相，朴公，晚輩也請二位一道來品評一下淮賊的制錢！」桑哥失里大著膽子發出邀請。

哈麻見妥歡帖木兒看得認真，便強壓怒火湊過去，對著書案上的錢幣仔細端詳。

朴不花則是投皇帝所好，因此也做出一副認真的樣子點評道：「呀，這淮賊的手藝還真不錯！就是沒用到正道上，你看著好好的銀錢，周圍非得弄出許多鋸齒來！多此一舉，真是多此一舉！」

「是怕人用刀子從上面削銀屑吧，倒是別出心裁，就不知道能管多大作用！」妥歡帖木兒精於製器，稍微花點兒心思，就把朴不花這個馬屁精甩出了不知道多少條街。「這銅錢個個分量都一樣，硬度適中，顏色光鮮，恐怕裡邊銅占了至少六成！」

「的確如此！陛下慧眼如炬！」桑哥失里點點頭，大拍妥歡帖木兒馬屁。接著收起笑容，從貼身衣袋裡，小心翼翼地掏出兩枚市面上常見的小平錢，與淮安錢擺在了同一處。

「陛下，兩位大人請看，此錢比淮錢如何？」

小平錢是蒙元開國時定下的模具，當初仿照的是開元通寶，每枚重一錢，十枚為一兩，銅六鉛四。但當早期劫掠而得的紅利花光之後，蒙元的國庫日漸空虛，所以小平錢就越鑄越薄，越鑄成色越差。

如今市面上常見的小平錢裡頭，鉛的含量已經超過了五成半，有的甚至高達七成，所以在同樣的光照下，淮安的華夏通寶個個黃裡透紅，璀璨奪目，小平錢卻顯得黑不溜秋，如同汗血寶馬馬旁邊拴了一頭毛驢般寒酸。

「你到底什麼意思？莫非就是為了看朕的笑話麼？」饒是對桑哥失里心懷好感，妥歡帖木兒也受不了這種當眾打臉行為，豎起眉頭厲聲質問。

「微臣不敢！」桑哥失里重重地磕了個頭，正色說道：「陛下問答矢八都魯的銀子為什麼買不到糧食，微臣以為，要麼是地方上給了他空心銀子，要麼問題就出現在眼下這幾枚制錢上。」

也不管周圍的人臉色如何發黑，他硬著頭皮繼續說道：

「陛下試想，答矢八都魯丞相派人去買米買鐵買牛羊貨物，肯定要付帳。一方拿著空心銀子和小黑錢，另外一方拿的卻是足色銀元和大個銅錢，那些平頭百姓會把糧食和貨物賣給誰？況且那淮賊向來狡詐，若是故意往荊州附近地面上大量投放他們的銅錢和銀錢，抬高物價，那商販怎麼可能不上當？而答矢八都魯丞相素來不怎麼管軍紀，所過之處，人人爭相逃命，長此以往，不用費一兵一卒，淮賊光是案頭上這些錢，就能打得他連飯都吃不起！甚至直接讓他軍心大亂，不戰而潰！」

金銀銅鐵，四摞華夏制錢整整齊齊地擺在朱重九的桌案上，每一摞都散發著溫潤的光澤。

「上個月，我們向蘄黃、安慶及湖廣靠近蘄州的各地，又分別投入了五萬貫通寶、兩萬枚小銀元和三千枚小金元。」

議事廳正中央，淮揚大總管府戶局主事于常林捧著一個厚厚的帳本侃侃而談，「如今在蘄州附近，糙米又被推高到了華夏通寶三百五十枚一石，如果用蒙元小平錢買的話，至少需要九百文……」

「這麼高？」馮國用被嚇了一跳，「那百姓豈不都得活活餓死？」

「那倒不至於！馮參軍多慮了。」于常林搖搖頭，「夏糧剛剛入庫沒幾天，這幾個月糧價貴了，對百姓只有好處沒壞處，但對答矢八都魯父子來說，卻是一個天大的麻煩！」

「為何如此說，馮某願聞其詳。」馮國用聽得滿頭霧水，虛心求教。

「很簡單，百姓打了糧食，除了給地主交租外，最先留出來的，肯定是自家的口糧，所以戶局和軍情處才選擇夏糧入庫後動手，可以儘量避免殃及池魚！」于常林得意道。

「我記得咱們的通寶，不是一個頂兩個小平錢麼？怎麼到了那邊，要頂兩個半還多？」黃老歪關心的不是糧食貴賤，而是華夏通寶能否被百姓接受。

沒等于常林開口，軍情處主事陳基主動接過話頭：「蒙元的小平錢，一代不如一代。特別是最近幾年，鉛已經摻到了六成半到七成，分量也遠遠不足，所以眼下咱們的通寶無論到哪裡，都是實打實的硬通貨。換小平錢已經能換到三個，要是換泉州那邊私鑄的鐵錢，甚至能換十五六個！」

與他們兩個的眉飛色舞相比，中兵參軍劉基的表現就有些意志消沉了，前段時間在商議是否簽署《荊州盟約》時，此公曾經舌戰群雄，最後因為朱重九和蘇明哲雙雙站到了對手那邊而大敗虧輸。

這令他受到的打擊非常沉重，以至於到現在依舊不願意再給朱重九出謀劃策，每到議事的時候，都選擇一言不發。

朱重九知道他心有怨氣，也不苛責。

「咱們花錢買到了糧食，一部分囤積在蘄州城內，供應第五軍團的三個旅；另外一部分運回了揚州，因為淮揚的糧價一直比外邊貴，所以運回揚州這部分，每石大概只虧一百五十文。」

見大夥不再提問，于常林翻了翻帳本，繼續報告：「但軍情處透過淮揚商號在當地的分號，賣出了大量的棉布、綢緞和我淮揚所產的其他各類農具，所得紅利，差不多剛好能將收購糧食折掉的本錢收回來！」

「居然還能不賠本？」

「荊州那邊百姓手裡很有錢麼，怎麼會買那麼多棉布和鐵器？」

……

四下裡又是詢問聲一片。

「往年這個時候，是糧價最低的時候，黑心商販們紛紛壓價，原本市面上能賣到三百文，也就是一百五十華夏通寶的糙米，他們不到一百文就敢提出收購，百姓們開春時欠下的饑荒卻必須抓緊時間還上，所以明知道吃虧，也得低價賣給他們！」工局副主事蔡亮主動替于常林解釋。「所以咱們在這個時候高價收糧，吃虧的只是那些糧販子和囤積居奇的大戶，普通百姓反而能從中得到許多好處。

他們手裡有了餘錢，自然會添置些東西。于主事，陳參軍，不知道蔡某猜得對是不對？」

「蔡主事慧眼如炬！」于常林佩服地道：「正是如此，在當初決定高價收購糧食時，戶部就跟商號的掌櫃們討論過，如何才能既讓敵軍吃不上飯，又不至於自己虧得太狠。」

「不敢當于主事盛讚！蔡某只是正好蒙中了而已！」蔡亮自謙地說，但臉上的得意之色卻將他的心思暴露無遺。

「蔡主事不必過謙，接下來的事，還需要工局全力支持！」對這個後起之秀，于常林印象非常好，「下個月軍情處和戶部打算再動用二十萬貫通寶，砸到荊州附近，蔡主事到時候千萬別說拿不出足夠的制錢來！」

「怎麼會，包在工局……」蔡亮正準備大包大攬之際，然而想起自己的身分，趕緊將黃老歪往前頭推，「工局現在差不多有二十套機器在造錢，倒是不會耽誤功夫，但具體材料和工期能否保證，得問黃主事才行，下官任職時間短，很多事還只懂些皮毛！」

「嗯！」黃老歪非常吃這一套，得意地咳嗽一聲，「光用通寶的話，的確有點麻煩，要知道眼下不光荊州一帶用錢，其他地方，咱們的華夏通寶一樣搶手；

倒是小金元……」

「小金元絕對不行！」沒等他把話說完，陳基就焦急地打斷，「咱們的小金元成色太好，一枚才換十枚銀元，相當於一兩金子換十兩銀子。最近市面上，金價遠遠高於十兩，所以小金元用出去，很快就會被聰明人換去熔做金元寶。根本不會在市面上使用！」

「那就有些麻煩了！」黃老歪沒想到金元成色太好，反倒成了一個問題，愣了下道：「咱們大總管府治下各地除了太平路之外都不產銅，而太平路剛剛打下來沒多久，銅礦和鐵礦都剛剛恢復，產量遠遠供不上消耗。眼下的銅料來源主要靠四下收購，而造炮和造槍也要用到大量銅材……」

「何不直接帶些金錠過去？反正一樣能當錢使！」第二軍團都指揮使胡大海脫口說道。

兵局和留守揚州的將領們聽了，紛紛稱道：「是啊，拿些金子去不得了麼，何必讓外人占咱們的便宜！」

「金子又好帶又好用。沒必要造成金元，白費力氣！」

……

「嗯哼，嗯哼！」戶局副主事李慕白大聲咳嗽，打斷了眾人的吵嚷：「各位將軍有所不知，大總管的初衷是是讓沿江各地的百姓，儘快習慣使用咱們的淮錢！」

「是我想試一試能不能儘快建立咱們的貨幣信用體系！」察覺到大夥的困惑，朱重九笑著解釋：「簡單點說，以前老百姓覺得咱們是反賊，但咱們的錢好，一個頂一個花，即便朝廷嚴令禁止流通，但老百姓揣在口袋裡，覺得比朝廷的交鈔和小平錢踏實，依舊會偷偷地用。反過來，朝廷的錢越鑄越次，鈔不如紙，一吊小平錢能買到的東西越來越少，慢慢的，就會有人覺得改朝換代對大夥來說肯定是一件好事！至少，他們手裡的錢還能當錢花，不會頭天能買一隻羊，第二天就只能買一把羊毛！」

「哈哈哈……」這個比方實在太貼切，令許多人都大笑失聲。

「原來大總管是想讓全天下的百姓自己分辨到底誰是官，誰是賊！」胡大海恍然悟道。

「胡將軍所言甚是！」朱重九得意地說：「前段時間外面對咱們的風評，朱某也隱約聽到了一些，朱某寫不出那麼好的文章來，也沒功夫跟別人打嘴皮子官司，所以乾脆拿出些乾貨，讓老百姓自己選。看他們是相信某些人的信口雌黃，還是相信自己拿到手裡的東西！」

「哈哈哈……」戶局、工局、軍情處和內衛處的官吏們聞聽，忍不住又大笑出聲。

因為在《荊州盟約》中，大總管府公然替淮揚商戶撐腰，惹得四下裡罵聲如潮。非但是鐵心效忠蒙元的無賴文人對淮揚口誅筆伐，就連一些號稱隱居山林，一心治學的名士、大儒，也紛紛跳了出來。或者赤胳膊上陣，或者發動其門生故舊，朝著淮安大總管府痛潑髒水。

一時間，大總管府內部人心浮動，很多官吏認為當初大夥過於急功近利，不該對吳良謀和于常林等人表示支持。更有甚者，還試圖勸說朱重九毀掉盟約，追究幾個主導者的責任。

誰料向來從諫如流的朱重九，這次難得獨斷專行了一次，非但駁回毀約的提議，並且動用大總管府和淮揚商號的所有力量，給第五軍團提供全力支持。

而支持的方式之一，就是向荊州附近的各路各州撒錢。用淮揚新鑄出來的金、銀、銅、鐵四種新幣，收購各地的糧食和各類特產，同時低價向上述地區銷售淮揚所產的棉布、絲綢、農具以及各類生活用品。

因為在座某些人當時心懷抵觸，再加上準備倉促，所以這一招施展得極為簡單粗暴。幾乎就是淮揚商號的貨船，滿載著四種制錢逆江而上，通過在當地的關係商戶以及軍情局撒出去的細作，對著地方大砸特砸，銅臭味令沿江兩岸的士紳名流無不掩鼻。

但十幾船「阿堵物」砸過後，效果卻不是一般的好，非但荊州附近的百姓對淮揚的印象迅速逆轉，連沿江的其他地區，淮揚大總管府的形象也大為改觀。

一片熱鬧的歡笑聲中，中兵參軍劉伯溫的身影顯得格外孤獨。當初吳良謀炮製《荊州之盟》時，他的反對最為堅決，過後四下裡山雨欲來，他也是力主大總管府收回盟約，並對吳良謀施加懲處的總源頭。

如今事實卻證明，**讀書人和士紳們的口誅筆伐，在大總管府的真金白銀面前，根本無還手之力，讓自詡深謀遠慮的他情何以堪？**

「如果實在不行的話，工局可以在金元裡多摻些銅，降低其成色！」一名吏局的官員站起來提議道。

他的提議迅速被一陣反駁聲給吞沒。

「不成，大總管說的是信譽，信譽第一。」

「對，咱們寧可以後不再造金元，也不能自己毀了自己的名聲！」

……

也不怪大夥興奮過度，在此之前，他們從沒想過，原來還有不出兵就打擊敵人的辦法。這太符合傳說裡頭「運籌帷幄之中，決勝千里之外」的形象了，讓每個人都覺得自己彷彿是孫武在世，諸葛重生。

「眼下市面上一兩金子能換幾兩銀子？大概多長時間變化一次？」朱重九側耳聽了一會兒，敲敲桌案，把話頭拉回正題。

「不一定！」內務處主事張松對此頗有研究，從座位上站起來，回道：「眼下咱淮揚差不多剛好是一兌十一，湖廣那邊大概能到一兌十二；但廣州路和泉州路等地，因為海商雲集，金價反而要低得多，一兌十、一兌九都有可能。」

「那為什麼沒人到廣州和泉州拿銀子換金子？」朱重九聽得奇怪，忍不住問。

他記得在準備制幣之初，張松就跟自己提醒過銀價的波動問題，自己之所以在銀元之上加鑄金元，也是為了穩定貨幣打算，誰料實際操作起來，依舊沒能完全將問題解決掉，至少把金幣買回去重新回爐這一招，讓大夥都始料未及。

「啟稟主公，微臣以為原因至少有三！」張松雖然以前在蒙元那邊是個大貪官，但無論智力還是反應速度都屬一流，稍加斟酌，便條理清楚地給出了答案：

「第一，金銀比價波動不定，除非事先有準備，否則未必來得及。第二，便是因為路途上不安全，官府、綠林都得打點，得不償失。第三，就是泉州、廣州的貿易，事實上都被當地的大戶把持。外人一頭紮進去，輕則賠得血本無歸，重則連命都會丟掉！」

「你是說泉州的蒲家和廣州的痲家？」朱重九的眉頭挑了挑，目中閃過一道寒光。

「正是！」張松拱了下手，回道：「事實上，這兩家都是色目人，非我族類，蒙元朝廷只管讓他們包稅，從沒管過他們在地方上如何胡作非為。」

「嗯！」朱重九點點頭。關於泉州蒲家和廣州痲家壟斷海貿的事情，他曾經多次從沈萬三嘴裡聽說過。

大總管府之所以冒險將線膛炮賣給沈萬三，打的也是讓沈家去牽制泉州蒲壽庚家族的主意，但從目前的結果上看，沈家的發展重點，顯然不是跟蒲家爭奪海上貿易路線，而是全力經營三佛齊，試圖海上立國，所以將來對付蒲、痲兩家的事，依舊得由淮揚大總管府自己親力而為。

正沉吟間，卻見逯魯曾站了起來：

「主公，老臣以為，即便有人大肆收購金元，我淮揚依舊不能停止鑄造，一則，主公此舉所謀甚遠，不能半途而廢；二來，以眼下的金銀兌換比，咱們大總管府會吃一些虧，但銀價不可能永遠這麼低，只要它慢慢高起來，就能保證收支平衡！」

「善公所言甚是！」朱重九揮揮手，示意逯魯曾坐著說話，「不過……」他將目光轉向于常林，問道：「戶局所存的金錠還多麼？假使鑄造金元一直像現在這種賠法，還能支撐多久？」

「這……」于常林低下頭，想了好一會兒才說：「啟稟主公，戶部存金甚足，假使金銀兌換比一直不變，至少也能支撐個三五個月乃至一整年。只是如此一來，其他方面的支出恐怕就會受到影響，畢竟只有今年下半年我淮揚沒大肆向外用兵，而往年卻無一日不聞戰鼓之聲！」

淮安軍兵鋒之利堪稱天下無雙，但淮安軍打仗時的開銷，恐怕也是天下第一，所以大夥必須居安思危，存好足夠的錢糧備戰，而不是稀裡糊塗地把老本都花在別的地方。

「嗯！」劉伯溫也低聲沉吟道。但是抬頭看看眾人的氣色，他又咬著牙把已經到了嘴邊的話給咽回肚子裡。道不同不相為謀，自己去年一時沒忍住，明珠暗投，雖然再想抽身已經來不及，但至少可以學一學當年的徐庶，終身不為曹阿瞞再獻一謀。

「伯溫，你可有良策教我？」朱重九敏銳地看到劉伯溫的神色變化，主動詢問。

「微臣不通此道，不敢妄言誤國！」劉伯溫回避道。

「不妨，咱們這裡向來不會因言而罪人！」朱重九和顏道：「你慢慢想，什麼時候有了辦法，隨時可以說出來，哪怕說錯了，也沒人會追究。」

劉伯溫聞聽此言，心裡又是一陣波濤洶湧。憑心而論，朱重九對他的確不薄，即便當年他拒絕了大總管府的招募，對方依舊待之以禮，甚至主動拿出錢財，資助他在揚州開辦書院。

在他決定加入大總管府之後，朱重九待他更是親厚有加，極短的時間內就把他提拔到了參謀本部中第二高的位置，僅僅低於老榜眼逯魯曾。

只是私恩歸私恩，**朱重九的治國理念卻跟他的想法格格不入**。最初，他還一廂情願地以為自己可以與章溢等人聯手將主公拉回正途，卻沒料到大夥都低估了朱重九的固執。雖然表面上他從諫如流，實際上，一直在他選定的邪路上加速狂奔，任大夥都筋疲力竭，甚至粉身碎骨，也不可能令他偏離一絲一毫。

接下來的時間裡，劉伯溫如墜冰窟，記憶中廷議從沒有開得如此之長，屋子裡的空氣也從沒如此之燥熱，大夥興高采烈的聲音，不停地往他耳裡鑽：

「微臣以為，金子的來源不是難題。當年蒙古人立國就嚴禁金銀流入，往來商人必須先到市易署將金銀換成交鈔才能使用。大總管府也可以參照此例，從即日起，禁止散碎金銀在大宗交易中使用，凡外來我淮揚購貨者，必須將金銀換成錢幣，如此，只要我淮揚的商路不斷，金銀的來源就不會枯竭！」

內務處主事張松依舊保持著大元朝官僚的傳統，只管替主子解決問題，不管百姓死活。

這個主意立刻引起了揚州知府羅本的大聲反對。

「微臣以為，張主事之計不妥！商販之所以願意來我淮揚交易，首先是因為我淮揚貨物精美，價廉量足；其次，便是我淮揚規矩簡單，官府從不仗勢欺人，如果效仿蒙元之故伎，必失天下商賈之心。長此以往，大總管府反受其害！」

「其實也不用擔心賺不到金銀，如果我淮揚的鏡子、冰翠等物能多出一些，並且規定凡是用金子交易者，都給打八折，自然金子就源源不斷地流回來了！」商局副主事李慕白裝了一肚子生意經，搖頭晃腦地給朱重九出主意。

「不妥，什麼東西多了就不值錢了，鏡子和冰翠都是我淮揚的鎮山之寶，萬萬不可殺雞取卵！」焦玉深知鏡子和玻璃的真實造價為幾何，立即駁斥道。

「微臣以為，李主事和焦大匠的話都有可取之處，也都有失妥當！」工局副主事蔡亮作為協力廠商，給出不同意見，「鏡子的確是我淮揚的獨門絕技，再賣上幾年高價不成問題，但冰翠和玻璃已經有大食人從海上運來，成色雖然比咱們淮揚的差，價格卻至少要便宜一半，很顯然，主公常說的西方諸國，亦有人熟知此項絕技！」

「據老夫所知，威尼斯的商人至少幾百年前早就開始製造雜色玻璃，就是你們說的冰翠！」第二軍團副都指揮使伊萬諾夫，捋著花白的鬍鬚，故作智者狀。

「又是威尼斯！按你的說法，威尼斯距離咱們淮揚何止萬里，大食人萬里迢迢運些冰翠來，光路上的消耗就得多少？」

「伊萬，怎麼什麼東西在你嘴裡的極西之地都能找到呢？你不是在信口胡說吧？反正我們誰都沒去過你說的那個歐羅巴！」

下面立時湧起一陣質疑聲。

「我是正教徒，從不說謊！」伊萬諾夫漲紅了臉，在身上畫著十字。

「我呸！你上次還說有龍長著翅膀，專門抓黃花閨女吃呢！」

這番自命清高的動作，非但沒能如願樹立起誠實形象，反而引來了更多的譏笑和質疑聲。

伊萬諾夫被奚落得體無完膚，只好轉過頭向朱重九求救，「主公可以作證，我說的那些，都不是無稽之談！」

「好了，大家不要取笑伊萬，威尼斯的確有玻璃，比咱們揚州早，而且早很多年；還有，我們的水力沖鍛之術，也是根據伊萬的說明才琢磨出來的！在這方面，他與黃主事、焦大匠同樣居功至偉！」朱重九替他作證道。

伊萬諾夫立刻覺得自己全身上下的骨頭都變成了羽毛所造，驕傲地說：「不管你們信不信，反正，玻璃的秘密保不住太長時間，那大食人最是貪財，發現玻璃的巨利後，肯定會想方設法去偷配方出來，即便不從咱們淮揚偷，也會從歐羅巴那邊偷，是早晚的事！」

見朱重九都肯替伊萬諾夫背書，黃老歪不敢再懷疑，說道：「如此，微臣以為冰翠和玻璃的產量的確需要大幅提高，趁著大食人還沒動手，先賣個痛快，等大食人弄來了配方，全國遍地已經全是咱們淮揚貨了，他想賣高價都賣不到！」

「嗯！」朱重九同意道：「此事由工局、商局和淮揚商號一起辦，造出來的玻璃，不光要向周圍賣，也要想辦法往泉州和廣州運一些，大食商人不是喜歡帶著金子去販貨麼，就把玻璃賣給他們，由他們再賣到華夏以外的地方去！」

「臣等遵命！」于常林、李慕白、黃老歪等人同時齊聲答應。

「造幣的事還是照舊，不要急著停止生產金元，也不必改變成色，還是那句話，先建立起咱們大總管府的信譽；至於金元賠本問題，可以通過擴大商品銷路方式彌補！」朱重九做出第二項決定。

「微臣遵命！」內務處主事張松肅立拱手。

「至於接下來的貨物販賣，我有個不太成熟的辦法，大夥看看行得行不通！」朱重九繼續說道：「諸位可以總結一下前段時間在荊州的心得，然後把目標對準大都。咱們從沒截斷過運河，蒙元需要從南方購糧補貼北方的缺口，所以自打脫脫死後，也沒有試圖將運河水道卡死。這樣的話，咱們將淮揚各項所產，除了鏡子、玻璃和武器之外，統統壓價銷售，寧可少賺一些，也要讓貨物大量銷往北方。如此持續上四五個月，運河沿岸各地必然習慣用咱們淮揚貨，而不是自己造的土貨，這時候，咱們再開始囤貨惜售，沿岸各地物價必然大亂。」

「主公此計甚妙！」眾文武官員的視野，哪有資訊爆炸時代的人開闊，紛紛撫掌喝彩。「用對付荅矢八都魯的辦法來對付大都，嘿嘿，反覆折騰上幾回，韃子皇帝就再也沒錢發兵來打咱們了！」

「聽商販說，那邊也偷學了咱們的紡紗和織布辦法，正在大肆折騰，咱們正好用淮揚貨打上門去，讓那些養了織工的人家血本無歸！」

「天底下最有錢的就是蒙古皇帝和那些喇嘛，不賺他們的錢賺誰的去？」

也有一兩個老成謹慎者，如逯魯曾，建言道：「主公施展此計，是不是操之過急了些？我淮揚雖然富庶，畢竟地盤只有半個河南，而那蒙元皇帝卻坐擁十三行省，地大物博，家底雄厚！」

「老長史此言差矣！韃子皇帝如果動用得了傾國之力，早把咱們淮揚給滅掉了！何必等到今天？」軍情處主事陳基反駁道：「莫說蒙元朝廷那邊無人擅長打理財貨之事，即便有人，他所能調動的，頂多也就是半個中書行省的力量，並且在大都城內還有諸多掣肘，他想跟咱們較量，註定要賠得血本無歸！」

「嗯——！」老長史逯魯曾沉吟片刻，陳基的話雖然傲氣十足，但仔細想來，卻一點兒都沒說錯，大元朝看似地大物博，但朝廷所能調動的力量卻少得可憐。倒是淮揚這邊，雖然到目前為止只攻佔了小半個河南，可是只要將策略定下來，就能迅速集中起全部力量。

「微臣有個提議，請大總管考量。據伊萬說，他們老家那邊，教堂會賣一種贖罪卷，凡是購買此物者，死後其罪便可赦免。大總管心懷慈悲，不願殺俘，所以我淮揚不妨也印一批贖罪卷，賣給蒙元的那些將領，今後凡是在戰場上被我軍俘虜，憑著此卷，就可以從容脫身！」

「微臣聽聞，哈麻派心腹在直沽大造海船，以備運河被棄之後，取道海上運糧，導致前一段時間北方木材價格飛漲。軍情處不妨想辦法送幾張大福船的圖樣過去，待哈麻把船造好了。俞通海的護航艦隊，估計也訓練得差不多了，剛好去把大船順手接回來！」

「不必接，就讓哈麻留著最好，等他的船隊裝滿了糧食啟運，咱們再突然派艦隊截殺。大都城那邊苦候糧船不至，米價不用咱們來折騰，自己就得飛上天去！」

「貿易是一條路，但銅和金的問題還是得想辦法自給自足，據微臣所知，銅陵自古便生產金銅等物，而彭和尚坐擁寶山，卻不懂得如何經營，眼下徐壽輝已經與我淮揚定盟，主公何不派人去跟彭和尚商量一下，由淮揚商號資助他開礦，若有所產，雙方平分便是！如此，可解我淮揚燃眉之急，他彭和尚也不必把日子過得緊巴巴的！」

「還有蘄州，也是產銅之地，徐壽輝不懂得經營，不如交給淮揚商號來做。」

「可惜中間隔著個朱重八！」

「就憑他所做的那些事情，等高郵之約一到期，主公立刻就可以發兵滅了他。」

「轟隆！」屋子外猛然想起一聲炸雷，揭開了這一年秋汛的帷幕。黑漆漆的雲團，裹著閃電和暴雨，從南向北迅速滾動。

窗外風雨如晦，淮揚大總管府議事廳內，卻是溫暖明亮若三月春暮的正午。

顏色已經接近於透明的玻璃窗，將瓢潑大雨毫不客氣地隔絕在外，架在廊柱上的一盞盞油燈，則隔著玻璃罩子，向周圍散發著一圈圈的溫暖和光明。燈身是純玻璃做的，晶瑩剔透。隔著老遠，就能清楚地看見裡邊還有多少燈油，燈口則用了上好的白銅，既方便用完之後擦拭，又能滿足耐熱要求，用來調節純棉燈捻長短的，則是一根純銅旋杆，表面鍍了一層金，被油燈裡的火焰一照，耀眼生花。

像這樣一盞冰翠琉璃燈，拿到市面上至少能值尋常百姓家三年之糧資，然而，議事廳每一個柱子中上方都托了六盞。整個大廳內，則是整整四十八盞，同時點燃之後，就像一朵朵凌空綻放的蓮花。

「尚未成就大業便如此奢侈，比那徐壽輝也差不了太多！」被燈光刺激得眼睛發澀，劉伯溫抬起手來揉了幾下，心中嘀咕著。

這句話顯然有賭氣成分，但也沒冤枉朱重九，此公非但生財有道，隔三岔五總能帶領焦玉、黃老歪等人，造出一些可以令人傾家蕩產的新奇之物。他自己也性喜奢靡，幾乎每造出一樣新奇之物，肯定會讓大總管府先用上。

比如可以讓屋子不通煙火卻四季如春的爐子，比如可照得人臉上毫末畢現的化妝鏡，比如議事廳內散發著淡淡魚腥味的冰翠琉璃燈；還有水泥、四輪馬車、自鳴鐘等物，如果照市價折算，恐怕這小小的淮揚大總管府造價比徐壽輝的紫雲台也不遑多讓。

還有他身下可旋轉的座椅和手中的墨水筆，就連裝墨汁的瓶子都是冰翠所鑄，唯恐別人不知道他是個暴發戶一般！

越看，劉伯溫覺得朱重九身邊的東西越扎眼，自己跟周圍的環境越格格不入，同僚們卻彷彿故意跟他過不去一般，個個興高采烈地給朱重九出著主意，絲毫不以滿身銅臭為恥。

劉伯溫越聽心裡越煩躁，終於按捺不住，長身而起：「主公，微臣身體有疾，不堪燈油味道，請容微臣先行告退！」

「燈油味道？怎麼會，這可是上好的鯨油！」眾文武正議論得熱鬧，猛然被打斷，甚感意外，齊齊抽著動鼻子嘟囔道。

議事廳內除了非常淡的烤魚香味之外，根本感覺不出任何難聞的地方，只有那些心懷怨懟的人，才會身在福中不知福，當即很多人將目光轉向劉伯溫，眉頭輕皺，還有人則一臉不屑。

在無數雙困惑乃至責問的眼神下，劉伯溫的臉色慢慢開始發紅，但是他強迫自己橫下心來，「微臣感到不適欲嘔，請容微臣告退，改日再向主公當面賠罪！」

「劉參軍，你這是何意？是故意在發洩心中積怨麼？」

場中立刻響起質問之聲，長史蘇明哲、內務處主事張松等，皆對劉伯溫怒目而視。

「好了，大家不要過於責難。劉參軍身子骨一直不太好！」朱重九緩頰道：「說實話，鯨油味道的確重了些，我自己也不太習慣！」

「主公……」已經準備彈劾劉伯溫的眾人失去了目標，一個個尷尬異常。

「幾點了？噢！已經過了晚飯時間！」朱重九看了看自鳴鐘，自問自答，「也罷，今天咱們就到這兒，還有沒議完的事，明天早晨繼續。吃飯，吃飯，活不是一天能幹完的，揚州城也不是一天就能修起來的！」

這句話，給了在場所有人臺階下，逯魯曾、蘇明哲等陸續起身，向自家主公施禮告辭。

胡大海、伊萬諾夫等軍中武將，也紛紛抱拳施禮，轉身離去，一邊互相打著招呼向外走，一邊意猶未盡地嚷嚷道：「真過癮，今天大夥商量的辦法可真絕了，老子原來以為光是用刀槍殺人，這會兒才明白，**有些東西殺起人來，比刀槍狠多了！」**

「那當然，你也不看咱們主公是誰？自打沒了外人掣肘，咱們對付韃子的招數哪次重複過？有些傢伙自己以為聰明，跟咱們主公比起來，根本不夠看！」

「**上兵伐謀**，末將以前總覺得這是文人在吹牛皮，現在才知道，**原來真有不用刀兵就打垮敵軍的妙計！**」

「文人麼，當然就是嘴把式，咱家主公可是文武雙全。不信，你讓別人也做一首〈沁園春〉，能比得過咱家主公，老子以後就聽他的！」

……

武將們從不懂得刻意壓低聲調，他們的話，聽在劉基劉伯溫的耳朵裡，絲毫不亞於天空中的悶雷。

能以一把殺豬刀創下偌大基業的人，能與弟兄們並肩而戰，誓死不退的人，能放下刀子提筆填詞，寫出「江山如此多嬌，引無數英雄競折腰」的人，如果他還不值得自己追隨，天下還有哪個英雄值得自己為其而謀？

可是他，卻又任人唯親，剛愎自用且舉止無狀，輕士大夫而重商賈草民，自己每每直言而諫，都得不到任何結果……

「喀嚓！」一道閃電凌空劈下來，照亮劉基蒼白的面孔。

暴雨如注，被秋風吹著潑向人的頭頂。儘管有屋簷遮擋，依舊迅速澆透了人的半邊身體，武將們身邊都有親兵，迅速支開了雨傘，文臣們身邊也有侍衛或者下屬，體貼的遞上蓑衣。

只剩劉基，沒有帶傘，也沒有隨從在議事廳外伺候，被雨水潑得倒退數步，孤零零地站在屋簷下，形單影隻。

「伯溫請暫且留步！」一個熟悉的聲音從背後傳了過來，令劉基的心臟猛然抽緊。回過頭，恰恰看見朱重九那略顯粗豪的面孔。

「外邊雨大，我讓洪三備了馬車送你！」朱重九加快腳步，與劉伯溫並肩而行，手裡的油紙傘非常自然地撐在二人的頭上。

劉伯溫變得不知所措，向屋簷外躲了兩步，驚惶地擺手，「主公，真是折殺了，微臣何德何能，敢勞主公……」

雨很大，幾乎在一瞬間就將他淋成了落湯雞，好在朱重九反應夠快，一個箭步追過來，「別廢話，不就是舉手之勞麼？況且伯溫今日還是有病在身。呵呵，別的事不敢說，打傘這事，還真是舉手之勞！哈哈！」

「呵呵……」劉伯溫抬起手抹去臉上的雨水，一邊訕笑著回道：「微臣才疏學淺，主公如此相待，讓微臣寢食難安。」

如果親手打傘相送不算國士之禮的話，還有什麼算呢？然而，朱重九對他越真誠，他越恨不得自己立刻遠遠的逃開，因為他認定了朱重九走的是一條絕路，而他身為人臣，卻只能眼睜睜地看著自家主公往懸崖上走，卻無力做出任何攔阻。

「油燈裡裝的是鯨油。」朱重九卻故意不看他的臉色，自顧將油紙傘擋住風雨，笑道：「鯨就是書中常提到的巨鯤，很久以前，伊萬諾夫所說的歐羅巴，就以鯨油充當燈油照明，比菜油燈亮，煙也比菜油燈小，剛好咱們準備插手海貿，所以我就依照方國珍的提議，派船到近海捕些鯨魚來練練手，一則可以讓船上的人儘快適應風浪，二來，這龐然大物身上油多肉厚，每次只要捉到一條，出航的本錢就賺夠了，根本不用我再為艦隊的錢糧補給操心！」

「主公學究天人，連捕鯨煉油之事都通曉！」劉伯溫言不由衷地誇讚了句。

「我知道的不多，只是聽別人說過此物點燈比菜油好用！」朱重九舉傘緩緩前行，眼裡跳動著自豪和自信，「只要有用，我就想拿來試試，而不是墨守成規！畢竟規矩都是古人定下來的，而古人在定規矩時，未必知道今天是什麼樣子！」

「此乃楊朱之學，孟子以之為禽獸！」劉伯溫毫不客氣地反駁。

「喀嚓！」半空中又是一道閃電劈落，將他的面孔照得慘敗如雪。

明白了，此刻劉基算是完全明白了，**淮揚之政表面遵從孟子，實則完全出於楊朱，言必稱利，輕古重今，甚至無君無父；怪不得朱總管不肯承認他自己出身於彌勒宗，怪不得朱總管動輒呵佛罵祖，原來他是楊朱在世間的唯一傳人。**

而朱重九只用了一句話，就令劉伯溫的所有猜測不攻自破。**「楊朱是誰？」**看了眼滿臉恐慌的劉伯溫，他坦誠的問道：「我讀書少，沒聽說過這個人！」

「轟隆隆！」又是一陣悶雷從頭頂滾過，砸得劉伯溫搖搖晃晃。

「主公勿要刻意相欺！」他兩眼直勾勾地盯著朱重九，「主公可以填詞，可以作曲，每一篇文章都萬口傳誦，主公竟然跟劉某說讀書少，主公……」

後半句話，他氣得實在說不出來了，最無賴莫過於裝傻，如果朱重九堅持說他自己沒讀過書，不知道楊朱是哪個，誰也無法剝開他的肚子，看看裡邊到底存著多少墨汁！

「我的確不知道楊朱是誰，並非故意相欺！」朱重九臉上寫滿了無辜，「其實孔子和孟子兩位老人家的話，我總計知道的也不會超過五十句；至於那闕《沁園春》和那曲《臨江仙》，算了，我說不是我作的，你也不相信，除了這一詞一曲之外，伯溫還聽我做過第三篇文章？」

「這……」劉伯溫無言以對。

從日常觀察中看，主公的確不像是能做出那一詞一曲之人，正所謂「腹有詩書氣自華」，一個能信口吟出《沁園春》的人，言談裡自然而然會帶上一些文章典故，不像他一樣，基本上全都是大白話，偶爾帶上一兩個誰也聽不懂的詞，完全屬於自編自造，根本找不到任何出處。

第六章

清君側

「這是亂命，沒有中書省信物！」

杜遵道欲作垂死掙扎。「爾等挾持少主，構陷大臣……」

「信物在此！」中書左丞盛文郁將一枚金印舉到燈光下。

「奉右丞相命，入城協助趙總管清君側！杜大人，你還有何話要說？」

「但說朱某讀書少，的確也是自謙！」朱重九坦誠道：「只能說，我讀的書和你們讀的都不同，你們開蒙之後，就專注於四書五經，唯恐對古聖先賢之言領悟不深，而朱某對四書五經只知道其名字，至於具體內容，恐怕就一個字都沒仔細看過。」

「但朱某卻知道大地是渾圓如球，知道天空中並沒有住著神仙，知道月亮的圓缺變幻不過是太陽的光芒被大地遮擋，知道星空無限，你我所住之地，不過是其中偏僻一隅。論對儒家典籍的專精，朱某恐怕不如在座任何一人；論廣博，請恕朱某妄言，如果朱某自謙第二，天下恐怕找不到那個能超越朱某者。」

朱重九侃侃而談，臉上寫滿了驕傲，「你要一個眼睛看到過宇宙星河的人，遇到問題再從古聖先賢的語錄中找答案，再對古人的話頂禮膜拜，伯溫，這太難，也根本沒有可能！」

「轟隆隆！」又是一陣悶雷從空中滾過，閃電將劉伯溫的影子不停地拉長縮短。

主公在說謊！他本能地想拒絕朱重九所說的每一個字，但心裡卻有一種直覺在告訴他，**對方說的全是事實。朱重九不願，也不屑裝神弄鬼，否則他也不會一再強調他並非什麼彌勒佛的化身，更不會主動與白蓮教割斷關係。**

他也許不夠睿智，但對於自己人卻夠光明磊落，從沒拿謊言相欺，更沒有拿別人不懂的東西而故作高深。

「我知道你不相信！」朱重九早就猜出劉伯溫會做如何反應，臉上湧起一縷溫柔，「第一次聽朱某說類似的話時，只有一個人選擇了無條件相信，因為她的命運早就跟朱某聯繫在一起，密不可分。不過，朱某可以向你證明，伯溫，你擅長於術數，據你所見，朱某在術數方面的造詣，比你如何？」

「這……」彷彿面前站的是一個魔鬼，劉伯溫不由自主地往後退，風雨立刻將他再度淋成了落湯雞，他卻絲毫不感覺到雨水的冰冷，只是看著朱重九，呆呆的一眼不眨。

術數！他除了對程朱之學外，最為引以自傲的，便是術數方面的造詣，但平素在謀劃軍務和議事之時，他的心算速度卻只能排在第二位，哪怕是再大的數字，朱重九好像都可以直接心算，或者稍稍在紙上勾畫上幾筆就能得出答案。然後過上很長時間，參軍們才能用算盤給出相同或者相近的數字。

原本大夥對此都司空見慣，覺得自家主公乃天授之才，一通百通，所以劉基雖然覺得好奇，也沒有認真琢磨，今天朱重九親口提及，才猛然發現主公的算學造詣恐怕在自己的十倍之上，而自己師出名門，潛心於術數不下三十年，朱重九年齡卻才剛滿二十！

「別躲那麼遠，我又不會吃掉你！」朱重九用雨傘再度遮住劉伯溫。後者則雙手抱著肩膀，徹底瑟縮成了一團，不光是因為冷，而且是**因為心中的震撼。朱重九沒說謊，他說的全是實話**，他非但精通術數，並且精通地理天文，甚至知道萬里之外的歐羅巴曾經發生過什麼事，跟伊萬諾夫相談甚歡，而在中原的書籍中，卻找不到同樣的記載。

「其實朱某從未否定過古聖先賢。」見劉伯溫震驚成如此模樣，朱重九帶著幾分歉然道：「朱某記得聖人有一句話，**三人行必有我師，做學問如此，治國也是如此**，只要是好的，行得通的，朱某都想學上一學，不管來自蠻夷還是來自華夏，朱某只管它是否有利於我淮揚發展壯大，而不會考慮它符不符合聖人之言。伯溫如果真想繼往聖之絕學，就應該有這份心胸，而不是閉上眼睛，捂住耳朵，妄自尊大！」

「轟隆隆！」劉伯溫耳裡又響起一聲炸雷，臉上湧起一抹潮紅，「主公知道微臣最近是在……」

一抹笑容迅速湧上朱重九嘴角，「知道，你不是裝病，是心病！朱某原本不想戳破，等你慢慢痊癒，但你沒給自己留出足夠的時間！」

這才是**他今天追上來的目的，留住劉伯溫，留住這個歷史上有名的謀士**，而不是顯示自己見識有多廣博！

劉伯溫多謀善斷，目光如炬，又精通兵法，是個難得的參謀之才，然而卻有一個致命的弱點，是愛鑽牛角尖，導致此人跟大總管府的參謀系統很難合拍，能發揮出來的作用可能還不到其真實本領的十分之一。

「主公，微臣亦為士林中人，元統元年進士！」被朱重九一語戳破了心事，劉伯溫的臉色更紅，拱起手來辯解道。

「比逯夫子如何？」朱重九笑問。

「不及善公遠甚！然臣與善公之際遇，也不盡相同。」劉伯溫低聲回道。同等條件下，劉伯溫只中了進士，逯魯曾卻高中過蒙元的榜眼，所以他當然不能說自己的學問比逯魯曾還高深，但他只是朱重九的謀臣，逯魯曾卻是朱重九的長輩，雙方所處的位置不一樣，所以對事情所持的態度自然也會不一樣。

這個解釋倒也說得過去，朱重九笑著點頭。很快，朱重九的第二個問題借著風雨，如雷鳴般打進了劉基的耳朵：

「伯溫所學，是為了謀萬民之福祉，還是謀士林之私利？放眼天下，百姓幾何？士紳幾何？」

「當然是萬民之福祉！」劉伯溫猛的停住腳步，這是他身為儒家子弟的底限，不容任何人質疑。「只是劉某跟大總管府諸君道不同，所以難相為謀！」

「何為道？」朱重九的聲音慢慢轉高，看著劉伯溫，眼裡充滿了困惑，「你的道在哪兒？是為了謀萬民福祉而求道，還是為了捍衛你心中之道，寧願將天下萬民推進水火？」

「這……」劉伯溫再度語塞，不知道該怎樣回答朱重九的質問。

接下來，朱重九的話字字宛若驚雷：

「朱某好像跟你說過，在朱某眼裡，儒家也好，道家也罷，甚至十字教、明教，都只是手段，而不是目的，**朱某接納他們的一部分，是因為他們切切實實能讓百姓的日子過好，能重整華夏河山。這才是朱某的最終目的，朱某才覺得自己沒白來一趟**。朱某只會為了目的而選擇手段，而不是為了捍衛某家之言，而忘記自己的目的；更不會為了捍衛某種理念，讓全天下的人為之犧牲，哪怕這種理念聽起來再完美，那代價太大，朱某承受不起。你，朱某，還有天下任何人，都沒資格讓別人來承受！」

「臣，不是這個意思！」電閃雷鳴中，劉伯溫結結巴巴地回道：「臣最初亦出於公心，管仲逐利而興齊，而管仲鮑叔死後，桓公最終為佞臣所害，霸主之位亦因齊國君臣逐利而失，前車之鑑，後世之師，主公不可不察！」

「誰為奸佞？」朱重九搖搖頭，問：「大總管府上下皆以荊州之盟為善，唯獨伯溫、三益兩人以之為惡，朱某當聽從誰？若是朱某否決了滿府文武，獨納你二人之言，伯溫，你以為大夥眼裡的奸佞會是哪個？」

「主公此言……」劉伯溫被問得又後退半步。

他、章溢，再加上一個態度不甚堅決的逯鯤，如果朱重九為了他們三人力排眾議，日後萬一證實選擇錯誤，他們三人肯定要背上一頂奸佞的帽子，萬世不得摘脫。

「況且齊國之禍皆發生在管鮑死後！」朱重九又道：「其罪責怎麼能全都算在管仲頭上？朱某只記得聖人有云，微管仲，吾其被髮左衽矣，卻沒聽聖人指責他害死了桓公！」

「可逐利之禍根，畢竟是管仲親手埋下！」劉伯溫不肯輕易認輸。

「要是有人站在桓公身邊，隨時提醒他禍根的存在，桓公還會慘死麼？禍根之所以稱為禍根，就是其爆發於以後而不是眼前，如果有人每當它一露頭就全力剪除之，它又豈能成為禍根！」朱重九帶著幾分期盼問道。

「主公此言何意？」劉伯溫又是一愣，反問道。

「留下來，盯著它。時時刻刻提醒我它的存在！如果你堅持認為它是禍根的話！」朱重九誠摯地發出邀請。「以魏徵與秦王之仇，尚能留在其身邊日日監督之，朱某與你好像仇恨還沒那麼大！」

「喀嚓！」天空中響起一聲驚雷，將汴梁城內的雕梁畫棟震得搖搖晃晃。一道道閃電像群蛇般劃過夜空，將黑漆漆的夜空劃得支離破碎，每一道閃電亮起，都將暴雨中的汴梁照得有如白晝，然而閃電過後，整個城池又陷入更深的黑暗，墨一般的黑，濃得令人幾乎無法呼吸。

電閃雷鳴中，左丞相杜遵道的身影顯得格外蕭索。

屋子裡點了很多燈，每一盞都跳動著橘黃色的火焰，但是由於書房太大的緣故，這些燈所散發出來的光芒，依舊無法有效地驅逐黑暗，以至於杜遵道每走幾步，身子就在燈光與陰影間穿梭，看起來飄忽來去，宛若一隻活著的幽魂。

他的聲音也冰冰的，隱隱透著寒意，「右丞相走到哪裡了？他還想趕在少主的壽誕之前回來麼？」

「今天正午驛站來信說已經到了中牟，但索河暴漲，把幾座木橋全給沖垮了，劉丞相的車駕無法過河！」羅文素弓著腰走上前回道。

「孽障！」杜遵道低聲唾罵，也不知道是罵外邊無邊的狂風暴雨，還是罵自己的老搭檔劉福通。「黃河上的汛情如何？下游出現洪災了麼？」

「據巡河哨騎查驗，開封府周圍二百里的大堤皆平安無虞。」羅文素報告：「此皆賴北岸新河分流之功，當年賈魯治河便採用了先疏後堵之策，先從北岸洩了一半的水量，然後才開始著手修復舊道河堤。」

「孽障！」杜遵道又罵了句，焦躁地在書房中繼續踱步。

劉福通被風雨所阻，未能按時返回汴梁，黃河上的秋汛雖然來勢洶洶，卻奈何不了南岸的數百里長堤，從汴梁往下一直到徐州，當年的豁口已經全都被堵住。據說朱重九還不惜血本地在豁口處用了大量的水泥，以確保黃河發洪再也淹不到當年原本屬於趙君用的歸德府。

如今那裡經過一年的開墾，淤積了河泥的荒野裡，已經重新出現大塊大塊的麥田，再過上兩年，麥田就可以連成片，淮安軍就能收穫成千上萬石糧食！一旦補上了糧食這個短板，淮安軍就能徹底一飛沖天。這種趨勢，誰也無法阻擋，除非老天爺再度發威，用洪水將那些農田第二次沖成澤國！

「喀嚓！」「喀嚓！」外邊的閃電一道接著一道，劈得房梁簌簌土落，當值的相府侍衛們雖然都披著蓑衣，卻仍被雨水澆了個通透，一個個冷得嘴唇發青，身子如篩糠般抖個不停。

這樣狂暴的天氣，連猛獸都寧願躲在山洞裡不出來捕食，卻阻擋不了人類彼此間亮出獠牙。

杜遵道很快看到了門口侍衛們的狼狽狀，衝出來指著當值的百夫長大聲喝道：「才三兩滴小雨就把你淋成如此模樣，老夫將來如何仰仗爾等衝鋒陷陣？來人，給我把他拖出去斬首示眾！」

「饒命，丞相饒命！」倒楣的百夫長沒想到自己站在院子裡執勤也能禍從天降，趕緊趴在泥水中，重重磕頭。

但杜遵道卻越看越生氣，用力一拍門框，「人呢，都死哪去了？老夫的命令，莫非在相府裡都沒人聽了麼？」

「是！」兩側廂房裡，數名家丁衝出來，架起倒楣的百夫長，倒拖著向外拉。那百夫長不甘認命，扯開嗓子喊叫道：「丞相，屬下對您忠心耿耿，當年潁州起事時就跟了您，替您擋過箭……」

「轟隆隆——」一串炸雷滾過，將他的求饒聲吞沒在風暴中。

「孽障！」杜遵道轉過頭，瘋狂地在屋子內踱步，門口的侍衛兔死狐悲，嚇得連哆嗦都不敢，挺起腰杆，咬緊牙關苦撐。

「要不然……」受不了相府內壓抑的氣氛，羅文素弓著身子提議道：「下官派些教中長老下去，把寧陵的那個口子再……」

「住口！」杜遵道對他怒目而視，「你怎麼敢打河堤的主意？萬一事敗，你我豈有葬身之地？」

「是，下官知錯，請丞相息怒！」羅文素趕緊躬身謝罪。

「你知道自己錯在哪裡？你什麼都不知道，鼠目寸光！」杜遵道滿腹的鬱悶一下子找到了發洩口。將目光轉向他，斥責道：「你以為脫脫是被朱重九一個人弄死的麼？大錯特錯！他**為了速戰速決，炸開了黃河大堤，老天都不能容他，所以不光朱重九要殺他，黃河兩岸的百萬冤魂要殺他，蒙元朝廷從上到下也都巴不得他死！**所以他死得窩囊至極，到最後都閉不上眼睛，而你，明明看到前車之鑑，還要老夫東施效顰，你到底安的是什麼居心？」

「冤枉，下官冤枉，下官對你的忠心天日可表！」羅文素噗通跪倒。

見他這副窩囊模樣，杜遵道心中閃過一絲悔意，緩了口氣，將聲音放柔，「起來說話，你好歹也是四品高官，哭哭啼啼算什麼樣子！」

「下官有罪，請丞相責罰！」羅文素猛磕著頭，哽咽道。

杜遵道心胸狹窄，睚眥必報，特別是劉福通出走洛陽後這段時間，動輒以小錯殺人，簡直已經到了不分敵我的地步，羅文素可不想因為今晚少磕了一個頭，就連明天早晨的太陽都看不到了。

「教中那些長老都是什麼德行，你還不清楚麼？一個個成事不足敗事有餘！」杜遵道見羅文素如此，心中愈發內疚，走上前，伸手將後者攙扶起，道：「甭看他們現在一個個恨朱重九恨得牙根癢，一旦落到淮安軍之手，不待用刑，隨便給點甜頭，就會把所有事情都交代得一清二楚！」

「下官魯莽了，差點誤了丞相的大事。」羅文素先前臉上彷彿還帶著委屈，聞聽此言，立刻跪在地上連稱：「死罪，死罪！」

「起來，客氣的話就不用說了！」杜遵道嘆了口氣，「你我原本都是先主帳下重臣，所做的一切，也是為了輔佐少主，但凡事要多花些心思，小心謹慎，畢竟眼下不比當年，當年你我造反不成，頂多是自己掉腦袋罷了，如今你我如果一招不慎，少主、主母還有你我身邊的人，全都要萬劫不復！」

「丞相！」羅文素感動不已，「丞相所言極是，下官記住了，還請丞相將心思放寬，畢竟，萬一哪天您累垮了，讓我等，讓少主，讓咱們大宋國可怎麼辦啊！」

說到這兒，他的眼裡瞬間滾出兩行熱淚，一顆顆落在地上，簌簌有聲。

「鞠躬盡瘁罷了！除此，老夫還有什麼辦法？」杜遵道笑了笑，「你也不必難過，少主乃天縱英才，他總有長大的那一天，咱們不過是在此之前為他看好這個家罷了，用不了太長時間，也就是兩三年而已，老夫還撐得住！」

說著，他真的覺得自己心力交瘁，手扶住廊柱，不停地咳了起來，「咳咳，咳咳咳……」

「喀嚓！」又一道閃電淩空劈落，照亮他花白的頭髮和鬍鬚。

「丞相！」羅文素動情地喊了聲，抬手替杜遵道輕拍脊背。「丞相，該歇一歇時也要歇歇，養足了精神，才能收拾那群亂臣賊子！」

「老夫睡不著啊！」杜遵道嘆著氣，「老夫當年追隨先主起兵，想重建的大宋不是當下這般模樣，老夫一閉上眼就會看到先主，他若問起來，大宋國是什麼樣子，是不是真的如傳說中的那樣，老夫真的不知道該如何向他交代啊。」

說罷，又是一連串的咳嗽，整個人半趴在柱子上，喘得如將作坊裡的風箱。

羅文素見狀，趕緊加重手上的力氣，朝著杜遵道的後背猛捶，接連捶了幾十下，總算將咳嗽聲止住了。再看杜遵道，臉色由慘白已經變成了紫黑，上下嘴唇亦是漆黑如墨。

「那件事不是不能做，而是要做就必須做得乾淨，不能留一絲首尾。」他推開羅文素，支撐著自己，搖搖晃晃朝書案旁走。「最好能著落在察罕帖木兒和李思齊頭上，甚至潘癩子和彭大兩個也行，教中長老，呵呵，那群沒用的東西，你千萬別對他們抱任何希望！」

「丞相……」羅文素沒想到杜遵道對自己最不滿意的地方在這裡，而不是自己的計策過於歹毒，一時間竟沒轉過彎來，驚得目瞪口呆。

「對付劉福通不難，難的是如何對付姓朱的！弄不好，你我就是第二個倪文俊！」杜遵道背對著他，像是在點撥，又像是在給自己打氣，「你不去主動招惹他，只要咱們動作夠快，事後將少主搬出來，親自指證劉福通的不臣之罪，那朱重九即便心裡再不滿意，也會受高郵之約的束縛，輕易不敢興兵來犯。」

這幾句話，全都說在了重點上，不由羅文素不心悅誠服地說道：「左相高瞻遠矚，下官佩服。下官這就去挑選死士，重新謀劃，一定不會讓任何人想到咱們頭上！」

說罷，他逃一般走向門口。杜遵道卻又叫住了他，「回來，此事不急在一天兩天！」

「是！」羅文素猛的打了個哆嗦，收住腳步。

「這幾天你還是把心思放在劉福通身上！」杜遵道陰惻惻地道：「雖然他的

行程被風雨所阻，但早晚他都會進城，只要他進得汴梁城來，老夫就不想再看到他活著出去！」

「是！」羅文素被話裡的寒氣凍得打了個哆嗦。

殺劉福通，奪取對汴梁紅巾的控制權，是杜遵道帶著他和另外幾名心腹謀劃已久的「大事」，但羅文素心裡卻一直有一種預感，此事不會像大夥謀劃時那樣簡單。

首先，劉福通身邊至少帶著四百名護衛，除了進入皇宮的時候外，平素幾乎寸步不離；其次，即便可以成功誅殺劉福通，朱重九也不會真的像杜遵道分析的那樣，被高郵之約束縛住手腳。畢竟，這將是他插手中樞的最好機會，只要他以給劉福通報仇為名，帶領淮安軍殺向汴梁，屆時沒有幾個人願意出來抵抗他的兵鋒。

但是，此時此刻，羅文素卻沒勇氣勸杜遵道罷手，首先，此事已經箭在弦上，不得不發，他如果敢在這個節骨眼表現出絲毫猶豫，下一個被杜遵道喝令推出去斬首的必然就是他！

其次，即便杜遵道能夠懸崖勒馬，恐怕在不久的將來，劉福通也會對杜遵道痛下殺手，畢竟汴梁是整個大宋國的都城，劉福通不可能容忍自己出兵在外之時，後方還埋著一顆早已點燃了引線的掌心雷！

正忐忑不安間，又聽杜遵道詢問：「你今天又去見彭大、趙君用和潘癩子他們三個了麼？這三傢伙怎麼說？願不願意跟咱們一道共同輔佐少主親政？」

「彭大今天下午冒雨帶著他的親信出城打獵去了，據說半個月內不會回來！」羅文素心中一凜，趕緊將事情全盤托出，「趙君用給了小弟半塊兵符，說只要丞相需要，他麾下的三千重甲隨時可以拉出來匡扶宋王。潘癩子最近生病，不敢見風，咱們派去探望的人只留下了禮物，沒帶任何消息回來！」

「孽障！」杜遵道聞聽，怒火又往上升。「什麼生病，他和彭大打得是一樣的主意，只想袖手旁觀。哼，天底下哪有如此便宜之事！不過這樣也好，今後老夫重整朝綱之時，他們也休怪老夫涼薄！」

「下官也覺得這些人沒必要都留著！」羅文素附和道：「不過是朱重九放出來的孤魂野鬼罷了，要不是丞相好心收留，早就變成路邊餓殍了，哪還有機會活到今天！」

「哼！升米恩，斗米仇，老夫做得最錯的一件事，就是讓他們吃得太飽！」杜遵道眼裡湧起一道冷光，「傳令給御林軍崔德，密切監視潘府動靜，一發現什麼異常情況，就直接給我衝進去，一個不留！」

「是！」羅文素答應一聲。

「御林軍那邊士氣如何？」

「自打得知丞相將家中餘財盡數發給了他們之後，大夥皆願為國效死！」羅文素回道。

「這就對了，武夫麼，就該聽從文官調度，別自作主張，我大宋幾時輪到武夫騎在文臣頭上指手畫腳了！」杜遵道滿意地點頭。

他記憶裡的大宋，是文官的盛世，帝王與宰相坐而論道，與士大夫共治天下，百萬軍中取上將首級，不如東華門外唱名，只可惜天命不濟，北方先後崛起了女真和蒙古！**如今蒙古人的好運終於到頭了，大宋必將重興，而杜某人，就是大宋復國之相，半本論語治天下，另外半本論語輔佐太子。**

只有劉福通這個匹夫才自以為是，以武將之身卻死抱著右相的權位不放，**他以為他的狼子野心別人看不清楚麼？**做夢！杜某今天就要替宋王除了他！既然他不知進退，休怪杜某心狠。

「丞相！」正想得血脈賁張間，耳畔傳來羅文素的聲音，「天色已晚，下官欲去代丞相巡視御林軍，不知道丞相還有何吩咐？」

「嗯，沒有了！」杜遵道揮了揮手，「去吧！你倒是個有心的！」

內心深處，他覺得自己應該把羅文素留下來，多說幾句安撫的話，此人是自己的絕對心腹，該安撫的時候就必須安撫。

大宋最大的問題，是沒有徹底將文治施行到底，先出了個倒行逆施的王安石，又出了高俅、童貫等一干閹人，不文不武，執掌兵權，如果當年司馬相公下手很辣一些，將王安石的餘黨斬草除根……

「喀嚓！」門外又閃起一道慘白的電光，劈得燈影搖搖晃晃，有狗叫聲忽然響起，但很快就又被滾滾雷聲吞沒。

外邊的雨越來越大，院子裡已經積水盈尺，當值的侍衛們誰也不敢擅離值守，雙腿泡在泥漿裡咬牙苦撐。

有人推開丞相府的大門，手裡拎著一顆早已失去血色的頭顱。

「誰？」侍衛們本能地喝問，旋即將按在刀柄上的手緩緩鬆開，人頭是剛剛被處死的百夫長，來人必然是丞相的心腹。

更多的腳步聲從外邊傳來，侍衛們剛剛鬆開的手指，又按在了刀柄上。

正堂兩側廂房中，丞相府的家將家丁全都衝了出來，一個個手持長槍短刀，迅速在臺階上擺開一個密集的方陣。

「站住，什麼人膽敢夜闖相府？」

對方沒有回應，挑著燈籠繼續大步向院子裡走。

只有淮揚產的冰翠琉璃燈能在雨天使用，而能用得起冰翠琉璃燈的，在汴梁城內也肯定為大富大貴，被燈籠照亮的頭顱上，被下令處死的侍衛百夫長雙目圓睜。

數百名全身包裹著鐵甲的士兵緩步前行，每十個人自動結成一排，每排之首另外挑著一盞翡翠琉璃燈，明亮的火焰在雨中突突跳動。

「你們要幹什麼，你們是誰的部下，竟敢到丞相府來鬧事？」家將杜風扯開嗓子，不求能嚇住對方，只求屋裡的杜遵道聽見之後，能趕緊從後門逃走。

對方還是沒有回應，只是緩緩調整陣形，以手持頭顱者居中，在不算寬闊的相府前庭擺出了一個錐形陣列，就像一頭猛獸朝獵物露出了冰冷的牙齒。

當值的侍衛們手腳發軟，再也不敢挪動半步，相府的家將和家丁們也一個個臉色慘白，緩緩後退。

杜遵道終於發現外邊聲音不對，怒氣衝衝地探出頭來，喝問道：「怎麼回事，誰在外邊喧嘩？」

「喀嚓嚓！」數道閃電劃過夜空，照亮他身邊家將慘白的面孔，也照亮十步外那數百具冰冷的鐵甲。

從他們列陣的速度和隊形的整齊程度上就能看得出來，來的是百戰精銳。

「完了！」杜遵道眼前一片漆黑，**有人造反了！有人在他動手之前搶先一步殺上門來。**

「丞相快走！」家將杜方用身體抵住門，焦急的叫喊：「快走，留得青山在，不怕——啊！」一支投矛破空而來，將忠心耿耿的杜方射得倒飛出去，直接釘在屋內的地板上。

不知所措的侍衛們，立刻四散逃命，也不管是否出得了大門，能躲多遠就先躲多遠。

「你們到底是誰？難道要造反麼？」杜遵道啞著嗓子問。

畢竟是做過丞相的人，明知大勢已去，依舊推開擋在自己面前的家丁，只是他的聲音聽起來非常遙遠，彷彿不是發於自己的喉嚨。

「有勞丞相問！」帶頭的鐵甲軍主將終於開口，先將燈籠交給身邊的弟兄，然後放下手裡的人頭，高聲道：「歸德大總管趙君用，奉命前來匡扶宋室，誅殺奸佞，以清君側！」說罷，抬手將面甲一推，露出裡邊一張斯文的面孔。

「趙君用！」杜遵道心猛的抽搐了一下，「你剛剛答應過本相，要全力匡扶宋王，你怎麼能這麼快就……」

「出爾反爾是麼？」趙君用接過他的話頭，冷笑道：「趙某的確說過，要全力匡扶宋室，所以聽聞宋王今晚有難，趙某立刻就帶領麾下弟兄殺了過來！」

「你，你……」杜遵道被他氣得說不出話，手抖得如同一支殘荷。「你，狡辯，你無恥……」

「趙某當初還託人給了宋王半枚兵符，趙某曾經聲言，見兵符，則立刻頂盔執戈，任由調遣！丞相，兵符呢？趙某的兵符在哪裡？」

「兵符？」杜遵道被問得一愣，隨即像溺水之人尋找稻草一般在自己身上亂摸，「兵符呢？那半枚兵符……」

「兵符在此！」有人在大門口朗聲提醒，眾甲士迅速從中間分開，讓出一條狹窄且整齊的通道。杜遵道的心腹，參知政事羅文素手裡舉著兩枚合在一起的玉片，大步走到了隊伍前。

「奉宋王命！」他一改先前唯唯諾諾模樣，昂首挺胸宣布：「詔令歸德大總管趙君用起兵清君側，擒拿奸佞，迎接劉丞相回城主持朝政！杜大人，還不快快讓你的爪牙散去！」

「你——！」此刻，杜遵道終於明白了，**兵符自始至終就由自己的政敵所掌控，怪不得今晚羅文素會被嚇成那般模樣，怪不得姓羅的一直急著離開，原來他**

早就倒向了劉福通，只是為了贏得更俐落，才先過來一探動靜。

心中最後的一絲希望也徹底熄滅，杜遵道忍不住哈哈大笑，「哈哈，哈哈哈，好一個倡優。羅大人，你不做倡優真的很可惜！沒想到平素膽小如鼠的你，居然還有荊軻之勇，哈哈哈，能對著本相都面不改色，真是好手段，好本事！」

明知自己今晚必死，杜遵道索性豁出去罵個痛快，淅瀝瀝的鮮血，不停地沿著他的嘴角往下淌。

「姓趙的，姓羅的，算你們狠！你們今日敢出賣老夫，看劉福通敢不敢也像老夫一樣對你等推心置腹！看明日一早，這滿朝文武又有幾個肯與爾等同流合汙！」

「杜大人，你錯了。我等不是出賣你，是奉宋王之旨，前來捉拿奸佞！」趙君用豈肯任由他挑撥離間，從親兵手裡接過一面玉牌，高高地舉在空中。

「來人，照亮些，請杜大人看個清楚！」

數盞翡翠琉璃燈同時挑起，照亮玉牌上的龍鳳花紋，是宋王韓林兒的貼身信物，上面的花紋還是杜遵道親手所選。

「這是亂命，沒有中書省信物！」帶著幾分不甘，杜遵道欲作垂死掙扎。

「爾等挾持少主，構陷大臣……」

「中書省的信物在此！」另一個熟悉的聲音在門口響起，隨即，劉福通的心腹，中書左丞盛文郁快步穿過鐵甲陣，將一枚金印舉到燈光下。

「奉右丞相命，入城協助趙總管清君側！杜大人，你還有何話要說？」

「你……」杜遵道滿臉難以置信。「你不是被水患擋住了麼？怎麼會在城內？」

「一條小河而已，怎麼可能擋得住丞相的戰馬？杜大人，你對軍務懂得太少了！」盛文郁搖著頭。「你平素總覺得武夫卑鄙，天下事盡該歸文臣掌握，卻不知道，**若沒有武夫們陣前亡命，你這個丞相不過是紙糊的人偶一個而已**！來吧！大夥都進來給杜大人看看，否則他老人家還不會死心！」

隨即響起一陣鐵甲鏗鏘聲，李武、崔德、沙劉二……無論是平素跟杜遵道一個鼻孔出氣的，還是對他敬而遠之的，汴梁紅巾的武將一個不少，緩緩上前。

「你們？本相平素待爾等不薄……」杜遵道揉著自己的眼睛，不敢相信自己看到的。

「中原未定，丞相卻急著同室操戈，末將雖然是一介武夫，也不敢奉丞相之亂命！」關先生毫不客氣地說道。

「是啊，大夥都是自己人，沒冤沒仇的，丞相怎麼怎麼忍心下手？」破頭潘跟著走上前。

「丞相。你今天殺得了劉丞相，明天就會一言不合再殺別人，我等雖然愚笨，好歹分得清是非！」其餘武將紛紛附和，看向杜遵道的目光中充滿了鄙夷。自打劉福通出走洛陽之後，杜某人動輒治人以重罪，弄得滿朝文武個個朝不保夕，所以盛文郁沒費什麼勁，就取得了大夥的一致支持。誰都不願意再由著杜遵道胡鬧下去，更不願意看到哪天鋼刀砍到自己脖子上。

「忘恩負義！你們這群不知禮義廉恥的匹夫，你們都不得好死！」杜遵道忽然如瘋子般推開家丁家將，衝進雨裡，指著趙君用等人大聲咆哮：

「你們大字不識。杜某乃國子監的高才，拼著毀了前程來指點你們，你們居然聯合起來反抗杜某，杜某今天就要看看，誰敢殺我這個文曲星來啊，殺啊，還愣著幹什麼，殺啊！」

「丞相，我們的確沒你識字多，我們卻不是衣冠禽獸！」盛文郁啞著嗓子回答。

杜遵道卻再也聽不見別人的話，披散著頭髮，在雨中跌跌撞撞，「我是文曲星下凡，我乃天上的文曲星，你們誰來殺我，誰不怕天譴就來取我性命！來啊，不敢了麼？哈哈哈，哈哈哈哈哈……」

「瘋子！」趙君用搖搖頭，轉過身，大步離開。數百名鐵甲軍齊齊轉身，跟著他，緩緩消失在狂風暴雨之中。

「我是文曲星下凡，我乃天上的文曲星。」杜遵道繼續大喊大叫，冰冷的雨水打在他的臉上，濺出一團團耀眼的殷紅。

「走吧！」盛文郁憐憫地看了眼發瘋的杜遵道，向羅文素等人吩咐。

眾人嘆了口氣，跟在盛文郁身後緩緩離開。

「喀嚓！」一道閃電從半空中劈落，數朵紅雲拔地而起。

滾滾濃煙中，有個聲音不停地狂笑，「哈哈，哈哈哈，我是文曲星下界，半步論語治天下，半步論語輔佐太子。我大宋，君王與士大夫共治天下，百萬軍中取上將首級非好漢，東華門外唱名才是真豪傑，我大宋……」

火再大，也終有熄滅的時候，正如雨再急，天空也早晚要放晴。

當頭頂上的烏雲緩緩被秋風吹散，汴梁城又顯出了原有的華貴與雍容，街道上的積水迅速順著汴河褪去，碧瓦灰牆上的積年老塵也被沖得乾乾淨淨，包括街頭巷尾很多從來沒人打掃的角落，經歷了暴風雨的一番滌蕩之後，都露出了原來的面貌，從裡到外透著古樸與典雅。

唯一不會再恢復舊時顏色的，只有左丞相杜遵道的府邸。

那個風雨交加的深夜，因為閃電引發的天火，將杜遵道滿門老小一共五百四十二人，全部推進了鬼門關，當負責開封府治安的高官羅文素會同五城兵馬司的將士趕到時，任何援救都已經來不及。

據說當時烈焰席捲了小半條街，虧得兵馬司指揮使崔德當機立斷，命手下兵丁拉倒了臨近的大批房屋，才成功遏制了火勢的蔓延。否則，死在天火中的恐怕不止五百四十餘人，而是五千甚至五萬！畢竟汴梁城內的大部分建築都是木造結構，一旦祝融肆虐，恐怕就是當年的揚州城第二！

天火熄後，宋王韓林兒因為傷痛杜遵道之死，三日不餐不眠。多虧右相劉福通趕回來的及時，以國事相勸，才令其勉強忘掉了哀思，重新出面處理朝政。

除了給杜遵道治喪之外，韓林兒振作起來後的第一件事，自然是重新調整了麾下文武百官的位置，以填補死者騰出來的空缺，保證朝廷正常運轉。然而，出乎所有人意料的是，他將左相的金印派人快馬加鞭送去了揚州。

朱重九立刻上表請辭。按照故宋遺留下來的規矩，韓林兒再次頒發聖旨，另外加封朱重九為吳公，以示相待之誠。

朱重九再度請辭，韓林兒則三度頒下恩旨，在原來的基礎之上，加封朱門遂氏為三品誥命夫人，另外，八位如夫人也別有封賞。

然後朱重九第三度請辭，誰料宋王韓林兒卻沒有第四次派人來催促其赴任，而是直接詔告天下，左相之位永遠由淮揚大總管遙領，除非他本人駕崩，宋國絕不再做他選。

這可不是既定的話本，當年大宋朝文教盛甲天下，如三公、三孤、樞密使等顯赫之職的接替，通常都是君臣雙方默契地演完**三辭三讓的戲碼**，直到第四次聖旨頒下，才最終各得其所。

然而，突然有一方不按固定套路演了，另一方準備的應對也就瞬間落了空，於是乎，朱重九的左相和吳公位置就算徹底定了下來，無人再去問他是到底接受還是反對。

與朱重九晉升為左相的同時，汴梁朝廷的其他官位也做了大幅度的調整，五成兵馬司指揮使崔德因為指揮救火有功，被升為龍武軍都指揮使，出鎮陝州。御林軍統領李武被升為神武軍都指揮使，出鎮商州。其他百戰悍將，如沙劉二、關先生、破頭潘等，也各有升賞，分別出任都指揮使、指揮使不等，眾武將各領麾下兵馬，從睢州到函谷關，沿著黃河一字排開，隨時準備殺向北岸，直搗幽燕。

實惠撈得最多的，莫過於原歸德大總管趙君用，從寄人籬下的客將，一躍升為大宋國平章政事，帶領新任樞密院知院彭大、潘癩子兩人出巡滎陽，三家兵馬再度合為一體，更名為神策軍，都指揮使和左右副都指揮使，亦由三人分頭兼任。

如此一來，無論當初劉福通的嫡系心腹，還是閒置於汴梁城中的周邊武將，就都有了切實歸宿，大夥兒對劉丞相讚不絕口。

隨即，當初緊緊追隨杜遵道腳步的文官，只要沒死在那場天火中的，都得到了實惠，個個心滿意足，唯一原地踏步的，好像只有劉福通本人。除了頭上新增加一個太尉的虛銜之外，什麼新變化都沒有。

當然，以上全為官方說法，見諸於紅巾天下兵馬大元帥府長史，大宋國平章政事盛文郁所主辦的報紙「皇宋正議」，並且有汴梁城內的另外三家民間報紙大肆轉載。但坊間巷里卻悄悄地流傳著另外一種版本，與官方說法大相徑庭。

據謠傳，天降大火的當晚，右丞相劉福通曾經帶領一萬精兵從萬勝門入城，冒雨直撲延福宮。同夜，居住在相國寺附近的無賴們，也曾聽見歸德大總管趙君用的府邸內有鐵甲鏗鏘之聲，甚至有人親眼看見五城兵馬司的將士，在起火前就圍住了杜遵道的府邸，趁著夜黑雨大，對敢於貿然出入的人痛下殺手。

中書省參議李曄、左司郎中黃守華等輩十餘名高官，皆是死於五成兵馬司刀下。其他無辜喪命者，全加起來恐怕有五千之多。

但對於人口高達六十餘萬的汴梁城來說，猛然間減少五千人和猛然間減少五百人其實差不多，反正謠言和傳播謠言的人很快就一起消失了。

青石板上淡紅色的血跡沒幾天就被沖刷乾淨，街道也迅速恢復了安寧。僅僅在深夜，才有人家會傳出一兩聲哭泣，在連綿更鼓聲裡，顯得無比微弱。

第七章

年終考核

「根據戶局的年終彙報和廷議結果，
參照大總管府本月出爐的年終考核方案，
本評審團最終認定，戶局今年的整體考績為優等偏下。
該局官員的升遷和獎懲由該局自行審議，
然後交吏局和大總管府最終核查後即可執行！」

汴梁城的天氣向來溫柔，即便是深秋，也不妨礙建築物的施工，特別是採用了淮揚購買來的水泥之後，簡直令任何工程的速度都提高了三倍。

於是乎，到了臘月初，一座嶄新的左丞相府，在廢墟上拔地而起，於是連微弱的悲哀也聽不到了，四下裡都被喜慶的氛圍所籠罩。人們開始殺豬宰羊，準備迎接新的一年到來。

「砰！」有焰火在半空中炸開，迅速散落成一個巨大的富貴菊；然後，又是數十朵菊花綻放，將夜幕中的汴梁打扮得分外妖嬈。

「過年嘍！過年嘍！」孩子們提著紙糊的燈籠，在火樹銀花下往來穿梭，且歌起舞。

由朱重九改進過的火藥，只有在這幾天裡才會變得無比溫柔。帶來的不再是鮮血和殺戮，而是夢境般的祥和。

經歷了血與火的洗禮，龍鳳元年終於姍姍到來。

「砰！」「啪啪，啪啪啪！」天才黑，揚州城內鞭炮聲便迫不及待地響了起來，此起彼伏，連綿不斷。

竹節小炮每文新錢可以買到一百個，手指頭粗的震天雷每文新錢能買到十個；點著了尾巴就能竄上天空的禮花，每文新錢剛好能買一打，能在半空中綻放的煙花身價不菲，小的每個高達五文，大號的十五至五十文不等。

若是往年有人敢不到午夜就點起煙花爆竹湊熱鬧，一定會被家中長者用拐杖敲得滿腦袋是包，「敗家子，敗家子，怪不得年年受窮，這種糟蹋法，給一座金山早晚也得敗個乾淨！」

但是最近這兩年，長輩的脾氣變好很多，甚至爺爺手裡拿著一掛竹節小鞭炮，專門拆散了發給孫子輩們開心，即使不小心被點爆竹的香燒到了鬍子，也不會生氣，只是揚起頭來哈哈一笑。

過年麼，還不就圖一個喜慶熱鬧老大出息，已經在作坊裡幹到了匠師；老二今年成了三級工，等過完年能識夠了一千個字，便也有資格去考個匠師當。家裡頭的老三稍微笨些，至今還是個一級普工，可即便如此，每月工錢也有整整一吊大通寶呢！並且年底還有花紅可拿！

三個孩子的薪俸加在一起，每月能拿到七吊淮揚大通寶，換成過去那種小平錢，差不多就是十八吊。這可是過去掌櫃們一年才能拿到的俸祿，並且還得是城內排得上號的大門面。如今南城人家一個月就拿到了！這錢麼，該花還是得花。今晚花得越仗義，明年就來得越痛快。

況且這煙花爆竹聲也不是白聽，據巷子口那位少了一隻胳膊的周坊長說，戰場上萬槍齊鳴，差不多也就是這麼個動靜，你能忍住驚慌，平心靜氣地聽從長官們招呼，戰死的可能就會降低一大半兒。

即便不小心掛了彩，只要能熬過牛頭馬面的催逼，從軍隊的醫館裡爬出來後，下半輩子就基本有了著落，所以讓孩子們從小就習慣槍炮的動靜，長大後才會更有出息。

萬一能比坊長大人運氣更好些，在軍隊裡熬個出身，那整個家族就都跟著一飛沖天了。不信，你看吳公他老人家身邊的那些大帥們，有幾個是天生的富貴命？早年還不是城南住窩棚的，只因陣前取了功名，轉眼間就騎上了高頭大馬，出入皆有親兵隨行！

千百年來，老百姓始終是最好糊弄，也最為實際，你可以忽悠他們一次兩次，但你忽悠不了他們一輩子，每個人心裡都有個小帳本，日子該怎麼過，怎麼才能讓子孫比自己過得更好，一筆一筆都算得清清楚楚。

「砰！」「砰！」「啪啪啪，啪啪啪！」充滿喜慶味道的鞭炮聲中，燈火輝煌的淮揚大總管府的燈火顯得更加高大神秘。

不過，裡邊的人可是一點都不輕鬆，只見他們一個個坐在椅子上，氣喘噓噓。有的人額頭上汗珠滾滾，有的人則急得抓耳撓腮，還有人雙手握拳，呈全身戒備。彷彿稍有風吹草動，就準備一躍而起。

「本年度，戶局在徐、宿、睢、譙四地共設立屯村六百四十個，安置男丁三十一萬七千，女子二十九萬兩千六百，十二歲以下幼童六十三萬五千三百二十幾九人。按每戶授良田十畝，薄田和山地二十畝算，共分出田產七百五十一萬畝。其中八成以上人家，年底已經有了存糧，明春不需要大總管府再繼續補貼，另外一成半左右人家……」

戶局副主事李慕白昂首挺胸，將事先準備好的稿子讀得抑揚頓挫。

「另外一成半人家為什麼沒打下足夠的糧食來？戶局可否調查清楚原因？」朱重九敲了一下桌案，質問道。

「大部分都是因為家中青壯勞力生病！」李慕白快速給出答案，「各縣的戶科吏員和屯長都去查訪過。因為那邊很多地方遭遇黃河水患，地裡埋著人畜的屍體，陰氣太重。而願意下去分田立戶的人家，通常都沒什麼老人，所以當家的男人一病，地就無法收拾了！」

「張主簿，你將此事列入明春需要追蹤的事項。李主事，我再問你。戶局有什麼對策沒有？還剩下的那一小部分呢，他們究竟是因為什麼沒有飯吃？」朱重九吩咐幕僚將此事重點記錄在案，然後繼續追問。

「有，有！」李慕白聽得心頭一凜，趕緊補充道：「戶局已經責成各地戶科，明年繼續按照今年標準，向沒飯吃的人家補貼口糧，另外極小的一部分人家，是擔心種了原田主的地，今後被蒙古朝廷清算，所以寧願向附近的寺院租地種，也不願意動分給他們的田產。對於這類人家，戶局已經決定將分給他們的田產收回來，明年另作安排！」

「還有這種人，那當初他們為什麼要報名下去屯田？」朱重九眉頭一皺，心裡多少有些懊惱。

但轉念間，他就將懊惱拋在了九霄雲外，一樣米養百樣人，有人當佃戶當習慣了，不適應自己做地主，也說不定。況且睢、徐、譙、宿四地年初才正式轉到了自己手裡，也難怪有人會懷疑自己保不住它們。

想到這兒，他將目光轉向其他人，徵詢道：「對於戶局的彙報，大夥有什麼意見沒有？有的趕緊提，都這麼晚了，別耽誤了回去吃團圓飯！」

「呵呵呵！」一眾文武會心而笑，旋即，開始七嘴八舌地提問。

以李慕白的學識和圓滑，當然將大多數問題都給應付了過去。然而，當輪到內務處主事張松時，卻出人意料地使了記陰招。

「敢問李主事，既然明知道黃泛區陰氣重，在徵募百姓去屯田時，戶部為何不多做一些提防？」

「有啊，當時都發了湯藥的。但張主事也應該知道，很多湯藥未必管用！」李慕白辯駁。

「那可教導百姓像當年主公初臨揚州時，往棚屋裡頭灑石灰，把水坑都填死，把糞便定點排放收集？可曾指點百姓把水燒熱了再喝？」

「當然，下官可是親眼看著那本防疫條例發下去的！」李慕白眉頭緊皺，聲音漸漸變了。

張松在故意給自己出難題，以當年在趙君用麾下的鬥爭經驗，他馬上就意識到對方來者不善，但**張松為什麼要給自己出難題**，**他卻是百思不解**，按說內務處的開銷，根本不走戶局，而是大總管的私庫直撥，戶局想得罪內務處都沒機會，怎麼可能彼此成了仇家？

正困惑間，又見張松咄咄逼人地問道：「既然有百姓寧願做佃戶，那戶局何不另外撥出荒田來，租給他們耕種？反正田皮和田骨都是官府的，即便將來有麻煩，也找不到他們頭上！」

「李主事這個提議非常及時，戶局明年就可以按此提議執行！」不止一個人發覺張松來勢洶洶，戶局主事于常林也站了起來，搶在李慕白被問倒之前接過對方的殺招。

「余主事虛懷若谷，張某佩服！」張松禮貌地朝于常林拱了下手，繼續道：「那張某還有一個問題，如果有百姓故意裝作沒打下糧食來，浮領官府的補貼，戶局該如何應對？雖然這種人不多，但要說當家男子病了，地裡頭就顆粒無收，恐怕也不太正常！」

「這……他們只是說糧食不夠吃，沒說顆粒無收啊！」于常林哪裡顧得上如此瑣碎的細節，立刻被問愣住了，沉吟了好一陣兒才喃喃地回道。

「如果我是尋常人家，看到鄰居不幹活卻能從官府拿口糧，而我自己打了糧食，還要交兩成的賦，我肯定明年也裝著家中有人生病！」張松不以為然地說。

「這……」

于常林和李慕白兩個人頭上雙雙滲出了汗珠，對方所咬的位置，恰恰是他們日常施政的疏漏之處，一時間，根本沒有辦法給出合理解釋。

「還有……」見二人節節敗退，張松繼續步步緊逼，「年中的時候，主公宣布對有孩子當兵的人家，在稅賦方面給予照顧，剛才聽李主事的彙報，城裡開生意的買賣人，戶局的確給減稅了，可鄉下屯田的這些人家，可沒見戶局給予任何減免！」

「啊！」張松趕緊拿起自己念過的文稿快速翻動，直翻得大汗淋漓，也沒翻出相關字樣。

他的頂頭上司于常林臉皮更薄，尷尬得無地自容。主動走到大廳中，衝著朱重九躬身請罪，「啟稟主公，是下官做事疏忽，忘了減免屯田戶中軍眷的田稅。下官知罪，請主公懲處！」

「我事先說過，今天咱們是做年終考評，不是問罪於人，況且你們平素工作賣力不賣力，我早就看得清清楚楚。」朱重九笑了笑，搖著頭回應。

「多謝大總管寬宏！」于常林聞聽，趕緊帶領其麾下的屬官一起面紅耳赤地道謝。

「不過，你們辛苦歸辛苦，做事還需要加倍仔細！別出了錯，還得同事幫你們補窟窿！」朱重九和顏叮囑。

「是！」于常林、李慕白等人紅著臉，訕訕地回應。

「坐下吧，準備聽最終審核結果！」朱重九揮了揮手，「對戶局的報告，大夥還有什麼想法沒有？沒有的話，就交給評審團做最終考評！」

眾人搖頭，然後打起精神，將目光對準評審團長蘇明哲。

蘇明哲跟逯魯曾、馮國用等評審專員交換了一下意見後，站起身來宣布：

「根據戶局的年終彙報和廷議結果，參照大總管府本月出爐的年終考核方案，本評審團最終認定，戶局今年的整體考績為優等偏下，正副主事官員明年俸祿建議上調一級，本年度的分紅則按三級丁等派發。該局其他官員的升遷和獎懲，由該局自行審議，然後交吏局和大總管府最終核查後，即可執行！」

「轟！」話音剛落，大廳內立刻響起一片交頭接耳之聲。

反應快的人已經看出來了，內務處主事張松是盯上了戶局的位置，想給自己換一個不得罪人的差事幹，所以才趕在最後的關頭忽然發難，但大夥誰也無法替于常林和李慕白等人喊冤，畢竟張松那幾口都咬在了重點，並非雞蛋裡挑骨頭。

評審團所給出的最終結果也算公道，于常林等人拿了優等偏下，不會耽誤今後的晉升，俸祿上調一級，也算對他們今年所取得政績的鼓勵。

不過，他們金錢方面上的損失，卻堪稱慘不忍睹。大總管府年底從淮揚商號裡頭拿到了數十萬貫的紅利，這其中至少有三成以上按照規矩要分給大總管府的核心人物。以一局主事的級別，分紅每差一等就是幾百貫的區別，從甲等落到丁等，每人至少損失了兩千餘貫。

聽著底下的議論聲，朱重九將頭轉向坐在身邊的中兵參軍劉基，「伯溫，朱某這個這個辦法如何？銅臭味雖然重了些，比推人出去抽鞭子管用多了吧？」

不願讓對方感到尷尬，他的聲音壓得很低，但是劉伯溫聽了，立刻漲紅了臉，「主公這個舉措，微臣聞所未聞！連官員盡職不盡職，都能折算成銅錢來衡量，主公算學之精，的確震碩古今。但是此法否有效，微臣以為，現在說來還為時尚早！」

「那就留待明年這時候再說，有一年功夫，足夠你我看到結果！」朱重九笑了笑，臉上自信滿滿。

事實證明，朱重九的辦法的確能極大的提高隊伍的凝聚力，並且極大地鼓舞了整個淮揚體系的士氣，大總管府的所有核心骨幹們，對不貪汙受惠就能定期從淮揚商號拿到一大筆分紅的待遇，讚不絕口。

數年後，朱重九的「淮揚股份」擊垮並且收購了「蒙元牧業」、並且一鼓作氣再將「朱氏實業」、「韓劉聯營」、「張氏屯墾」、「方氏遠洋」和「蒲氏海貿」等眾多小創業公司吞併，最終一統天下。**他麾下的「核心員工」們只要沒有中途主動退股，都將變成貨真價實的億萬富翁。**

淮揚大總管府的年終評審會議，在熱烈的氣氛中繼續進行。除了極少數食古不化者之外，幾乎所有人都對大總管府明年的發展和未來的道路充滿了期待。

徐壽輝已經被大總管府牢牢地握在手中；汴梁紅巾在內亂中元氣大傷；張士誠鼠目寸光，不值得一慮；朱元璋被架在荊州軍和淮安軍之間，早晚在劫難逃，細算下來，也就是蒙元還能對淮揚構成威脅。

而蒙元朝廷在脫脫死後，明顯是病入膏肓，再拖上幾年，即便淮揚軍不主動誓師北伐，恐怕也會自己轟然倒地。

一切看起來都春光明媚，天下早晚必將姓朱，不過，遠在千里之外的大都皇宮裡，妥歡帖木兒顯然不會同意這個觀點。

半年來的休生養息，不但讓淮揚地區蒸蒸日上，蒙元朝廷在黃河以北的各府各路，也在慢慢恢復著元氣。特別是大都、冀寧、真定、薊州等地，因為集中了大量的皇莊和頂級王公貴族的私人田產，在妥歡帖木兒和哈麻這對君臣的苦心經營下，竟然露出了別樣的生機。

到年底了，妥歡帖木兒在皇宮裡，也會與妻兒們一道偷偷的計算這一年的收益，並且為來年的日子做一些粗略規劃。

然而不算不知道，一算嚇一跳。這位從小就過慣擔驚受怕日子的皇帝陛下，驚詫地發現：在失去了兩淮這個鹽稅重地，並且來自南方的大部分稅賦都拖欠未交的情況下，國庫和皇庫居然雙雙出現了盈餘！

特別是皇家的私庫，在與奇氏所控制的幾家大商販做了年終結算後，存金的數額比去年此時足足高出了五倍還多。這讓妥歡帖木兒的手頭一下子寬裕起來，再也不用像原來那樣，為了給寺院的佈施，還得親自出面去跟戶部官員扯皮。

「這都是軍械監郭大人的功勞！」奇氏看完帳本，飲水思源地道。

「嗯，沒錯，小六指不愧是郭學士的後人！」妥歡帖木兒痛快地認同妻子的看法。

夫妻二人都知道，如果沒有皇家作坊裡的那六千多張新式人力腰機，日夜不停地織紗成布，皇家私庫裡邊不可能出現如此多的盈餘。此外，由六指神童郭恕仿製的水力紗機，秋天的時候在桑乾河兩岸也大展神威。

非但能紡棉紗和麻紗，經過細心調整後，還能將羊毛紡成粗線，如此一來，牧場中所產的羊毛便能像棉花一樣紡織成布，質地絲毫不比大食人從海上販過來的毛布差，成倍則不足其售價的百分之一。

所以今年入秋之後，儘管市面上的棉布和綢緞不停的落價，由皇家所控制的作坊和商號還是大賺特賺。

一些頭腦機靈，心思活絡的王公大臣們，也紛紛派出管家，與郭恕聯繫，試圖從新興產業中分一杯羹。在他們的聯合推動下，一時間，大都、冀寧、真定等地晝夜織布聲不斷，帶動市面上其他行業也一併欣欣向榮。

羊毛乃為世界上最最便宜低賤之物，往年大部分都要被扔掉，所以對於擁有眾多牧場和莊園的顯貴們來說，這東西等同於不需要任何成本的意外之財。紡紗機由水力推動，豎在桑乾河兩岸之後，也無需太多花銷。只是水力織布機到目前為止，六指神童郭恕還沒能仿製出來。

但他帶頭仿製的人力腰機，速度是老式織布機的數倍，反正眾王公大臣家裡都有數不清的奴僕。每天只要給他們口飯吃，就能從早晨幹到深夜。憑藉人數上的優勢，照樣能織出成本低廉的布匹，跟順著運河而來的淮布一較短長。

蒙古人是個擅長學習的民族，當年成吉思汗西征，就能從西域帶回新式投石車和地獄火。所以當他們再一次發現了敵人的長處後，就立刻不惜代價的進行偷師學藝。

「朕不必非得依靠脫脫！照這樣下去，不出兩年，朕就能再度派出三十萬大軍！這一回朕要親征，親手把朱屠戶的腦袋砍下來，告慰列祖列宗。」

跟家人喝了幾碗馬奶酒之後，妥歡帖木兒拍打著太子愛猷識理達臘的後背，道：「到時候，你就留在大都城內監國，要記得，朝政不能落入權臣之手，哪怕他是你的骨肉兄弟，也必須時刻提防。這**人心啊，是天下最靠不住的東西！**」

「謝父皇賜教！」愛猷識理達臘聽得似懂非懂，卻強裝出一副什麼都明白的模樣，用力點頭。

他這番做作，當然瞞不過已經在位三十多年的妥歡帖木兒。於是，這位難得今日不想去採陰補陽的蒙元天子繼續說道：

「儘管漢人有許多毛病，但他們老祖宗的智慧卻不能小瞧，三國志裡，魯肅曾經勸過孫權一句話，說什麼，群臣降得，唯獨主公降不得……」

用目光示意奇皇后給自己倒了一杯酒，他一邊喝一邊說：

「群臣不過是皇家的夥計，賠光了東家的錢，還能換一家去幹，說不定還能拿更高的薪水，甚至混個掌櫃來當當；皇家卻是這江山的東家，如果蝕光了本錢，就屁都不剩了。所以，孩子，你一定得盯著手下的夥計和掌櫃們，免得他們偷了你的錢，還把你當傻子糊弄！」

「啪！」一朵巨大的煙花在半空中綻放，落櫻繽紛，照亮夫妻父子的眼睛。

「噹噹噹！」各家寺院的鐘聲同時響了起來。

新的一年到了，無分南北，這一刻，所有人目光中都充滿了美好的期冀。

這個年，朱重九過得非常滋潤！

「淮揚商號」宛若一隻會下金蛋的雞，在年底給他帶來巨大的分紅，除了當作「年終獎金」發給各級骨幹的那部分，隨著工商業的蓬勃發展和士紳百姓一體化繳賦納稅政策的落實，淮安軍控制地區的稅收數字也節節攀升，除了維持官府和軍隊的日常開銷之外，還能有不少盈餘，再也不用他這個大總管整天蹲在大匠院裡琢磨還有什麼能賺錢的「新發明」。

與稅收盈餘增加的同時，大總管府用來應付戰爭的支出也在大幅減少。按照打下一地便穩定一地的思路，淮揚系暫時沒有想法繼續大幅擴張，所以在蘄州戰場，始終只投入了三個旅兵力。

國庫和戰場都沒什麼麻煩，朱重九就有了更多的時間跟麾下肱骨們一道歡慶新春。

初一上午，他被蘇明哲和逯魯曾兩個像耍猴一樣，穿上韓林兒賜給的吳國公袍服，在議事廳了接受了麾下一眾文武的朝賀。

中午，就命人在外邊包了一家屬於淮揚商號名下的酒樓，帶著大夥吃「正旦宴」。

到了晚上，文臣們各回各家，武將們則非常默契地留了下來，繼續跟自家都督把盞敘舊，一直喝到有人不小心推翻了桌子才大笑著收場。

初二上午，他又換上粗布衣服，跟逯雙兒一起去參加鄉祭。代表整個淮揚徐睢地區的八百多萬百姓，向天地獻上六牲，焚香禱告。請老天爺賜福各地，在本年度風調雨順，五穀豐登。

到了初三，則是吳公夫妻當眾表演「親民」秀的時間。在逯魯曾的安排下，大總管府從各地挑選了一百名七十歲以上的老漢，與朱重九、雙兒夫婦共進午餐。同時聽取父老們對上一年施政得失以及大總管府治下各地官員的反應，採納其中有益的諫言，並且挑選民怨最大的進行調整。

初四則是專門留出來接見從揚州路之外回來給大總管拜年的地方文武官員，以及他們的信使。

初五，他一整天都花在校場之上，檢閱新兵，撫慰那些因傷退役榮養的老兵。

初六，再專程前往江灣新城，視察百工作坊以及制幣、鑄炮和造槍等軍機重地。

一直到了初七，才算終於忙到了頭。上午在議事廳跟八局二處一院的主官，以及參謀本部的骨幹們交代了一下最近需要重點關注的事項，到了午飯時間，就拖著一身懶筋逃回了後宅。

空氣中還有幾分寒意，但甬道兩側的梅花卻已經盛開了。每當有微風吹過，花瓣便如雪一般繽紛飛落，讓走在甬道上的人彷彿置身於花瓣的海洋中，暗香撲鼻。

每當看到另外八雙眼睛裡不經意流露出來的幽怨時，他總是默默低下頭，不知該如何是好。

雙兒是個難得的聰明女子。知道自家丈夫的性情，所以也不擔心自己的地位問題，倒是對八位陪嫁愈發地和氣禮敬，如此一來，後宮倒也安寧，沒發生什麼亂七八糟的妻妾相爭的家務事來讓他心煩。

只是今天，後院裡的氣氛明顯有些不對頭，聽見他的腳步聲，以往會快速迎上來的妻子卻不見身影，其他八名婢妾也都無聲無息。整個後宅都靜悄悄的。

只有掛在二堂門口樹枝的鸚鵡，看見朱重九的身影從花海中穿過，猛的扯開嗓子，大聲喊道：「夫君回來了，夫君回來了！」每叫一聲，都換一種嗓音，聽起來頗為有趣。

「調皮蛋，瞎嚷嚷什麼？」朱重九愛憐的朝鸚鵡數落了句，快步邁上臺階。

二堂的門「吱呀」一聲從裡邊打開，八名陪嫁中年齡偏大的四名，滿臉恐慌地隔著門檻兒蹲身施禮，「夫君回來了，賤妾迎接來遲，請夫君恕罪！」

「都起來，咱們家什麼時候有這麼大規矩？」朱重九彎下腰，先一手扯起一個，然後低聲問道：「雙兒呢？她今天沒和你們在一起麼？」

被他拉到手的兩個婢妾，像觸電一樣滿臉通紅，半個字都回答不出。

另外兩個則嘰嘰喳喳地回應：「啟稟夫君，夫人身體不太舒服，其他幾個姐妹正陪著夫人在屋子裡頭休息，我們四個是夫人派出來特地迎接夫君的。」

「不舒服！」朱重九被嚇了一跳，顧不上再管另外兩個婢妾為何臉會紅成那樣。邁開雙腿，大步流星朝內堂衝去。

「去請郎中了麼？郎中怎麼說？」

「去請了，郎中還沒到！夫人是今天上午在後花園散步時突然不舒服的，先是吐了幾口，然後又覺得胸悶氣短，姐妹們就陪著夫人回屋子裡休息了。原以為是受了風，喝幾口熱湯水就會好，誰知道熱湯水下肚，吐得反而更厲害了！」

「有病就看郎中，你以為你們都是女華佗啊！」朱重九越聽心裡越著急，腳步迅速如風。

好不容易來到內堂前門，他已經滿頭大汗，緩緩推開門，儘量放低腳步，一步一挪地繞向臥房。

隔著臥房的紗簾，他看見至少有十七八個人圍在床榻旁。

聽到外邊傳來的腳步聲，丫鬟僕婦們先是被嚇了一跳，然後紛紛蹲身施禮，

「國公大人回來了？」「奴婢給國公大人問安了！」「國公大人……」

「好了，大家都下去吧，該忙什麼忙什麼去，給屋子裡騰點地方，通風要緊！」朱重九被吵得一個頭兩個大，擺擺手道。

「是！」眾丫鬟僕婦聽出他語氣中的不快，連忙答應著，轉身往外走，不多時，就逃了個乾乾淨淨。

朱重九撲到床榻旁，伸手按住正試圖坐起的雙兒，「不要起來，不舒服就躺著。老夫老妻了，哪有那麼多講究！不舒服時要注意通風，來探望的人越多，反而越不容易好！」

「夫君！」雙兒聲音裡透著幾分甜蜜。「你別聽她們咋咋呼呼的，根本沒啥大事兒。頂多是前幾天在外邊跑得多了些，被風吹了一下。等郎中來看過了，吃兩副湯藥，嘔——嘔——」

因為提到藥字，她立刻撲在床頭上開始乾嘔，嬌俏的面孔上透出幾分虛弱的蒼白。朱重九見了，更慌得手足無措，虧得四名婢妾迅速進來替遂雙兒換過了痰盂，擦拭了嘴角，才終於緩過一口氣。

「沒事，妾身結實著呢，夫君根本不用擔心！」見他緊張成如此模樣，雙兒趕忙說道。

「還說沒事，都快把苦膽吐出來了！」朱重九急得火燒火燎，冷不防抓起雙兒的一隻胳膊，開始找寸脈所在。

雙兒又被弄了個臉紅，強忍著羞意，低聲提醒，「夫君，脈在大拇指那邊，不是小拇指，您弄錯胳膊了，應該是男左女右！」

「那是醫生瞎扯，左右都一樣！」朱重九尋來尋去，最終也沒察出逯雙兒的脈搏有什麼特別變化，「把嘴巴張開，讓我看看喉嚨。啊——，對，就這樣！」

「啊——！」逯雙兒張大嘴巴，露出雪白的牙齒和淡紅色的舌頭。因為嘴巴張的時間有些長，又開始嘔吐起來。

朱重九越看越擔心，忍不住又開始摸額頭，聽後背，查脖頸兩側，折騰了好一陣依舊沒任何收穫，倒是把逯雙兒的注意力給分散了，不再繼續嘔吐，斜躺在靠枕上，兩人有一句沒一句地話起了家常。

「最近胃口怎麼樣，我在外邊跑來跑去，也沒顧上跟你吃幾頓團圓飯！」朱重九內疚地望著妻子。

「還好，妾身最近挺能吃的，您瞅，肚子都大起來了！」

說著話，她拉著丈夫的手去摸自己的小腹，朱重九猛的翻腕將妻子的手緊緊握住，急切地問道：「你這個月的月事來了麼？」

遂雙兒聞聽，也不禁緊張起來，手指深深地扣住朱重九的手背，「沒來，原本七八天前就該來的，夫君是說……天啊！這怎麼可能？」

「怎麼不可能！」朱重九的心瞬間被巨大的幸福所填滿，雙手捧住妻子的胳膊，彷彿捧著的是一塊和氏璧，「你想想，你最近是不是老愛吃些怪味道的東西？是不是老覺得累？是不是不愛聞油煙味？」

「嗯！嗯！嗯！」雙兒如小雞啄米般點頭，淚水淌了滿臉。

二人成親多年，始終一無所出。對她來說，早已成了一塊心病，如今可好，**一切擔憂都煙消雲散了！**只要丈夫的判斷正確……自家丈夫怎麼可能判斷不正確？他連日月星辰的運行規律都瞭若指掌，怎麼可能看不出女人是否懷了孩子！

「別哭，小心動了胎氣！」見妻子激動成如此模樣，朱重九趕緊替妻子擦拭淚水，心中卻狂喊：「**我有孩子了！我朱重九有後了**，誰說朱大鵬一定就是朱元璋的子孫！這世界上又不止他一個人姓朱！」

正所謂，人逢喜事精神爽。當心結徹底打開之後，朱重九做起事情來精神頭格外足，而眾淮揚文武也因為自家主公有了後人振奮不已，在這個人活到三十歲已經可以自稱老夫的年代，朱重九「無後」，乃是整個淮陽系上下最大的恐懼。

因為萬一朱重九「創業未半而中道崩殂」，整個淮揚系就失去了主心骨，將來能不能一統天下就瞬間變成了未知。

如今好了，吳國公有兒子了，淮揚基業就能一代代傳承下去了，哪怕朱重九真的有什麼不測，只要少主在，整個淮揚系就不會分崩離析。

至於為什麼逯氏夫人懷的不是女兒？那怎麼可能！以吳國公的天縱之資，他的第一個後代怎麼會是個女兒！整個淮揚上下，對此都自信得很，雖然誰都不知道他們的這種自信有什麼依據。

特別是老榜眼逯魯曾，自打從郎中嘴裡確定孫女的確懷了孩之後，整個人精神頭就提高了三倍。非但替朱重九準備好了嬰兒的衣服、鞋子、帽子等若干用品，甚至連孩子的名字都引經據典取了上百個，只待吳公殿下從中篩選出其中一個後，就要將少主啟蒙之師的位置納入囊中。

這種盲目的自信，令雙兒感到了極大的壓力，正當朱重九猶豫著是否要弄出一架簡易顯微鏡來，引入另一個時空的近代生物學知識之時，劉伯溫卻主動找上了門來，先送上一塊龍岩端硯為少主賀，然後就迫不及待地提醒朱重九要以此為契機，建章立制。

「何謂建章立制？」朱重九將端硯放在書桌上，有些心不在焉地問。

對於眼前這位算無遺策的超級軍師，他現在是徹底沒辦法了，在料敵和定謀方面，大總管府帳下文武百官當中，無一人出其右，但在處事社交方面，朱重九卻越來越堅信，劉伯溫的程度與另一個時空的宅男朱大鵬幾乎不相上下。

就拿賀禮來說吧，別的人要麼送佛像、要麼送金鎖、麒麟之類，只有他端著一塊冷冰冰的石頭當賀禮，也不嫌春寒凍手，怪不得劉伯溫當年在蒙元那邊當官時就總是受同伴們排擠。

然而劉伯溫才不在乎別人怎麼看待自己，整理了一下衣冠後，侃侃道：

「所謂建章立制，乃是立定一國之祖規，最宜建於創業之初，百法未成之時。昔日文王初歸西岐，即遵后稷、公劉之業，則古公、公季之法，立周禮，興德治，約束百官，懷保小民。故而文王之後，方有東西二周八百年國運。高祖初入關中，感秦法之繁苛，即與百姓約法三章。方盡收天下之民心，立前後兩漢四百年之基。

「而主公雄踞兩淮已久，百廢俱興，王霸之相漸露，年前又受封吳公之位，年後喜得子嗣，龍興之氣日顯，何不於未沖霄之時先立典章，定制度，以待將來推行天下若典章制度成，我淮安軍每克一地，則勒石為銘，以新法曉諭百姓。如此，則貧富良賤皆有規矩可憑，百官斷獄，亦有法度可循！天下萬民，有喜我淮揚制度者，自然翹首以盼王師，刁頑蒙昧，厭聞禮儀教化者，則自竄他鄉……」

「嗯——！」朱重九著揉了下鼻子，發現自己的鼻尖有點兒歪。

劉基的話雖然文四駢六，並且用了許多典故，但基本的意思卻表達得非常清楚，那就是，你朱重九原來沒兒子，所以怎麼任性胡鬧都能理解，反正最後即便打下江山來也不知道會便宜了誰。

但是現在不行了，你將來必然會建立一個新朝代，八百年也好，四百年也罷，那就得講點規矩，該復周禮就復周禮，該興漢法就興漢法，重農抑商，禮賢下士，罷黜百家，獨尊儒術，以求統紀可一而法度可明，民知所從。而不是像現在這樣，東拉一條，西扯一條，總是先出了問題再補窟窿，總是只看眼前利益，過一天算一天！

「伯溫，眼下還未出正月。」沒等朱重九想起來該如何回答劉基的話，軍情處主事陳基搶先笑著提醒。

「是啊，劉參軍。如此大的事情，怎麼可能三兩句話就定下來！」平素和劉伯溫關係不錯的馮國用，也笑呵呵地說道。

非但他們兩個，其餘在場眾文武也覺得劉基今天的提議有點不合時宜，紛紛附和：「臣以為此事不急在一時！」

「多練兵，廣積糧，緩稱王，此乃主公親口所提出來的國策。劉參軍，你是不是太著急了些！」

人都是爹娘養的，誰還不通個情理？主公為無後之事已經煩惱多年了，好不容易才得到個喜訊，你劉伯溫就非要給他添點堵，這不是沒事兒找事麼？況且這建章立制也不是一件簡單的事情，稍有錯失，就會影響整個淮揚系的前途。

然而，劉伯溫卻對這些善意的提醒置若罔聞，傲然反駁道：「諸君可知前宋因何而亡？文恬武嬉，朝令夕改，乃至女真人已經殺到了汴梁城下，滿朝文武猶在夢中！」

這話，就說得越發過分了。

的確，大宋是因為文恬武嬉，開春頭一個月，朝廷基本不理政務而日漸衰敗；也的確，大宋從仁宗皇帝開始，就日日琢磨著變法，結果變來變去，把自己硬生生給折騰死了，可大宋是大宋，與淮揚有什麼關係？大過年的，誰不想聽幾句吉利話，就你劉基，卻像隻烏鴉般叫個沒完。

當即，老長史蘇明哲先冷了臉，用包金的拐杖狠狠敲了下地面，呵斥道：

「劉參軍請慎言！自你入主公幕府以來，主公雖然未曾對你言聽計從，卻也始終視你若肱骨臂膀，你豈能在主公大喜之日出言詛咒整個淮揚？」

「是啊，劉大人，你今日究竟為何而來？欲賣直邀名乎？抑或嫌主公待你不夠仁厚，急奏一曲長鋏歸來兮？」戶局副主事李慕白一直就看劉伯溫不太順眼，見老長史蘇明哲都不再對其忍耐，立刻站出來跟此人劃清界限。

其他在場文臣，除了胡大海，也或多或少對劉基表達了不滿。

平心而論，朱重九這個主公，除了行事不拘古禮，對商販百工過於器重之外，其他方面，絕對堪稱一代明君，氣度恢弘，心胸寬闊，從不因言而罪人，待麾下文武也推心置腹，禮敬有加，該給的待遇一點都不比蒙元那邊少，而淮揚系有了發展，還懂得立刻跟大夥有福同享，**像這樣開明寬厚的主公，你上哪找第二個去？你劉伯溫為何還不知足，非要一次次當眾令他難堪？**

倒是武將那邊，大夥出於佩服的原因，沒有人立刻加入對劉基的聲討，反而由胡大海帶頭出面，先用咳嗽聲打斷了眾人的質問，然後笑著給雙方找臺階下：「伯溫，你最近是不是勞心過度了，有些口不擇言？主公，各位同僚，且聽胡某說一句，伯溫他向來就是個直心腸，最近可能忙暈了頭，大夥切莫跟他認真計較！」

誰料，他不說話還好，一和稀泥，劉基反倒更來了勁，「多謝胡將軍替劉某美言，但劉某卻知道，自己現在清醒得很。」隨即，向蘇明哲行了個長揖，「也多謝蘇長史提醒，令下官更堅定了今日報主之心，大總管待劉某之厚，不亞於當年燕王之待樂毅，信陵君之待侯嬴，是以下官才不敢尸位素餐，對我淮揚眉睫之危裝聾作啞！」

沒等蘇明哲反駁，他再度轉頭，衝著朱重九又是一禮，「主公當日與微臣有約，主公當若秦王，微臣當效鄭公玄成，此語，微臣沒齒難忘。但不知道主公依然記得否？」

「嘿，好個伶牙俐齒，你倒真敢說！」如果人真的能七竅生煙的話，此時此刻，蘇明哲的鼻孔裡絕對能噴出半丈長的火苗出來。

君臣之間當如秦王與魏徵的話，的確是朱重九對劉伯溫說的，身為長史的蘇明哲，過後也曾聽朱重九親口提起過此事，但在他看來，那不過是朱重九珍惜劉伯溫的才幹，勉勵他全力效忠的客氣話，誰料此人居然順著杆子往上爬，居然真拿他自己比起了貞觀名臣鄭國公魏徵魏玄成來。

正當他氣得幾乎掄起拐杖，給劉伯溫來一記當頭棒喝的時候。朱重九卻已經緩過來第一口氣，大聲喝止：

「蘇長史，退下！諸位兄弟，也請先行落座。朱某的確要求過劉參軍，若發現朱某有失，勿吝直言而諫，他今日乃依諾前來，有功無過！」

既然身為主公的人都忍到了這個分上，大夥且按住心頭怒火，看看劉伯溫這個恃寵而驕的傢伙，嘴巴裡到底還要吐出什麼象牙來！

「朱某未下揚州之前，就受已故李平章的提攜，與群雄立了《高郵之約》。」朱重九深吸了口氣，儘量讓自己的聲音聽起來平靜。

想做一個秦王也不容易，他現在有點相信，傳說中李世民某一天在發怒之後，就立刻去推倒魏徵的墓碑的傳聞了，性子再寬厚的人，被劉基這類「諍臣」指著鼻子罵一輩子，估計也恨不得將他掘墓鞭屍。

但朱重九很慶幸剛才自己沒有爆發，因為他突然發現，劉伯溫藏在衣袖下的手臂其實一直在顫抖，也就是說，劉伯溫今天是特地想激怒自己，做好了以死相爭的準備，不惜拚著一死，也要將自己，將身後的整個淮揚系拉入他所堅持的正途。

那個正途，的確看起來美好無比，只可惜，從朱大鵬的記憶裡，朱重九知道大明朝的最後淒涼結局。

集中了朱元璋這個草根帝王，和李善長、朱升、劉基等一眾名臣制定的大明國策，祖宗成法，從一開始就運行得十分艱難，導致終明一朝，國君和群臣們都在不停地鬥爭。直到李自成入了北京，依舊還在傾軋不休。結果白白便宜了崛起於關外的女真人，讓華夏再度沉淪於黑暗當中。

「高郵之約乃諸侯之間的盟約，並非我淮揚之典章制度！」劉伯溫好像早就料到了朱重九會拿高郵之約來搪塞自己，沉著臉反駁。

「攻克高郵之後，大總管府也一刻不停地在整飭律法，因地制宜地下達各種政令，光是經朱某親筆拼閱後，交付各路各府執行的律例政令，恐怕就不下兩百條。」朱重九看著他笑道。

能憋住第一口氣，就能憋住第二口，劉伯溫想做個以死相諫的忠臣，他朱重九卻不想做個傳說中的桀紂之君。

「此乃頭疼醫頭，腳疼醫腳的應付辦法，非微臣所說，百年之典，千年之制！」劉伯溫翻了翻眼皮，毫不客氣地戳破了朱重九的糊弄言辭。

「那伯溫能否告訴朱某，**世間可有千年之國，萬世之君？**」朱重九被逼得退無可退，只得迎難而上。

「大周……」

劉伯溫本能地就想拿周朝為例，但是他卻發現這裡邊存在一個陷阱，東西二周加在一起也不過七百九十八年，前後兩漢則是四百零五年，嚴格的說，都無法算得上是千年之國。當然不可能採用了千年不易的典章制度。

但劉伯溫今天想要朱重九接受的是**儒家之大道**，而不是具體時間上的細節。因此眉頭微微一皺，就拿出了另外一套說辭。

「周之後，得稱明君者，皆言克己復禮。漢以降，得問九鼎者，莫不先與民約法三章！今日主公欲驅逐韃虜，恢復華夏。卻不興周禮，不言漢法，只是一味地在錢財兩個字上做文章，即便他年逐鹿有成，當為華夏乎？抑或夷狄乎？」

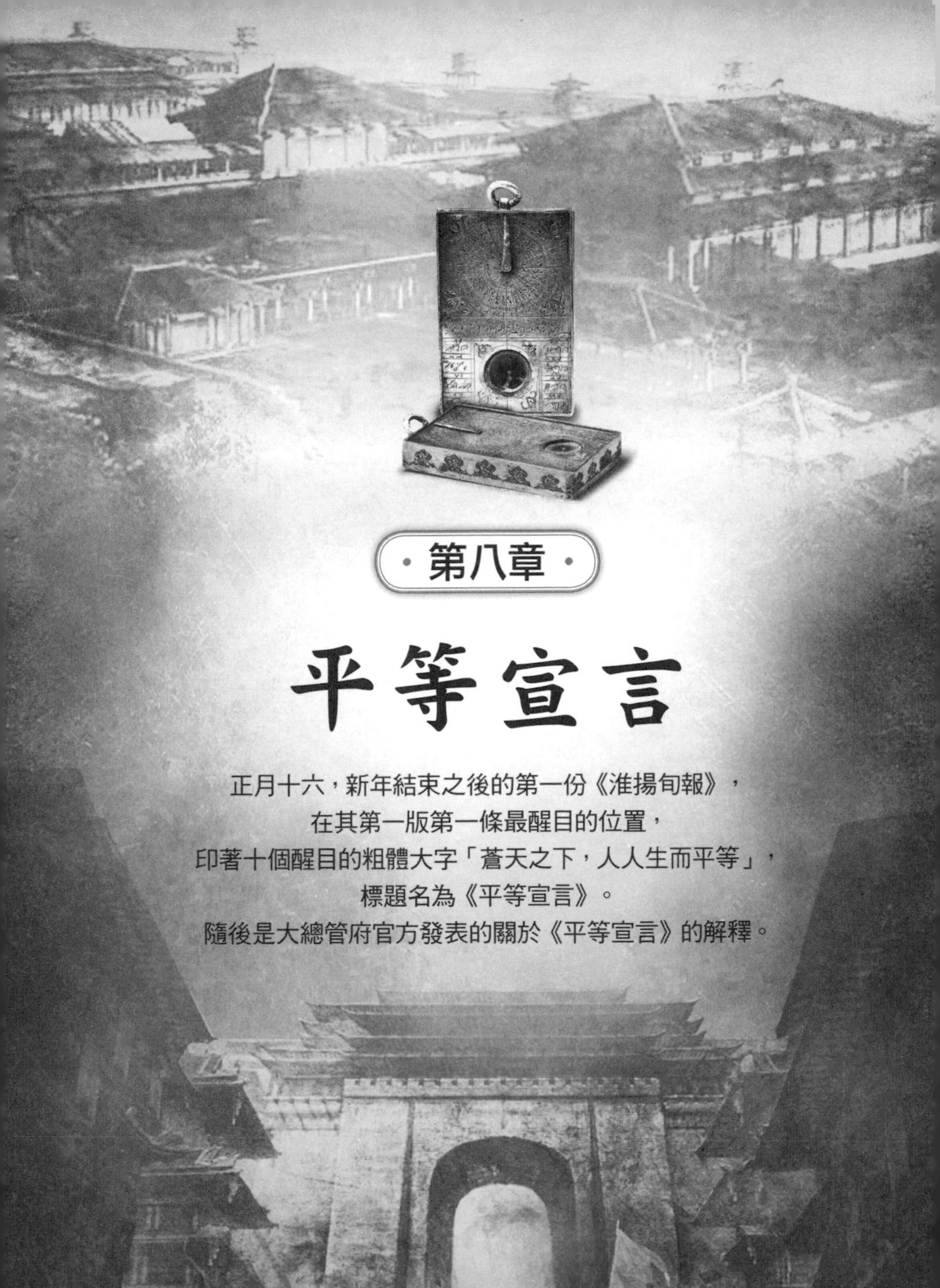

第八章

平等宣言

正月十六，新年結束之後的第一份《淮揚旬報》，
在其第一版第一條最醒目的位置，
印著十個醒目的粗體大字「蒼天之下，人人生而平等」，
標題名為《平等宣言》。
隨後是大總管府官方發表的關於《平等宣言》的解釋。

「嗯——」朱重九氣得眼前又是一黑，好險沒從腰間把殺豬刀給抽出來。

他自起兵之後，雖然關於個人的目標一直在變，但關於事業，卻始終定位於「驅逐韃虜，恢復中華」八個字上。誰料就是因為不肯完全採納儒家的思想，不肯給士大夫們人上人的地位，今天就被劉伯溫認為即便立國也屬於夷狄，這讓他如何能夠忍受得了。

然而，手指反覆開合數次，他卻依舊把刀刃插回了鞘中，朱大鵬的靈魂始終在影響著他，雖然不能告訴他什麼是正確的道路，卻能告訴他，什麼樣的醜行必將貽笑千年。

我不同意你的觀點，但我誓死捍衛你說話的權利，此為言論自由。想到這兒，他忽然平息了怒氣，搖頭而笑：「好，伯溫問得好！何謂華夏，何謂夷狄？三代之治，堯可曾劃萬民以尊卑？舜可曾分百姓以良賤？倒是那外來蠻夷，恃強凌弱，掠男為奴，掠女為畜，禽獸之行不絕於史！」

趁著劉基一愣之際，朱重九將聲音提高道：

「是以朱某以為，**華夏之所以為華夏，乃因仁，乃因義，乃因好學，乃因包容。乃因己所不欲勿施於人；乃因義之所在，雖千萬人吾往矣！乃因三人行，必有我師；乃因朝聞道，夕死可矣！**非因殘虐，凡天下不如我者皆為奴隸，非因佞幸，利不在我，則義無所歸。非因守舊，聞鄰有善，自毀耳目。非因固執，凡他人先達之道，我必棄之！伯溫，你以為然否？」

這番話，說得劉基半晌沒法接話，想找出破綻來反駁幾句，卻發現處處好像都是破綻，處處好像又都能自圓其說。

況且三代之治原本什麼模樣，史冊上也多為推斷，而按照儒家標準觀點，堯舜禹三位帝王，的確曾經跟著百姓一起下地幹活，捨己為人，不計付出。卻從沒說過要把百姓分為士農工商，區別對待的話，更沒說過官員和讀書人，就應該地位高高在上。

所以再三品味之後，劉伯溫居然發現自己竟無言以對，而朱重九卻被剛才他自己的歪理邪說徹底激發了天性中的執拗，大笑道：

「伯溫今日勸朱某，效仿當初漢高祖約法三章，為大漢百法之祖。可朱某以為，約法三章還是太繁雜了些，我淮揚若是定立開國之祖法，其實一條就已經足夠了！」

深深吸了口氣，他目光迅速掃過所有驚愕的面孔，十根手指在腰間緩緩握緊成拳，「**蒼天之下，人人生而平等！這就是朱某與各位，與天下百姓的約法**，若立國，則萬世不易！」

「蒼天之下，人人生而平等！」此話一出，滿堂寂靜無聲。

在這之前，朱重九也曾經提出過「四民平等、人無高低貴賤」等主張，但那都可以被視作他個人受彌勒教影響而生成的一種執念，或者其個人有感於當初做屠戶時被欺凌的遭遇而產生的一種感觸，誰都沒想到要將這種執念在淮揚大總管府的日常運行中貫徹到底，更沒有人會試著將其上升到《周禮》和《約法三章》的高度，成為整個淮揚系將來的立國之本！

然而，朱重九今天在情急之下，卻將「蒼天之下，人人生而平等！」這句話當眾正式提了出來，並且聲言要以此為他與天下萬民的約法，成為將來國家的萬法之母。這徹底打碎了大夥心中的各種期盼和幻想。而淮揚大總管今後的各項政令律例，也必將以此約為起點！所有與其有相悖之處的，恐怕都不得不做出修改。

但是，大夥震驚歸震驚，卻誰也對朱重九恨不起來。畢竟朱重九並沒有強行逼迫大夥接受他的觀點，事實上，此人雖然一直主張四民平等，一直「重小民而慢士大夫」，然而在選拔賢能時，卻總是給予讀書人最多的機會和最大的禮遇。

並且，按照目前淮揚大總管府的運作方式，士紳和莊主堡主們，也是獲利最大的那批人，只要他們不刻意跟大總管府對著幹，他們甚至比原來在蒙元治下，更容易賺取十倍，乃至百倍的巨額回報。

君臣之間，幾乎已經達成了一種默契，不管各自心裡頭的想法是什麼，只要對大總管府發展有利的事情，就可以去做，只要能對治下軍民黎庶有好處的政令，就可以去推行。

然而，就在今天，就在剛才短短半個時辰內，卻有一個妄人忽然跳出來，將以上種種默契和妥協徹底打了個粉碎！試問，在親眼目睹了整個過程後，大夥到底應該恨誰？

當即，無論是堅定的儒家門徒，還是堅定的法家弟子，甚至還有黃老歪、焦玉這種朱重九的鐵杆追隨者，都以憤怒的目光看向劉伯溫、恨不得立刻將他推出門去五馬分屍，以恢復大總管府原來那種上下和睦、其樂融融的美好氛圍。

劉伯溫卻**早已將生死置之度外，他要做魏徵，要做朱重九的正身之鏡，要以國士之禮回報朱重九對自己的知遇之恩，就不在乎粉身碎骨！**

只見他從最初的震驚當中緩過神來之後，深吸了幾口氣。隨即無視周圍憤怒或者不解的目光，再度衝著朱重九躬身施禮，道：「多謝主公明言，令劉某茅塞頓開。蒼天之下，人人生而平等！甚妙，甚妙、微臣聞主公富可敵國，微臣請主公與微臣平分之！」

「嗯！」氣歸氣，幾個心思爽直的武將，如胡大海、伊萬諾夫等，差一點兒就當場笑出了聲音。人人平等，好啊，你家的錢先分我一半，否則，憑什麼你那麼有錢，我卻一天到晚吃糠咽菜？

「既然人人平等，你憑什麼要拿走原本屬於朱某的錢財？」正當胡大海等人強忍笑意的時候，朱重九輕輕搖了搖頭，用一句反問，將劉伯溫駁得體無完膚。

平等的本身，就意味著彼此間無分高下，當然誰都不具備搶佔別人財富為己有的資格。如此，劉伯溫先前的諷諫，完全就成了對平等的惡意曲解，根本不具備任何說服力。

屋子裡的氣氛，忽然間輕鬆了起來，原本緊繃著臉的文武都搖頭微笑，看向劉伯溫和目光不再是敵視，而是如假包換的憐憫。

今天的進諫，根本不可能成功，即便劉伯溫豁出去不惜一死，也不可能讓自家主公做出任何讓步，因為朱大總管就是這種倔驢脾氣，你越是守著他的規矩，按部就班跟他「撕扯」，他越可能欣然納諫，而你越是強迫他，無論出於善意還是惡意，效果只可能適得其反。

只是作為進諫的當事人，劉伯溫卻不可能再主動後退，因為他深深的知道，此乃自己這輩子最後一次，能把主公、把淮揚大總管府拉回正途的機會，萬一就此認輸，恐怕今後再鼓不起第二次勇氣，也不可能得到任何同僚的回應和支持。

因此，他先在腦子裡斟酌了一下措辭，然後冷笑著說道：「主公舌辯之術，劉某望塵莫及，然私財之事易定，公事和國事卻未必那麼輕鬆，如果全天下人人平等，那誰來為官？誰來執政？誰來教化萬民？總不能大夥個人管個人的事情，關起家門，老死不相往來！」

這話問得也算切中要害，自古以來，任何朝代都得有官，有吏，有君，有臣，否則修路治水之事，就沒人帶頭去幹；鄉間出了盜匪，也沒人組織青壯去抓；鄰里間起了糾紛，更沒有鄉老和官府來裁斷。

只可惜對於融合過兩世記憶的朱重九來說，這個問題根本就不是問題，他向劉伯溫點點頭，然後給出了一個出人意料的答案：

「大道之行也，天下為公，選賢與能，講信修睦。故人不獨親其親，不獨子其子，使老有所終，壯有所用，幼有所長，鰥寡孤獨廢疾者皆有所養。男有分，女有歸。貨惡其棄於地也，不必藏於己，力惡其不出於身也，不必為己，是故謀閉而不興，盜竊亂賊而不作，故外戶而不閉，是謂大同！」

「啊！呀！」屋子裡響起了一片驚嘆之聲，不光是為了朱重九居然能一字不錯地背誦《禮記》中的名篇，而是因為這段文字中關於三代之治的描述。

選賢與能，當官是參照其人品行與能力選拔出來的，而不是因為他是誰的兒子，誰的乾孫！更不在乎他姓什麼，出身於何族！傳說中的三代之治就是如此，與朱重九所堅信的「人人平等」，沒有任何相悖之處。

再看劉基，發現朱重九又在故意曲解先賢之言，以儒家之矛攻儒家之盾，立刻毫不猶豫地放棄跟後者在經義方面的糾纏，避實就虛。

「主公所言，令在下茅塞頓開。選賢與能，人跟人都毫無差別了，如何還能區分賢愚不肖？」

「伯溫此言差矣！」朱重九再度笑著搖頭，「是人人生而平等，而不是人和人毫無差別，人之初，皆如一張白紙，然而有人好學，有人懶惰；有人急公好義，有人卑鄙自私，及其長，便選出**學問好**，**智慧深**，**能力強**，**有公心者**，**為官**，**為吏**，**才是對每個人最大的平等**！而不是努力不努力，好學不好學，最終結果卻是一樣！」

他現在一點也不生氣劉基逼著自己當眾明確目標，相反，他甚至有些感激劉基給了自己一個絕好的機會，把自己心中所想，仔細跟大夥分說清楚，所以將目光轉向眾人：

「就比如現在，朱某和諸君捨命驅逐韃虜，那些坐享其成者，自然要受我等管轄，因為我等付出了熱血，乃至性命為代價。既然人人生而平等，那些曾經甘心為奴的，憑什麼白白享受我等用性命換回來的東西？」

「大總管所言，令我等茅塞頓開！」

「大總管威武！」……

話音落下，四周立刻歡聲如雷。

不是所有人都像劉基那樣，把儒家的治國理念視為最高信條；也不是所有人願意和劉基那樣，做一個千古諍臣，座中大多數人，其實心裡頭最看中的，無非是以下兩樣：第一，**自己的家產會不會被別人拿走**；第二，**自己好不容易獲得的利益會不會被他人瓜分**。

而按照朱重九的解釋，正因為人人生而平等，他們的錢財別人才無權侵犯；正因為人人生而平等，他們經過努力獲得的利益，別人才無權輕易剝奪，這讓他們如何不覺得歡欣鼓舞？至於「人人生而平等」是不是該如此解釋，誰在乎啊！大總管說是就是了，反正它對大夥只有好處沒有壞處。

朱重九環顧四周，繼續慷慨陳詞：

「當然，朱某說，爾等皆因付出巨大，所以有資格為官，有資格做百姓的帶頭人，並不是說爾等就有資格去巧取豪奪，去搶男霸女，那你等就違反了朱某的平等之道，爾等就跟蒙元韃子沒任何分別，早晚有一天，這世上會出現另外一個朱某，拔出刀來，將爾等挨個捅翻於地！」

「啊！哈哈哈哈哈——」眾文武先是一愣，隨即大笑。「大總管遠見卓識，我等望塵莫及！」

「大總管，您放心，誰要是敢忘本。不用你來捅，我們大夥先就幹翻了他！」

唯獨無法跟大夥一樣的，依舊是劉伯溫，在一片此起彼伏的歡呼聲中，他的身影開始搖搖晃晃。今天他是抱著以死相諫的心情而來，萬萬沒想到朱重九對「平等」二字竟然如此執著，早已得出了一套歪理邪說；更令他沒想到是，朱重九還如此能言善辯，總能突出奇招，駁得他理屈詞窮。

光是這些還不算可怕，最可怕的是，朱重九的歪理還能自圓其說，能與古聖先賢的名言相互印證，如果按照他的說法，劉伯溫發現自己的擔心全是杞人憂天！平等上應三代，下切時弊，乃為治國料民的第一法門，沒有任何不妥當的地方！

眼看著劉基被自己氣成如此模樣，朱重九心中隱約有些不忍，開口解釋道：

「諸位先莫叫好，先聽朱某說個明白。朱某提這人人生而平等，是因為朱某不想再被別人騎在自己頭上，不想讓自己的兒孫再重複朱某當年的苦日子，朱某不能容忍某些人仗著筋骨強壯就為所欲為；仗著家中有錢，就橫行鄉里；不能容忍有些人仗著自己是官，就高高在上，對百姓生殺予奪；亦不能容忍有些人讀了幾本書，就覺得自己的命格高貴萬分，無論殺人放火皆情有可原。**朱某不仇錢，不仇權，不仇官，不仇智，朱某所仇的是，有人憑藉錢、權、官、智，去做人上人，把百姓黎庶皆視為牲畜雜草，肆意欺凌踐踏！**」

「大總管說得對！」

「大總管，你真的說到我們心窩子裡去了！」

……

眾官員聞聽，再次爆出熱烈的喝彩，包括逯鯤、逯鵬和從蒙元俘虜過的張松，都頻頻附和。

朱重九的話雖然粗糙，道理卻一點沒錯，**有錢不是罪，當官不是罪，頭腦機敏更不是罪；有罪的是憑特權、金錢或智力為非作歹的！**

「過去，韃子不拿咱們當人，所以咱們要起來造反，要驅逐他們回漠北；如果今後朱某與大夥兒一道取了江山，卻同樣高高在上，為所欲為，同樣拿百姓不當人看，朱某不知道朱某和大夥現在造反還有什麼意義？朱某不知道那麼多兄弟前仆後繼地慨然赴死，還剩下什麼價值？」

在歡呼聲中，朱重九發現自己的頭腦從沒有一刻如現在這般清醒，朱大鵬的記憶，朱老蔫的苦難，還有自己起兵以來的種種領悟，在此時，已經徹底融合於一處，難分彼此。

「所以，朱某今日與諸君立以平等之約，宣告人人生而平等！朱某所說的人人生而平等，是**互敬互愛，彼此把自己當成人看，是遵紀守法，王子犯法與民同罪，是己所不欲勿施於人，是老吾老及人之老，幼吾幼及人之幼！是華夏諸多先賢之遺志，非朱某一人之夢想！**」

他的話，再度被一片潮水般的歡呼聲吞沒。

可恨的不是蒙古這個民族，而是他們加諸於漢家百姓身上的那些暴行，如果漢家百姓在驅逐了蒙古人之後，自己再度奴役起自己，他們的反抗就沒有了任何意義。早晚有一天，忘記了苦難和初衷的反抗者，會被另外一群反抗者推翻，無論當初他們有多大功勞，受過多少擁戴。

這是一個宿命輪迴，許多人都能看得見，卻從沒有人知道該如何去打破。

其中的道理和危機，大夥隱約也曾意識到過，但誰也沒有仔細去想，更沒有能力如此直白地表達出來，朱重九卻替他們說了。

歡呼聲中，朱重九感覺到自己的眼角濕濕的，有兩行淚不知不覺淌了滿臉。

他的心腸很軟，見不得自己人流血，更不願意舉起刀來與昔日的兄弟自相殘殺，但是，他真的很擔心，有那麼一天，他會不由自主地拔出殺豬刀，把昔日的謀臣、良將、朋友、夥伴一一殺光。

沒有人生來就想做暴君，另外一個歷史上的朱元璋，如果生性與其晚年一樣殘暴多疑的話，就不可能得到那麼多名臣良將的擁戴，一統河山。然而，在朱大鵬的記憶裡，朱元璋最後回報給功臣們的，卻是屠刀和毒酒。

未必全都是君王無情，如果他親眼目睹自己手下的謀臣和良將們變得比當初的蒙元官吏還變本加厲，變得比蒙元還蒙元，他的心情可想而知。

也許，最後他只剩下了一個選擇，甚至明知這個選擇會將他自己也埋葬。

朱重九不想做朱元璋，如今好了，借著劉基的逼宮，朱重九終於可以將自己的想法、自己的擔憂，統統說個痛快，至少讓大夥知道自己到底想要幹什麼，到底想要建立一個什麼樣的國度！

這條路，註定很難，也許有人在中途就會掉頭而去，但是，**朱重九堅信，有人會跟自己志同道合，會跟自己一直走到底，不離不棄。**

「主公既然心意已決，微臣……」

劉伯溫分開人群，走上前，他的臉色很憔悴，像剛剛大病了一場般。

「說吧，伯溫，如果你想走的話，朱某今天就為你擺酒餞行！」他知道該來的早晚會來，朱重九嘆了口氣。

劉基和自己所追求的「道」不同，**道不同不相為謀**，而自己又不忍下手殺掉他，不如趁現在放他遠走高飛。

「主公恩義，微臣沒齒難忘！」劉伯溫也沒想到朱重九如此痛快地就放自己走，心裡一酸，兩行老淚奪眶而出。

他的志向是「為天地立心，為生民立命，為往聖繼絕學，為萬世開太平。」與朱重九所持或許同歸，但肯定殊途，所以，**與其留下來日日在憤懣中煎熬，還不如趁現在相忘於江湖。但，告辭兩個字，不知為何說起來卻如此艱難？**

見劉基落淚，朱重九心中又是一陣翻滾。

他發現自己好像壓根沒有名臣緣，朱升歸了朱元璋，李善長、宋濂也是如此，好不容易留下一個劉基，彼此磨合了一年，付出了無數耐心，水火依舊難以同爐，仍是得分道揚鑣。

想到劉基必定會去給朱元璋做軍師，自己早晚會跟朱元璋沙場對決，他忍不住搖頭苦笑：「算了，你還是現在就走吧，趕緊回去收拾東西，朱某就不送你了，朱某怕自己一時忍不住就想先殺了你永絕後患！」

沒料到，最後這句大實話，結結實實地戳在劉伯溫的心上。

的確，朱重八更符合他心中的「大道」，也更有可能重現他心中的漢唐盛世；朱重九這兒，卻是誰也看不清最後的結果，一旦失敗，就是萬劫不復，可若是真的去了朱重八那兒，他怎麼忍心用計來對付淮揚？對付曾經將他視為肱骨的主公？那符合他心中的大道，卻不是他劉伯溫該走的路，如果他真的轉身離開，他知道自己將要一輩子活在痛苦和悔恨當中。

看著朱重九一臉的遺憾失望，再看看周圍同僚們或憤怒或惋惜的目光，已經到嘴邊的告辭話再也說不出來，劉伯溫雙膝一彎，重重跪在地上，深深俯首：「主公，微臣不敢相棄，前路艱難，微臣願為主公出謀劃策，拾遺補缺。」

「啊——！」朱重九愣在當場，不相信自己的耳朵。

倒是蘇明哲最知曉他的心思，故意說道：「劉參軍，你這是什麼意思？莫非老夫剛才說了你幾句，你就要賭氣離開麼？那怎麼行，咱們淮揚哪有如此規矩！」

「是啊，劉參軍，你跟主公兩個這到底唱的是哪一齣啊？君臣相試麼？要不要胡某出去牽一匹白馬回來？」胡大海反應也不慢。

經過兩人的這番轉圜，朱重九便也順勢作態道：「原來你不是要走！那你剛才說得如此嚴肅，嚇得我魂都快飛了。起來，起來，咱們秦王與魏徵之約依舊算數！」

「臣願為主公之人鏡！」劉伯溫忍住眼淚，用力點頭。

「你放心，朱某將來肯定不會推倒你的墓碑！」朱重九高興得忘乎所以，順口脫出一句。

劉伯溫聽得滿頭霧水，沉吟半晌，才明白朱重九又在亂用典故，忍不住笑道：「主公，《新唐書》編纂倉促，其中疏漏頗多，所載之事亦未必屬實，即便玄成公結局果真如書中所言，能與先賢齊名，臣此生亦無所憾！」

「噢噢，我讀書少！」朱重九聽了好不尷尬，搔著自家後腦勺。

「主公若是讀書少，大總管府上下至少有一大半人是白丁，然主公所選之路，必將步步荊棘。微臣不才，敢問主公心中可有準備？」劉伯溫終於決定了自己今後的路，心情愉快，不禁又開口問道。

「伯溫，你跟我來！」朱重九知道劉基現在是全心全意想替自己謀劃，走到桌案旁，提起筆，在一張白紙上迅速勾畫著。

「這個，是朱某所言的平等！這個，是朱某想走的路，與朱某所求的平等之道也許永遠無法重合，但總會越來越近。」他手指著畫好的一條橫軸和一條弧線，兩眼放光道。

蒼天之下，人人生而平等。

正月十六，新年休沐結束之後的第一份《淮揚旬報》，在其第一版，第一條，最醒目的位置，印著十個醒目的粗體大字「蒼天之下，人人生而平等」，標題名為**《平等宣言》**。隨後是大總管府官方發表的關於《平等宣言》的解釋。

按照官方說法，人與人相互奴役欺凌，是這世間最大的惡行，蒙元帝國的統治為何暴虐，就是因為蒙元朝廷從上到下，都沒有將漢人和其他被征服的百姓當成人看；而紅巾軍在驅逐了蒙元之後，萬一某些人忘了初心，也像蒙元那樣將百姓當作奴隸來對待，那樣紅巾軍的起事就失去了意義及存在的正義性。

所以，為了讓大夥不忘本，不忘初心，為了讓子孫後代永遠不再被當作四等奴隸，吳國公，左丞相，淮揚大總管朱重九與治下官員百姓立下誓約：「蒼天之下，人人生而平等」，並發誓要以此為萬法之母，千秋不易。

就在《平等宣言》刊出後的第二天，其他如《淮揚商報》、《運河雜談》、《揚子江軼聞》、《春秋正義》等多家官辦和私營的報刊，均以最快速度，將這句宣言以及解釋內容原文轉發，並提出了或褒或貶的評論。

受新興工商業刺激及大總管府不因言罪人政策的鼓勵，淮揚地區的大小報刊如雨後春筍般紛紛冒頭，每份報紙的來歷不同，所持觀點也五花八門。

像影響力最大，同時資歷也最老的《淮揚旬報》，最早為淮安大總管府的邸報。朱重九為了打通商路，獲取支持淮安軍發展的錢糧，特地命人將邸報大肆印刷，除了發佈官府政令之外，還刊載著一些舊聞逸事以及各類工商消息，久而久之，這份邸報就變成了大總管府的官報。

而《運河雜談》背後的大股東據說是船幫，這兩年，兩淮和江南戰火不斷，漕糧不再由運河輸往大都，船幫一下成了無根之萍，但借助三位當家人的機敏頭腦和銳利眼光，船幫實力和影響力非但沒有下降，反倒比原來提高了許多。

子弟中願意拿性命博取功名的，只管去投考水師新兵訓練大營。那裡邊從考官到教官，大部分都出身於船幫，所以對自家晚輩肯定會有所照顧。

若是不願意當兵吃糧的，則跟著船隊去做買賣。如淮鹽、淮布、水泥、肥皂，乃至價值不菲的玻璃和冰翠，只要船幫肯出錢，幾乎沒有買不到的東西。上到大總管府名下的百工作坊，下到隸屬於淮揚商號的各家店鋪，對船幫的生意總是會高看一眼，非但提貨速度比別人快，折扣方面也能給予不少方便。

所以《運河雜談》雖然平時主要刊載的都是些風花雪月的民間軼聞和無從考證的儒林隱私，但只要涉及到大事，幾乎跟《淮揚旬報》一個鼻孔出氣，凡是淮揚大總管府做的，就是善政、德政，凡是大總管府公開宣揚的，就是遠見卓識，根本不需要理由！

而由淮揚商號出資興辦的《淮揚商報》，反倒對大總管府沒那麼客氣。特別是涉及到具體某一樣貨物的稅率調整，出入關卡手續，以及商家經營範圍方面，隔三岔五就會故意跟大總管府唱一次反調。

甚至在每年的六月和冬至月，這兩個該結算稅金的月分，總是刊登一些商販們因不堪重負而破產、賣兒賣女，乃至自殺躲債的傳聞，好像兩淮的商人們都是被逼著在做買賣，根本沒賺到任何錢一般。

但這次對於《平等之約》的態度，《淮揚商報》卻難得的跟《淮揚旬報》站在同一立場，甚至比官辦的《淮揚旬報》更為積極，更為主動，花費大量版面刊載眾多商號、店家和掌櫃、夥計們的觀點，為大總管府搖旗吶喊。

向來以言談怪誕而吸引讀者的《揚子江軼聞》，很難得地認真地分析「人人生而平等」這句話的意思，但是他們得出的結論，卻讓人看了之後哭笑不得。

「大總管身邊有小人，劉公伯溫獨木難支」，這是與《平等宣言》同時並列的另一篇文章的標題。

在文章中，執筆者仔細地分析了大總管府最近一年多來的各項政令，果斷地認定是有人在蠱惑朱重九，令他做出錯誤的決定：而劉伯溫，顯然是總管府內現今為數不多的清醒之臣，但是他的遭遇跟歷朝歷代的忠臣一樣，說出的話來根本沒人聽，還給自己招來了很大的麻煩。

《春秋正義》向來就以維護道統為己任，這一回當然也不會放過送上門來的機會，「倒行逆施」、「桀紂之令」、「嘩眾取寵」……當期的八個版面，幾乎每一版都是在反駁「人人生而平等」的觀點。每一篇讀起來都如洪鐘大呂，震耳欲聾。

熱鬧，向來不會停留在一個地方。

就在淮揚各地的報紙開始對《平等宣言》品頭論足後的半個月，長江以南、黃河以北的名士大儒們，果斷地掀起了一場聲勢更為浩大的討伐浪潮。

這回，分屬於不同門派，彼此間曾經大打出手的儒林名士們，難得地放棄了門戶之爭，南北呼應，東西配合，齊心協力地對大總管府進行了口誅筆伐。

「禮、義、廉、恥，國之四維，四維不興，其國必亡！」在儒林和其他各地的士紳們看來，朱重九率領淮揚紅巾群賊，顛覆官府，掠奪士紳，已屬於無恥範疇；公然追逐銅臭，參與商號分紅，則為失廉；趁著大賊頭芝麻李病故，而越過趙君用、彭大等人奪權，屬於不義。如今又大肆宣揚什麼「人人生而平等」，視春秋以來的等級秩序為廢紙，更是將周禮破壞一空。

毀禮、不義、失廉、無恥，這樣的人，這樣的強盜大賊豈有資格再活於世上？天下有智勇之士當群起而攻之，滅其軍，毀其城、將其本人和其黨羽抓住嚴正刑典，以還天下太平，朗朗乾坤。

這個號召聲非常大，在一個月內，就得到了上千個地方名流和當世大儒的支持，甚至一些道士、和尚、綠林俠客、占山為王的蟊賊，也紛紛跳了出來，宣布如果朝廷能重用他們，士紳們能為他們提供便利，他們將不惜一死，替世人剷除奸佞。

來自民間的討伐聲一浪高過一浪，但真正手握兵馬大權者，卻表現得極為謹慎，除了張士誠公開宣布從今往後與淮揚大總管府徹底劃清界限之外，其他如朱元璋、彭瑩玉、劉福通等，態度都十分曖昧，既不阻止各自治下的士紳、儒林對淮揚狂噴口水，也不斷絕跟淮揚方面的往來，該派遣使節給朱重九道賀就道賀，該跟淮揚商號做買賣就做買賣，該償還昔日債務的就繼續償還債務，彷彿這場突如其來的輿論衝突，根本與他們沒任何關係一般。

最讓人失望的，還是蒙元官府。非但沒有立刻按照士紳和名儒們的要求，派出大軍將朱賊重九及其麾下爪牙犁庭掃穴，反而在民間反應最激烈的時候，將部署於黃河北岸和濰水西岸的兵馬，各自悄悄向後撤退了六十里。

雖然對將士們宣稱說，是趁著春天到來，對各地兵馬進行一次例行操演，但明白人立刻就意識到，蒙元朝廷現在根本不想跟淮安軍開戰。

「皇上身邊有奸臣！」被兜頭潑了一大瓢冷水的士紳和名儒怒不可遏，紛紛將矛頭調轉過來，指向大都城內的右相哈麻。

不過這回，他們可是真正踢上了鐵板，汲取了上次被人暗害教訓的哈麻，立刻採取了行動，調集自己在中樞和地方官府內的追隨者，按圖索驥，將叫喊聲最大的幾名士紳全都給抓了起來，然後隨便扣了頂「妄議朝政，構陷大臣」的帽子，將這幾個民間「忠貞之士」弄了個傾家蕩產。

「蒼天無眼，不分清濁，枉斷忠奸！」那幾家士紳人脈都頗為寬廣，平白受了委屈，自然有人出頭替他們奔走呼號。

然而，沒幾天，大夥就發現了另外一個怪異的現象，那就是開在淮揚的《儒林正義》，依舊聲嘶力竭地在仗義執言，而朝廷治下各地的報紙全都啞了下去，再也不願意對朱重九和他的《平等宣言》多說一個字。

「老天爺，原來你也是欺軟怕硬的主，枉費我等苦心孤詣為你搖旗吶喊！」當頭又挨了一記重棒，各地的士紳儒生們才終於明白，朝廷根本不想讓他們謀肉食者之事，低下頭，像驢子那樣聽命令才是最好選擇。

但他們也不是第一次挨棒子了，早就有應變之道，很快就將戰場從報紙轉向了民間，在戲曲上再度向淮揚展開了還擊。

在戲文和小曲裡，朱重九變成了一個轉世大妖，帶領十萬邪魔試圖傾覆天庭，而天庭中有個奴才出身的高官賀瑪律，則受了妖魔的好處，屢屢欺瞞玉帝，耽誤戰機，並且將忠心耿耿的太白金星、北斗星君等文武，盡數打下凡間受苦受難，直到邪魔終於做大，攻破了南天門，直接打到了凌霄殿前，玉皇才幡然悔悟，重新派人拿著觀音菩薩的玉露，到民間點醒太白金星和北斗星君，讓他們重上天庭，剷除奸佞，剿滅邪魔。

在有心人的推動下，無論是折子戲還是散曲，都迅速在黃河南北蔓延開來。但面對這新一輪討伐狂潮，蒙元朝廷和淮揚大總管府卻採取了截然不同的應對方式。

妥歡帖木兒和哈麻照舊抓了一批膽大包天者殺雞儆猴，朱重九那邊，卻連回應都懶得回應，只是通過報紙發布了一條消息，宣布大總管府將在集慶路江寧城外的紫金山上建一座觀星臺。

落成後，任何人只要提交申請，並且繳納兩百文華夏大通寶，就可以借助觀星臺上的特大號望遠鏡，一窺月宮與星河真容。

第一個觀星的日子就定在下個月十五，誠邀天下名士如期蒞臨。

「呸，那朱重九肯定是窮瘋了，又想辦法斂財！」消息傳出後，有人照例是大聲唾罵。

也有人猜測，「那朱重九不會是想學哈麻，把大夥騙過去殺掉吧！畢竟觀星賞月這事，尋常愚夫愚婦才不會花那份冤枉錢！」

「怎麼可能！」四下裡，立刻又響起一片反駁之聲，「朱重九那廝最是好名，《儒林正義》在他治下辦了也不是一兩年了，你看東家和主筆不也還都活得好好的？」

「對啊！」被駁斥者先是輕輕點頭，旋即又將眉毛皺成了一個大疙瘩。朱重九的確倒行逆施，禍亂綱常，但朱重九這賊卻果真沒有因為別人不肯說他的好話，就抄人的家，砸人家的報館，要人的性命！僅此一點，他就比蒙元朝廷大器得多，也自信了上百倍。

「到時候老夫就去看看，看那蒼天之上，到底有誰在護著朱賊，讓他膽敢如此橫行無忌！」微微震驚之後，便有人心中湧出一股浩然之氣。

光是罵，罵不倒朱賊，既然他堅信蒼天之下人人平等，而朝廷又沒心思出兵，唯一擊敗他的方法，恐怕就是一窺全貌，從根本上破掉他的執念，此乃涉及到禮義興衰的大事。儒家子弟責無旁貸！故，雖千萬人吾往矣！

第九章

歷史定位

總之，歷史是無數偶然碰撞後的結果，
至於碰撞的過程是慘烈，是血腥，還是風光旋旎，
恐怕只有當時的人自己知曉。
也許當時的人也沒考慮那麼仔細。
想做便做了，至於結果，誰能就確定，不做，會比做走得更遠。

儒學在華夏大地上能綿延傳承兩千餘年，並且輻射影響周邊十幾個國家，自然有其精，妙之處。雖然其自漢代之後就屢遭篡改，到了蒙元一朝，更是被豎儒許衡等人糟蹋得面目全非，但無論是在理論體系的完整性，還是於朱重九那個時代的社會契合程度，依舊是當世無雙！

換句話說，在一個能完整讀寫自己名姓就算識字，文盲率高達九成以上的時代，能讀得起書的，幾乎全都不是普通人家，當這些讀書人掌握了權力，參與到一個政權的日常運作之時，自然而然地就會為所出身的階層發聲。

所以儒學無論最初誕生時是什麼模樣，在上千年不斷演進的過程中，勢必要替讀書人和他們背後的家族，替整個士紳階層張目；而士紳階層的子弟在讀書做學問時，也會本能地選擇對自己最有利的理論體系。雙方經歷了千餘年的相互選擇，彼此適應，早就成為一個無法分割的整體，一損俱損，一榮俱榮。

當一個如此龐大複雜且根深蒂固的體系，感覺到自己遭受了威脅的時候，其反撲急切程度和力度可想而知。

好在朱重九和他的淮安軍一直佔據著民族大義，早早打出了驅逐韃虜的旗號，並且已經在歷次戰鬥中展示出了足夠的實力，否則，當「平等宣言」發布之時所遭受的反撲力度，至少還要增加兩倍。

好在蒙元朝廷的戰爭儲備，在上次那場曠日持久的戰鬥中，被脫脫、雪雪等人消耗一空，至今沒恢復元氣。否則，剛剛安生了一年的徐淮大地，肯定又要被再度捲入戰火。

好在韓林兒和劉福通等人俱出身於明教，與儒家子弟水火不同爐，否則，恐怕汴梁方面會迅速發現，並利用這一次難得的時機，嘗試將淮揚再度置於自己的絕對控制之下。

好在朱重八的實力與朱重九相差懸殊，而前者又向來行事謹慎，不願為任何人火中取栗，否則，一場慘烈異常的紅巾軍內戰，就要在長江沿岸展開。

好在淮安軍中，絕大部分中高級將領都是曾經與朱重九並肩作戰過的老兄弟，而淮揚大總管府最近一年半來，又通過長江講武堂對底層軍官進行了輪訓，極大加強了對軍隊的控制力，否則，自家內部難免會有不測之事發生。

好在淮揚各地的頑固士紳這幾年已經被「消磨」得差不多了，而那些不太頑固者，則通過入股淮揚商號及其名下的各項產業，賺到了比以往多出數倍的錢財，對大總管府的態度已經從敵對轉為擁護，否則，很難保證他們不做出什麼出格的舉動來。

好在脫脫當年一場大洪水，讓兩淮的百姓徹底看清楚了，蒙元朝廷對漢人的真正態度，否則，在儒生們的傾力蠱惑下，說不定有人真的會站在他們那一邊。

好在，從三年前初下淮安，大總管府有一直通過學堂、科舉考試和集賢館，傾力招納和培養跟自己志同道合的讀書人。與此同時，大總管府的未來，也越來越對參與者有吸引力……

好在……

不知道多少幸運與巧合交疊在一起，才會得到一個最最幸運的結果。

這個幸運的機率是如此之小，以至於後世許多歷史學家在研究這一個階段的斷代史時，都經常為某一個假設而汗流浹背。

假設朱重九不是依靠一把殺豬刀殺到了淮揚大宗管之位；

假設朱重九沒有在先前那一連串事件中證明了他的目光確有過人之處；

假設劉子雲、吳良謀、吳永淳、徐達等人不是他一手帶出來的將領；

假設胡大海、伊萬諾夫和阿斯蘭、耿再成等人沒有受過他的恩遇；

假設朱重九沒有將每年底的商號分紅，大多數都分給了手下人；

假設逯魯曾、蘇明哲、羅本等人是野心勃勃之輩；

假設蒙元那邊當時主政的不是根基不穩的哈麻，而依舊是權傾朝野的脫脫……

以上任何一個假設如果成立，剛剛長出犄角和牙齒的淮揚大總管府，恐怕都要直接墜入萬劫不復的深淵。

然而，**歷史終究不能假設**。雖然後來史書上清楚地記錄著：吳國公、淮揚大總管、殺豬屠戶朱重九，在一個非常不恰當的時間和非常不恰當的地方，被劉伯溫逼得無路可退，所以才做出了一個不謹慎的決定。

但是，**正是這個不謹慎的決定，讓淮揚系走上了與前輩起義者們完全不同的道路，最終在人類的歷史上留下了一卷輝煌**。

不過，也有一些有良心的歷史學家對此不以為然，因為他們通過大膽假設，非常直接的得出「當時朱重九公開宣布他的《平等宣言》，完全是投機取巧」這一結論，這份宣言與歷朝歷代的農民起義者所秉持的綱領，實際上並沒太大差別。

陳勝、吳廣曾經提出過「王侯將相寧有種乎」；王小波、李順提出過「等貴賤，均貧富」；甚至被朱重九黑心算計成傀儡的徐壽輝也提出過「摧富益貧」；其他紅巾諸侯，包括劉福通、彭瑩玉、布王三、朱重八和張士誠，在各自的地盤上，不同的時間，也都宣布過極為類似的政令。

因為明教的基本教義裡頭就有「凡奉明尊者皆為兄弟姐妹，財互通、力互助、彼此平等」的信條，只不過誰也沒有朱重九膽子這麼大，做得那麼乾脆，直接把「人人生而平等」當作了整個淮揚大總管府所有政令的根基。而在頒發此令的之前和之後，非但蘇明哲、吳永淳等人家資萬貫，府裡使奴喚婢。朱重九自己家，照樣是一個老婆八房小妾，外加丫鬟、僕婦、長工、親兵無數。

換句話說，通過大膽假設，某些有良心的歷史學家非常輕易的就證明出，朱重九並非是真心想要「人人生而平等」，而是想標新立異，證明他的淮揚紅巾與其他造反者不同；通過這種投機取巧的方式吸引世人的目光，進而達到蒙蔽更多的群氓，前仆後繼供其驅策的醜惡目的。

當他們終於還原了「一代奸雄」朱重九的真實面目時，被研究對象已經都死了數百年，誰也不會從棺材裡坐起來反駁他。也許是不屑反駁。

總之，歷史是無數偶然碰撞後的結果，至於碰撞的過程是慘烈，是血腥，還是風光旖旎，恐怕只有當時的人自己知曉，也許當時的人也沒考慮那麼仔細，想做便做了，至於結果，誰能就確定不做會比做走得更遠?!

事實上，恐怕這才是朱重九的真實想法。他在將「人人生而平等」幾個字說出口的時候，根本沒想到自己將站到全天下儒林子弟的對立面，他只是覺得人和人之間互相奴役是一種罪惡，曾經發生在朱屠戶一家的悲劇，不該發生在任何人身上。

所以他將自己的真實想法說了出來，他努力按照自己的真實想法改變這個世界，他在那一刻，也許鼓足了勇氣，卻絕對沒想到會引發何等嚴重的結果。

令他非常開心的是，當他把自己的想法公之於眾之後，他發現自己眼前一下子就變得明亮了許多。

令他開心的是，劉伯溫最終還是選擇留了下來，更開心的是，在座的大多數文武，都對他的想法表示支持。大夥剛剛脫離苦難未久，對從前的遭遇都刻骨銘心。

雖然此後的幾個月裡，大總管府內部依舊陸續出現了一些雜音和反彈，但是在整個淮揚地區，這種雜音和反彈都沒造成什麼影響。

不過，來自外界的反彈和雜音，朱重九光憑藉威望和財力就無法徹底壓下去了，逯魯曾、蘇明哲、劉伯溫和馮國用等人使盡渾身解數，也只能保證周邊沒有任何勢力敢主動向淮安軍挑起戰火。

而一些讀書人和士紳的自發行為，大總管府上下對付起來卻有些力不從心。他們甚至起到的作用還不如蒙元朝廷，至少蒙元朝廷不想讓士紳和讀書人們參與進來，就可以隨意安個罪名將他們折騰至死，而大總管府卻輕易不敢開因言罪人的先河。

更令朱重九這個大總管感到無奈的是，蒙元朝廷明明將讀書人和士紳們都虐到豬狗一般了，後者卻依舊心甘情願地站在蒙元那邊，繼續對淮揚攻擊不休。

端的是，大元虐我千百遍，我待大元如初戀。更有甚者，竟然變賣家產，遣散了妻兒奴僕，孤身一人南下，準備要親自前往揚州，當面質問淮揚大總管府上下為何倒行逆施?!

罵賊而死，是一種榮耀，在他們的大道中，禮儀綱常乃是第一位，只要接受了禮儀綱常，異族統治不統治華夏沒關係，百姓受多少苦難也沒關係。抱著殉道或者沽名以及其他各種各樣的心態，從二月起，大量的士子名流從各地啟程，或者雇車，或租船，陸續趕往淮揚。

拜淮揚商號貪財所賜，如今跑在陸地上的馬車，也有不少由兩輪改成了四輪。雖然四輪車在年久失修的官道上走得搖搖晃晃，但裝了鋼製或者木製減震器的車廂，依舊要比原來那種直接跨在車軸上的兩輪同類平穩得多，乘客即便在裡邊晃上一整天，也不會覺得筋疲力竭。

只是這種四輪車的租金麼，也是兩輪車的好幾倍，這讓租車者心裡更堅定了自己的信念，哪怕拼著血濺五步，也要揭開朱屠戶的「平等」謊言，將其真實面目暴露於天下。

至於跑在水裡的客船，也有不少換上了厚布船帆，調節起來更容易，船速比原來也提高了許多，只是操帆的夥計再也不能由船老大自己兼任，必須另外花錢雇人，並且薪酬還不能太低。畢竟這東西不是隨便就能玩得轉的，萬一操作失誤，就有可能是個船毀人亡的結局。

所以有關軟帆取代硬帆所帶來的慘禍，在某些租船者眼裡，也成了朱屠戶的罪狀之一。

為了賺錢而草菅人命，這樣惡賊，怎麼有臉指責蒙元朝廷？蒙元朝廷雖然在立國時殺戮狠了些，但也沒用蠅頭小利來誘惑百姓自尋死路，況且蒙元朝廷自世祖時就禮賢下士，啟用「魯齋先生」確立了國家綱常。而那朱重九卻公然將孔孟之道踏於腳下。

那淮揚大總管府治下各地，開春後，除了在正南向與蒙元地方官府有小規模的交手之外，其他各處都偃旗息鼓，所以進出哨卡管得很寬鬆，對於過往車船只是簡單翻看一下有沒有攜帶弓弩之類遠端武器，就果斷放行，根本沒在乎乘客是不是地方名流，也沒有尋找各種藉口敲詐勒索。

這倒讓那些遠道而來者在鬱悶之外，心裡頭不由自主地挑了一下大拇指，覺得朱賊重九雖然行事狂悖，但馭下卻頗有幾分手段，至少不像蒙元那邊，放任貪官汙吏橫行。

然而，好印象沒保持幾天，當他們風塵僕僕趕到揚州之後，心情就立刻又惡劣了起來，整個淮揚大總管府上下，居然沒安排任何人出面來接待各地名士，僅有的集賢館，也因為住滿了前來投奔大總管府的「儒林敗類」，不再向沒有薦帖的士子名流敞開。

城裡的各類客棧對遠道而來的士紳們自然倒履相迎，不過客棧老闆和夥計們臉上的笑容，怎麼看怎麼像剛剛撿到了一頭大肥羊屠戶，讓大夥不寒而慄。

而那城裡客棧的價格，的確也是刀刀見血，一套帶著裡外間的上房，每天居然以兩百文大通寶起價，即便是不分內外的陋室，每天連飯菜帶居住也要一百三十餘文；至於帶著花園的套院，竟然高達每天一貫，真是把全國各地的士子們都當成了白癡。

城郊和碼頭上的雞毛小店，價格相對便宜很多，每天只要十五個大通寶就能租到單間，通鋪則僅僅一文，可心存必死之志的皎潔名士，怎麼可能與滿身臭汗的小販苦力們同住一個院子？那不是有辱斯文麼？即便最後如願罵賊而死，帶著滿身的蝨子如何去見夫子？於是乎，很多士子名流沒等找見合適的「殉道」機會，就先被揚州城的巨額客棧租金給打得鎩羽而歸。

而那些口袋裡不怎麼差錢的，在城內的客棧安頓下來之後，卻又憤怒地發現，他們根本沒機會見到朱屠戶。雖然朱屠戶在他的宣言裡口口聲聲地說「人人生而平等」，可他的大總管府大門根本不對任何人敞開。

即便是如周霆震、鄭玉這兩個成名已久的士林翹楚，親自到門前遞了名帖之後，也沒得到應有的禮遇，僅僅是由集賢館的主管逯鵬出面客套了幾句，問清了來意之後，就徹底沒了回音。

「那朱賊重九既然敢妄談平等，就應該有當面接受儒林質詰的勇氣，像這般縮起來，豈不怕天下人恥笑？」

當即，便有讀書人在大總管府門口鼓噪起來，要求裡邊的賊人出來傾聽民意。結果才喊了兩遍，就招來了一大堆身穿黑衣，手提木棍，滿臉刀疤的兵痞們，將大夥圍攏了個水泄不通。

在那一瞬間，立刻有人想了起來，朱重九是賊。跟賊講道理，等同於自己找死，頓時嚇得兩股戰戰，面無血色。

還有一些心氣高潔者，自知殉難時刻已至，當即整頓衣冠，將事先準備好的絕筆詩作大聲吟哦，結果無論是兩股戰戰者還是慷慨赴死者，都白忙活了半天，那群身穿黑衣，不是缺胳膊就是少眼睛的兵痞們，雖然滿身都是殺氣，卻根本沒動他們分毫！

黑衣人的頭目長相頗為斯文，拿著一塊牌子，非常認真地告訴大夥，大總管府周圍五里內不得喧嘩，如果有民意需要上稟，可以去揚州縣裡相關各科房投帖子，然後等著縣衙和府衙逐級批覆。

如果是治國之策，則可以先寫好了，到集賢館找小吏遞交，如果單純地想當眾宣讀自己對時政以及對大總管府的看法，請按照木板上的指示徑直向南，在城北保揚湖畔有座議政園，裡邊設有專門的講臺和座位，供所有人不平而鳴。

「汝休要虛言相欺，我們跑到城北對湖而談，豈不是等於自己說給自己聽？你家總管既然自詡『不因言而罪人』，又何必裝聾作啞，貽笑大方？」

眾名士們被黑衣人說得頭昏腦脹，但念在對方手持棍棒卻相待以禮的分上，好歹稱了朱重九一個「你家總管」，但對後者掩耳盜鈴的做法，更是義憤填膺。

那黑衣人的頭目雖然少了隻胳膊，看起來卻像讀過幾天書，聞聽此言，便單手舉起，朝大夥行了軍禮，然後和顏悅色地道：

「諸君且放寬心，城北的議政園已經開了一年半，絕非專門為諸君所設。諸君若是真有兼濟天下之心，不妨先移步過去看看，裡邊的規則寫得很清楚，只要諸君的提議能說服在場的大多數人，並且持續五天，每天能得到一千人連署，就能直接送到蘇長史手上！」

「是蘇明哲麼，他算個……」士子當中立刻有人出言不遜，但是很快，他便被同行從後邊拍醒，這是在揚州，蘇明哲那廝雖然是斯文敗類，卻竊居大總管府長史之職多年，乃為朱重九的頭號忠犬，戰書送到他手上，朱重九肯定不能再裝聾作啞。

但連續五天，每天拿到一千個人連署，也不是件容易的事，天下不滿於朱賊苛政的士子名流雖然成千上萬，能夠拼著一死趕赴揚州，並且能受得了揚州高額客棧租金的，也就剩下七八十人，而這七八十人想在一個偏僻的院子裡鼓動起十倍的追隨者，談何容易？

但這個問題一提出來，就遭到了眾黑衣人大聲恥笑。

「哈哈哈，你以為只有你們幾個讀書識字麼？真是一群井底之蛙！拜託，你等還是先去看看再說話才好，別是自己瞎了眼睛，卻說天都是黑的！」

「去就去，還怕了你們不成！」眾士子名流們豈能被一群缺胳膊少眼睛的殘兵給看低了？當即揮動飄飄大袖，就準備趕往城北議政園。

那帶頭的黑衣人，卻又好心叫住了他們。

「別急，聽我說完，咱們揚州有公共馬車雖然擠了些，但每一刻鐘就有兩輛前往議政園的，你們去前面那個涼亭下面等，再抬頭瞅著十字街頭鐘樓上的自鳴鐘，到了十點鐘，就是原來的巳時半光景，應該就有馬車過來，上面塗著綠漆的就是，只要一個通寶，任何人都可以坐上去，坐滿了就走！」

「哼！」眾士子和名流們氣得直皺眉，讓讀書人和販夫走卒同乘一車，豈不是有辱斯文？然而對方也算是出於一番好意，他們不能過分擺架子，只得表面上拱手道了謝，然後商量著到哪去單租馬車。

好在這揚州城中，除了那種塗著綠色的大塊頭公共馬車之外，拉私活的四輪車也不少，見到這麼多人聚在一起，知道有大生意可做，便紛紛沿著街道靠攏過來，將他們一波接一波運往各自的目的地。

一路上心中的忐忑和好奇暫且不說，待來到了議政園，眾士子和名流們立刻又氣得兩眼冒火，供大夥當眾慷慨陳詞的臺子是有，並且不止一座，每座上面還提供專用的鐵皮喇叭，唯恐說話者的聲音不夠高。

但臺下臺上都是一群什麼東西？肩上打著補丁的，腳下穿著草鞋的，還有挑著菜擔子無聊駐足的，生著滿手老繭的，居然都拿自己當成了人物，妄議起時政來。

剎那間，不少士子就忘記了自己的初衷，開始低聲斥罵：「也不看看自己是什麼東西，居然想替朱屠戶出謀劃策？這軍國大事豈能由黔首白丁妄言？」

「可不是麼？都說朱重九倒行逆施，我看，這分明是自甘墮落才對，古往今來欲成大事者，豈能問道於盲？」

……

正怒不可遏間，卻聽見距離大夥最近的臺上，有人透過喇叭大聲說道：

「各位父老鄉親，誰都知道，咱們揚州這地方，地裡都快長銀子了，可這銀子再多，也得先由著咱們揚州人先賺是不是？可自打去年以來，南來北往的，還有鄉下山溝的，每天都成百上千人往咱們揚州擠，並且來了就賴著不走，弄得店鋪和工坊招夥計都一挑再挑，咱們這些老揚州反倒弄得都快沒飯碗了，這怎麼公平？要我說啊，咱們就得給知府衙門遞個條陳，凡不是本地人，就不能來城裡找事情做！揚州是揚州人的揚州，不是誰想來就來的地方，你們說，我說得對不對？」

「對！趙老大，你說得對！」

「揚州是揚州人的揚州，外鄉人滾出去！」眾百姓揮臂回應，一時間，震得人耳朵嗡嗡作響。

「這也是議政？」眾士子名流在別處幾曾見過此等熱鬧，頓時聽得瞠目結舌。

就在這當口，臨近的臺子上，卻又有另外一個人舉起鐵皮喇叭，高聲喊道：「各位父老，各位鄉親，都先別著急！大夥想想，咱們朱總管可是徐州人，咱們羅知府原籍也不是揚州，如果沒有他們，大夥現在甭說賺錢，有的人連要飯都未必要到熱乎的！這人啊，不能忘本，外鄉人怎麼了，外鄉人就不是人了麼？他們願意來揚州，正說明咱們大總管得人心，咱們揚州百姓仗義。古語云，**得人心者才能得天下**，咱們大總管將來肯定是要做皇上的，咱們可不能為了自己兜裡多賺幾個，就壞了他老人家的大事！」

「劉二哥說得對！」

「是啊，朱總管對咱們揚州人有大恩，咱們不能給他添亂！」

四下裡，又是一陣附和之聲。

「下一個，趕緊！」黑衣人頭目撇撇嘴。

只見一名臉上帶著長疤，卻做儒生打扮的中年人，一步一晃地上了講臺。

「在下王守義，乃是土生土長的揚州人，曾經讀過幾天書，後蒙大總管賞識，提拔為縣學的訓導，前年十二月在江灣新城……」

話才說了一半，底下就有人起鬨道：「行了，王秀才，別整天把你那點功勞掛在嘴巴上了，不就是幫著吳將軍守城時，臉上挨了一箭麼？大總管都把你直接提升為縣學教諭了，你還想怎麼著？」

「是毒箭，是挨了一支毒箭！」王守仁立刻羞得滿頭是汗，臉上的疤痕如蜈蚣般上下湧動。「老子在醫館裡躺了半個月才把命撿回來，老子的教諭職務是拿性命換回來的，不服？不服你也去跟韃子做一場再來說嘴！」

那臺下起鬨的人聽了，頓時氣焰就矮了三分，撇著嘴回道：「得，得，說你胖，你還喘上了，咱們想聽的是你有什麼好主意要獻給大總管，不是聽你擺功！」

「哪個擺功來？王某只是說，王某不是光為了自己而已！」王守仁氣得直哆嗦，「各位鄉親，王某家住城北柳樹坊，可每回想去城南走親戚，都得繞行三四里路，從康樂坊那邊過橋。前幾天聽知府大人說，大總管府衙門將專門撥下一筆錢來，要取之於民，用之於民，王某琢磨著這筆錢雖然說要花在咱們揚州人頭上，可也不能按人頭分不是？」

「哈哈——！」臺下有許多消息靈通者，都搖頭而笑。大總管府要將去年的一部分盈餘返還給地方，這件事情已經白紙黑字印在報紙上，但具體怎麼個用法，還真是個問題。眼下揚州城、江灣兩城內，人丁已經又恢復到了百萬以上，再多的錢按人頭數平分下去，落在每個人手裡的，恐怕也不夠買一個燒餅。

「所以呢，王某今天就有個提議，請知府衙門撥款給咱們城西北百姓，專門修座石橋，讓咱們以後去城南，直接從柳樹坊就能過河，不用再頂著大太陽繞上三四里地，弄得像隻狗一般拼命吐舌頭！」

「轟！」臺下的人都覺得王守義不愧是個讀過書的秀才，想的就是周全。

外地來的士子和名流看到此景，忍不住一個個把眼睛瞪得溜圓。「這樣也行？這官府怎麼花錢還能輪到草民來決定了？」

然而，就在他們眼皮底下，那王守義帶著兩個十三四歲的學童，拿出紙張來開始徵集連署，看客們紛紛走上前去，或者借王守義遞過來的汲墨鐵筆簽下自己的大名；或者按個手印，再由兩個學童代簽，轉眼間就簽了滿滿七八頁紙，即便不夠一千，也有九百七八十出頭了！

趁著王守義號召人連署的時候，又有一個姓蘇的胖子爬上了講臺，舉起喇叭說出他的提案，那就是請大總管府加派黑衣城管，打擊城裡流竄的扒手和騙子，凡抓到者，皆送進煤礦，永遠不許這類人重見天日。

這個提案比先前那個得到了更多人支持，凡是生活在城裡有手有腳的，誰也不希望自己辛苦賺來的錢財被小賊摸走，或者被騙子設套給騙個精光，故而蘇胖子很快就拿到了十幾張簽名，高興地捧在手裡，找相關衙門去存檔備案了。

緊跟著，又有第三、第四、第五個人上臺，宣講自己的提案，或者拿到了滿意的支持，或者流標。旁觀的士子名流們粗略算了一下，基本上涉及到市井草民切身利益的，就容易得到連署，而相對空泛或者長遠的，則很難受眾人響應。

「讓我也來試試，就不信天下百姓都願意跟著朱屠戶一條道走到黑！」

來自恩州的名儒王逢，找了個機會攀上講臺，扯開嗓子喊道：「夫禮，天之經也，地之義也，民之行也！上古之時，人茹毛飲血，凌弱以強，行止無異於禽獸。有聖人降世，以禮教化萬民。故人始知上下、長幼、順逆，繼而知忠孝、尊卑。始有別於禽獸，今大總管府推行平等之策，乃惑亂之始也。若人皆不知上下，無守禮儀……」

「他說什麼？」周圍的百姓被突然冒出來的「之乎者也」嚇了一跳，紛紛互相詢問。

立刻有進過學堂的翻譯道：「他說禮是天經地義的東西，有了這東西，人才和野獸有了區別；而禮的意思就是，知道上下、長幼、尊卑的區別，如果不懂得這些、就是禽獸不如！」

「去他娘的，又是那一套，讓老子繼續受一輩子欺負還不敢抱怨！」

百姓們聞聽，立刻如沸水般開了鍋，立時就有一個嗓門大的喊道：「兀那書呆子，你一個外地人瞎叫喚什麼，你願意給蒙古人當驢子，儘管自己當去，別拉上老子，老子沒那個當驢子的癮！」

「就是，自已願意當奴才不算，還想拉上咱們！咱們淮揚人的事，哪輪得到你們這些外來的書呆子瞎攪和！」

「滾下去，你自己願意當狗，自己去當！把你的老娘和妹子全送給蒙古人暖被窩，說不定還會賞你個官當！」

「有官當也長不了！等咱們大總管北伐之時，他們還得滾下來！」

「就是，還有別於禽獸呢？韃子殺人屠城，你敢上前放一個屁麼？你有那膽子麼？」

……

一句句雖然粗鄙無文，卻全都罵在重點上，把個老儒王逢罵得七竅生煙，偏偏又找不到官府和家丁可以替自己撐腰，身體在臺上搖搖晃晃，猛的噴出一口老血，仰面朝天栽倒在臺上。

眾士子名流衝上臺，抱著老儒王逢放聲悲鳴。

臺下圍觀的眾百姓，也沒想到說話者居然被大夥給活活罵死了，一個個頓時驚得目瞪口呆。

眾士子名流們見狀，悲憤地對著屍體哭拜道：「原吉兄，你半生高潔，不染塵事，沒想到居然喪於鄉野愚夫之口！」

正哭得熱鬧時，黑衣人頭目帶領一干爪牙衝上臺，先不由分說命人將士子名流們從王逢的「屍體」旁架開，然後用手指探了探死者的鼻息，隨即掄起拳頭，對著「屍體」胸口便是重重一擊！

「你！他都死了，你還辱屍。此舉與禽獸又有何異！」名儒周霆震一把推開身前的黑衣人，對著他做勢欲撲。

黑衣人頭目揮了揮胳膊，就像趕蒼蠅一般將他掀到看臺角上，然後又朝著屍體的左胸口捶了兩拳，拍了幾掌，只聽「唉呀——！」一聲，先前被大夥當作「殉道而死」的王逢突然哭出了聲音來。

「他這是氣血攻心，老子當兵時若是沒學過幾手救護之道，由著你們咒他，他才真的死定了！」黑衣人頭目站起身，衝著目瞪口呆的士子名流們教訓道：「不懂就別裝大頭蒜！天底下爾等不知道的事多著呢，自大加一點就是臭！」

眾士子名流們個個無言以對。

那黑衣人頭目見眾人接不上話，臉上的表情愈發輕蔑。「爾等既然準備說理，就別指望別人誰都洗耳恭聽，准你們說話，不准別人反駁，這算說的哪門子理？」

「你……」眾士子氣得火冒三丈，卻不敢跟他動手，只能還以怒目。

黑衣人頭目道：「我什麼我？我這是好心才勸你們，你們別不知道好歹！外邊人過的日子什麼模樣，我揚州人過的日子什麼模樣，你們一路上沒帶著眼睛麼？想憑幾句空話就讓我等放著好好的日子不過，再回去給蒙古人做牛做馬，你們以為人人都像你們一樣，腦袋都被驢踢啦？不服，不服你們儘管繼續在臺上瞎吆喝，今天你們若是能湊夠一百個簽名，老子把眼珠子摳出來讓你們當泡踩！」

「罵得好！李隊長，就該這麼教訓這群外鄉人！」

「甭跟他們廢那話，吃屎吃慣了的東西，哪聞得到五穀香？」

……

霎那間，臺下叫罵聲如潮。一浪浪鑽進周霆震、鄭玉等人的耳朵，他們再也沒勇氣宣揚自己的君臣貴賤大道，落荒而逃。

「唉！主公又何必如此折辱斯文！」湖面上一艘毫不起眼的畫舫裡，劉伯溫鐵青著臉進諫。

剛才那幾幕，他清楚地看在眼裡，一時間竟有些物傷其類，覺得是朱重九故意設了圈套，讓外地趕來質問他的士子名流們自己往裡頭鑽。

「伯溫，你這可是冤枉我了！」朱重九趕緊收起臉上的笑容，解釋道：「我既然決定利用他們試探淮揚民心，就不會再故意派人收拾他們，否則試探出來的結果又有什麼價值？」

說罷，快速看向坐在艙門口另外一張桌子旁的張松和陳基，問道：「那裡邊有你們的人麼？我是說，剛才找士子們麻煩的那些人？」

「主公明鑑，他們都不在軍情處的監視範圍！」陳基正色回應。

「微臣的人只負責暗中盯著他們別做太出格的事，絕不會主動與他們發生衝突！」內務處主事張松像受了天大的冤枉般辯解。

朱重九笑道：「那就繼續盯著吧，務必保證他們在我方境內的安全，真的有花光了路費回不了家的，就想辦法派人偷偷資助一些，過後去找蘇長史，讓他從我自己的帳上另外撥款給你！」

「主公慈悲！」內務處主事張松聞聽，大拍朱重九馬屁。「他們要是知道主公如此折節相待，一個個真該活活羞死！」

「有什麼好羞的，道不同不相為謀罷了！」朱重九搖頭，不經意間，臉上又露出了幾分索然。

的確如後世一些史學家判斷的那樣，在將自己的「平等之道」推出時，朱重九根本沒有預料到，此舉會遭到大半個儒林的拼死阻擊。這些人，非但掌握著一個時代的發言權，同時也承擔著將華夏的文明精華以文字相傳的使命，除非萬不得已，朱重九根本不想站在他們的對立面。

而當士子和名流們紛紛跳出來宣布跟淮安軍勢不兩立後，淮揚大總管府無論如何應對，結果都是得不償失。若是動刀子去殺，等於把精華與糟粕一併丟進了血泊；若是聽之任之，早晚有一天，這些讀書人會覺得大總管府軟弱可欺，進而做出更無法無天的事情。

「主公何必跟這群狂生一般見識！」內務處主事張松最見不得的，就是有人敢惹自家主公不開心，「據微臣所知，他們在蒙元那邊也不怎麼受待見，蒙元官府對他們的態度，一向是『敢亂說話就狠揍』，根本不管他們是支持官府還是反對官府，結果這麼多年下來，他們一個個反而自詡為在野孤忠，恨不能立刻就為蒙古朝廷去死！」

「夠了！」沒等朱重九做出反應，劉伯溫已經怒不可遏，「騰」地一下站起身，手指張松鼻子，「你好歹也出身於士林，多少給自己留一些臉面！」

雖然已經發誓要追隨朱重九一輩子，但是他在內心深處，依舊無法擺脫多年來所受的理學影響，所以聞聽張松像剝筍般，將從前的儒林同道剝個精光，一瞬間竟有些感同身受！

而那張松只是對朱重九一個人五體投地，對劉伯溫卻絲毫也不肯客氣，冷笑道：「臉面是自己掙的，不是別人留的，他們但凡還知道士林臉面，就不該來揚州現眼！有本事去大都城敲鼓鳴鐘，讓蒙元皇帝准了他的策，提兵百萬南下，不掃平淮揚誓不甘休？一張臉早就被妥歡帖木兒給坐屁股底下了，還來淮揚充什麼道德君子？我呸！剛才大夥說得好，脫脫水淹徐睢時，怎麼沒見到他們放出個屁來?!」

「你……」劉伯溫氣得臉色煞白，身體搖搖晃晃，無論寫文章，還是用計謀，他都強出張松十倍，唯獨這唇槍舌劍，三個他加在一起恐怕也不是張松這種官場老油條的對手。

「行了，都給我坐下。」身為淮揚大總管，朱重九當然不能由著下屬在自己面前爭吵，呵斥道：「看看你們兩個，成何體統？怪不得那些人覺得我淮揚內部有隙可乘！」

這句話說得的確有些重，張松和劉伯溫二人聽了，趕緊收拾起眼裡怒氣，雙雙陪著小心道：「主公恕罪，微臣一時魯莽，請主公責罰！」

「行了！都給我坐下！」朱重九瞪了二人一眼，「以後都注意些，有力氣用在外邊，別朝自家人身上使！」

「是！微臣知錯！」劉基和張松兩個各挨了「五十大板」，誰心裡都不痛快，但終究不敢再繼續爭執下去，互相橫了一眼，相繼歸座。

「那個叫王守義的教諭是什麼來頭？看樣子早就輕車熟路一般！」朱重九將目光轉向坐在自己對面的揚州知府羅本。

「主公看人相當準！」羅本笑道：「此人的確非同一般，自打被提拔為縣學的教諭之後，凡是出頭露臉的事，全都少不了他，光是提案，基本上每月都能送到府衙裡頭一個，並且每個都能湊足五天的千人連署！」

「那你就由著他？要是人人都像他這麼折騰，揚州知府衙門就不用幹其他事了！」胡大海很少插手政務，在旁邊聽得納罕，忍不住質問。

「胡將軍有所不知！」羅本解釋道：「兩年前初施此政時，知府衙門上下的確有些頭疼，但現在，卻唯恐提案不夠多。畢竟，光憑著羅某和府衙眾人再怎麼勤於政事，總會有所疏漏，有人能送提案上來，好歹也能為大夥拾遺補缺，反正最後准與不准，決定權在府衙，提案再多再怪，也折騰不出什麼麻煩來！」

「這……」胡大海費了一些力氣，才完全琢磨清楚羅本的話，道：「這辦法的確是獨闢蹊徑，至少府、縣兩級官老爺能及時體察到民情，不會被胥吏和豪族聯合愚弄！」

「主公的一些善政，的確是需要施行一段時間之後，才能體味到其中妙處來！」羅本略帶幾分拍馬屁的味道點評。

「那又如何？」劉基心裡不痛快，因此毫不客氣地指出其中紕漏，「從古到今，什麼政令初立之時，不都是暢行無阻？然而用不了幾年就被有心人鑽了空子。似剛才那位王守義，若是背後有個奸商塞些錢給他，雇幾百個人幫他連署，然後再買通了各科胥吏，分說此提案的諸多好處，這揚州城的縣君和府君不照樣會被奸商玩弄於股掌之上？」

「劉參軍這話就過了，羅某雖然愚笨，卻非無目之人，更不敢尸位素餐，有負大總管所託！」羅本雖然是劉基的晚輩，也受不了這位師叔當著自己的面，把拿府、縣兩級的主官比作娼妓，紅著臉反駁。

「劉某只是打個比方，未必說的就是你！」劉伯溫這才意識到自己又誤傷了一個友軍，向羅本拱了下手，權當賠罪。

「其他各地的縣、府主事，也未必都是不食人間煙火的蠢貨！」張松卻趁機插了一句，故意放大劉伯溫的話，給後者樹立更多的敵人。

「那要看是誰來做官！」劉伯溫正愁沒有發洩對象，將目標對準他。「羅知府乃劉某的同門，當然知道輕重，但換了某些只懂媚上欺下的，可就未必了，比如當年大元在揚州路的那些狗官……」

「你……」張松恰恰就是狗官之一，氣得臉紅脖子粗。

眼看二人又要針鋒相對的鬧起來，朱重九不得不敲桌案制止。

「行了，伯溫，張主事做事一向用心，你不要老拿他當出氣筒。永年，你也不必多心，咱淮揚的諸多機密能不外洩，內務處功不可沒！」

「是，主公！」張松起身長揖，「主公當年不嫌微臣曾屈身事虜，待臣如腹心，微臣當時就曾立下誓言，這輩子必粉身以報！」

這些話原本半真半假，但他說出口後，觸動了心中之痛，兩行眼淚不禁淌了滿臉。

劉伯溫見了，心中好生不屑，但一些過分犀利的話卻再也無法宣之於口，畢竟張松已經把自己最大的短處暴露了出來，如果繼續刻意針對他，就等於捏軟柿子，非但得不到同僚的支持，反而落下了仗勢欺人之感。

「行了，你的辛苦我知道！」朱重九見張松落淚，也覺得不能冷了此人的心，安撫道：「內務處的差事若想辦得好，肯定會得罪很多人，但是你放心，你這些年的功勞，我和蘇長史都看在眼裡。眼下我手中還沒有合適的人替代你，所以你還得再辛苦兩年，等將來後生晚輩們成長起來，我便許你調任他職，永年，你意下如何？」

「多謝主公厚愛！臣沒齒難忘！」張松聞聽，歡喜得立刻顧不上再淌眼淚，一個長揖拜將下去。

張松知道自己的角色，與歷史上侯封、來俊臣等酷吏極為類似，所以巴不得早日將內務處的差事交卸出去，今天終於被朱重九當眾答應了，等有了機會，就另有任用，試問張松如何能不喜出望外？連對劉基都不再懷恨了，反而心中存了許多感激。

「行了，你也別高興得太早，先給我把合適的人才培養起來！」見到張松歡喜成如此模樣，朱重九忍不住交代道。

這個時代的觀念，認為成大事者，就一定會無情無義，所謂「孤家寡人」一詞最恰當不過，朱重九不願自己變成一頭怪獸，哪怕失去一些權力，他也不希望對這些忠心耿耿的追隨者們舉刀，因此說道：

「剛才劉參軍的話雖然過分了些，但也給大夥提了個醒，隨著咱們淮揚的攤子越來越大，百官當中難免有人會偷懶，所以兩位長史和吏部在監察與考核方面，還得更認真，能想出辦法來防患於未然，就儘量別等到下面出了錯再亡羊補牢！」

「遵命，老臣定不負所託！」蘇明哲和逯魯曾兩個聞聽，立刻起身施禮。

「我記得蒙元那邊有御史臺專門負責糾察百官善惡、政治得失？」朱重九向逯魯曾請教。

逯魯曾早年曾經做過蒙元的御史大夫，對其中門道瞭若指掌，回道：「主公說得極是！御史臺乃秩從一品，地位略低於中書省，但不受中書省管轄，設大夫二員，從一品；中丞二員，正二品；侍御史二員，從二品；治書侍御史二員，正三品……」

「不妨搬來！」朱重九沉吟道：「咱們不用分那麼細，就設立一個監察處，諸君以為如何？」

「善！」不待別人回應，蘇明哲搶先表態。

隨著淮揚大總管府越來越龐大，他這個長史肩頭的擔子就越來越重，因此巴不得多設立幾個機構，替自己分擔一些政務，也好讓自己有時間鬆口氣，好好享受享受高官厚祿，嬌妻美妾的生活。

「臣以為，監察處位置太低，不足以審核百官，而若是將檢察處擺得太高，又會令我淮揚大總管府內部官制失衡，所以主公還當效仿中書省，再多設幾處機構並行於上，共同為主公承擔國事！」逯魯曾則稍微慢了一步，斟酌著提議。

作為朱重九和逯雙兒兩人的長輩，他現在竭盡全力替淮揚設立一套相對完整的運行制度，那樣的話，即便有生之年他看不到孫女婿一統天下，至少新朝的官制出於他的手，逯家的子孫後代也將永遠受到他的餘蔭。

「我淮揚今年上半年戰事不多，恰好該重新梳理官制，否則將來問鼎逐鹿之時，必受其苦！」雖然與同僚依舊合不到一處，但是在商量正經事時，劉基卻非常盡責。

「微臣附議劉參軍之言！」

「微臣以為，主公當早定官制，以圖將來！」

「微臣以為，兩位長史和劉參軍所言皆有道理，主公既然已經受封吳公，左相，麾下官制也應重新調整！」

「微臣以為……」

其他文武官員紛紛表態。重設官制，就意味著朱重九距離稱孤道寡又近了一步，大夥也跟著都有機會升遷。所以此時此刻，誰有理由冒天下之大不韙呢。

「那就這麼定下來！」朱重九向來能從善如流，大手一揮，做出決策。「大總管府之下，先設立一個政務院，由蘇長史兼政務院知事，主持日常。逯長史從第一軍團長史，調任政務院右副知事，其他職位不變！馮參軍遞補為第一軍團長史，兼樞密院左副知事，其他內部職位由你們三個商量著定，然後再從六局內酌情選拔！」

「臣等當鞠躬盡瘁！」蘇明哲、逯魯曾和馮國用三人，立刻齊齊躬身。

「知事，比各局主事略高半級，副知事，與各局主事齊平，具體相應等級，則由政務院來決定。除兵局和工局之外，政務院直轄其他六局日常瑣事及縣令以下官員任免，在政務院內商議決定，政務院內無法決定，或者超出決定範圍者，則上交本總管，或者交由大總管府召集百官公議！」朱重九想了想，又補充道。

「是！」蘇明哲和逯魯曾躬身領命。

「與政務院並列，再加設監察院、樞密兩院！」趁著眾人士氣高昂，朱重九索性趁熱打鐵，「監察院形同蒙元的御史臺，設知事一人，左右副知事各一人，級別與政務院等同，專門負責糾察百官善惡、政治得失，必要時，可以與本總管請令，調用內務處人員配合！禮部逯主事調任監察院知事，戶局副主事陳寧，刑局副主事魏觀，分別調任左右副知事，三人所空出職位，由政務院和各部官員商議，另外推選賢能，經大總管府公議通過後就職！」

「臣定不負主公所託！」

「微臣，謝主公知遇提拔之恩！」

被點到名字的人，紛紛起身施禮。特別是陳寧和魏觀兩個，前年秋天才經集賢院舉薦出仕，不到兩年時間就身居顯職，激動得聲音哽咽，熱淚盈眶。

第十章

春秋正義

新增發的《春秋正義》一出，整個儒林轟動，
兩千多份報紙當天就被搶購一空，
書鋪老闆趕緊又臨時加印了三千多份，
依舊供不應求，許多買不到報紙的人，
甚至不惜花大錢從縣學中雇請學子謄抄，
也要留一份做永久珍藏。

「都請坐！」朱重九衝大夥點點頭，示意眾人回到各自座位，然後宣布：「樞密院則由本總管親領，兼管兵局、工局、軍情處、內務處、總參謀部和大匠院。」

「理當如此！」蘇明哲、逯魯曾二人帶頭附和。

「非主公，無人能勝任此事！」張松、陳基、羅本、于常林等年輕官員也紛紛表態。

兵局和總參謀部涉及兵權，而兵權乃重中之重，任何諸侯都不會交給他人代領，至於大匠院、軍情處和內務處，則是朱重九的獨創，別人想管，也不知道該如何管起，唯獨工局，名字聽起來與工部有些類似，但執行的日常任務，卻又是造炮、造槍和諸多涉及到淮揚根本的東西，事關重大，輕易也沒人敢插手，所以這六個部門歸於樞密院之下再好不過。

但是朱重九接下來關於樞密院人事的任命，卻令所有人大吃一驚。

「樞密院不設知事，左副知事由總參謀長兼任，右副知事由兵局主事兼任，從即日起，劉伯溫出任總參謀長，劉子雲兼任左副知事，其他各職位由樞密院下各局主事及各軍團都指揮使舉薦，經左右副知事考核之後，再由本總管親自任命！」

「主公……」

蘇明哲一直對劉伯溫心存提防，雙手用力一扶桌案就準備站起來反對，然而，他的袍子下擺卻被逯魯曾悄悄地拉了一下，於是反對的話立刻就變成了支持，「主公此舉甚善，子雲行事穩重，正適合出任右副知事一職！」

「劉參軍算無遺策，左副知事一職非其莫屬！」聰明人可不止是逯魯曾一個，內務處主事張松也大聲替他的老對手造勢。

有這兩個人帶頭，其他原本對劉伯溫驟得高位心存抵觸者，也紛紛將反對的意見憋回了肚子裡頭。

左副知事地位雖然高，手中畢竟沒有任何實際兵權，而將施政、監察和軍機諸事分開後，也省得劉伯溫再對其他人繼續指手畫腳，讓大夥都省去了不少麻煩。

倒是劉伯溫自己，萬萬沒想到在屢屢得罪同僚的情況下，朱重九依舊以重任相託，有些不敢置信地道：「主公厚愛，微臣愧不敢當！在座諸君，才能超過微臣十倍者車載斗量，微臣……」

「行了，伯溫，你就別推辭了！」朱重九大手一擺，打斷劉伯溫，「我可沒時間跟你弄那套三辭三讓的花樣，參謀長讓你擔起來你就擔起來，反正最後到底打不打，如何打，還有我這個大總管最終做決定，你只需要根據軍情處獲取的線報，及時出謀劃策就行了。謀劃準了，大夥自然會服你，若是接連出了餿主意，年底評測時，蘇、逯兩位長史想必對你也不會太客氣！」

「哈哈哈……」眾人聞聽，立刻又笑成了一團。

大總管府就這點好處，任何人在其位就必須負其責，誰也甭想尸位素餐！做事用心肯幹，升遷快不說，年底分紅之外還能拿到厚厚的一筆嘉獎，不用收什麼賄賂，就足夠全家老少花上好些年。

可要是站著茅坑不拉屎，或者屢出昏招，所受到的懲罰也絕對令人肉痛，最殘酷的例子就是戶局兩位主事，去年因為很小的疏失，就比同級官員少拿了兩千餘貫，疼得二人足足有三個月嘴角都是歪的，連吃飯、喝水都無法扳直。

「今後地方官制，也依照大總管府為樣本進行梳理！」朱重九繼續闡述自己的組織架構，「路、府之下設政務廳、監察廳和樞密廳，與政務院、監察院、樞密院相對應，再下分設八科，對應大總管府下的八局。州、縣一級，則不單設三廳下屬衙門，由八房直接對應八科。軍情、內務兩處在府、州、縣所設衙門，皆由兩處直轄，不參與地方政務，監察廳的人事安排，亦由監察院直接做主，不受地方管轄。」

另一個時空中的三權分立，朱重九自知無法搞起來，但把軍事、行政和監查部門彼此分開，卻是淮揚大總管府眼下力所能及，畢竟將監查的權力收歸中樞後，對地方官員無形中也能達成一定的威懾效果，而不受地方官員掣肘，監察官員就更容易履行自己的職責。

至於兵權，擁有二十一世紀記憶的他，是無論如何不會將其交給別人的，沒有武力做後盾，任何美好的理想，都會被對手瞬間踩在腳下。

蒙元和故宋，地方官制和中央官制也有類似的劃分，所以眾文武無論聽懂沒聽懂朱重九的構想，誰也不會輕易就站起來表示反對。

整個畫舫迅速靜了下去，從蘇明哲、逯魯曾兩位長史開始，一直到有幸恰逢其會的各局屬吏，大夥都瞪圓了眼睛，飛快地在心中權衡新官制即將帶來的變化，唯恐揣摩不夠仔細，體味不夠及時。

片刻之後，卻是新任樞密院左副知事劉伯溫站起來，發問道：「主公，微臣有一事不明。」

「說罷，我也是臨時想到這些，有疏漏在所難免。」朱重九笑道。

「軍機諸事皆歸樞密院，而戶局卻歸政務院，若樞密院決議向某處用兵，戶局卻不能及時撥付錢糧，豈不會延誤軍機？」劉伯溫看了眼蘇明哲和于常林兩人。

「這要依照具體情況而論，若是臨時發生戰事，來不及在議事廳內付諸公議，則由各軍團都指揮使自行決定戰守，然後再呈報樞密院，由後者與政務院相協調。若是國戰，則決策之前，必須由樞密院先行拿出提案，與政務院正副知事及各部主事在議事廳中公議，然後再決定是否執行。」這個問題其實不難，朱重九很快給出答案。

「若是決策之後……」劉伯溫又追問。

「決策之後，各部必須執行，無論是隸屬於哪個院，歸誰管轄！」朱重九回道。

「主公，老臣也有一事不明！請主公解惑！」逯魯曾聞聽，也發言道：「主公剛才聲言，各路或者各府，下設三廳，三廳之下，還有八科；監察廳歸監察院直轄，樞密廳是否也如監察廳之例？抑或樞密廳由知府與樞密院共管？兵、工二科主官，將由誰來任免？地方有事，兵、工二科，可否受知府調遣？」

朱重九給出答案：「樞密廳除軍情、內務兩處下屬的衙門外，皆參照政務廳，由地方與樞密院共管，工、兵兩科主官任免，由地方提名，報樞密院審核。工、兵二科，日常諸事受地方管轄，若戰時或者臨時淪為戰區，則劃歸樞密院或者軍團長官直轄！」

「各軍團與駐地所在衙門之間將如何相處？」逯魯曾又問。

「這個……」朱重九斟酌一番，回道：「若是邊陲，或者軍團都指揮使奉命在此開府建牙，則由軍團與政務院共同管轄，若是腹心之地，則軍團無權干涉地方之事！」

「多謝主公解惑！那麼地方主官，如知府、知縣，由誰來任免？」

「知府兼任政務廳知事，由政務院提名，交大總管府公議後任命，若不能盡職，則由監察院彈劾，亦經大總管府公議後罷免，知縣及知縣平級或者以下，則由政務院自行任免，然後向大總管府報備。公議之時，三院正副知事及下屬輔官，八局兩處正副主事、僉事，凡非公出或者告病者，必須到場；若是本總管在，則公議由本總管主持，若是本總管出征，則由蘇長史、逯副知院兩人，擇一主持，將公議結果送往本總管批覆後，便可生效！」

「多謝主公！微臣請將即日之言交有司記錄在案！」逯魯曾鄭重行了個禮。

「可以，伯溫，你組織參謀，將今日之言整理記錄！」朱重九會意，吩咐道。

見無論如何提問或者質疑，朱重九都不生氣，其他官員大受鼓舞，紛紛就三院職責的劃分、地方與中樞權力的分割，以及各局各科之間的行為界限，地方與軍方管轄權的疑問提了出來。

改制之事雖然是今天臨時提出，但私下裡，朱重九早已琢磨了很長時間，做了相當充足的功課。因此，對當場能做決定的，就儘量給出決定；一時無法做出決定的，則吩咐劉伯溫帶領參謀們記錄在案，交由日後在議事廳內由三院八局兩處公議，然後再做定論。

一時間，畫舫裡人聲如潮，大夥都知道事關本部門日後權益範圍和發展方向，誰也顧不得再溫良謙讓。只有大匠院始終超然事外，既不參與這種權力的盛宴，也不受分割結果的影響，只歸朱重九本人直轄，從財務到人員都完全獨立，誰也甭想染指。

直到天色全黑，本輪官制重新架構以及權力劃分才暫時宣告一段落，朱重九被累得頭暈眼花，一上岸，立刻跳上了徐洪三調來的馬車，逃一般遠遁。

各級官員則帶著滿足或者失落的表情，搖搖晃晃地登車回家。

逯魯曾年齡最大，蘇明哲則因為當年做小吏時放浪形骸，糟蹋了身子骨，所以累得最厲害，然而兩人都沒心思休息，拖在最後下船，然後互相看了看，跟著跳上了同一輛官車。

在車廂中坐穩，蘇明哲一邊打著哈欠，一邊問：「善公，今日為何要阻止蘇某？莫非善公也覺得我淮揚若設立樞密院，就一定離不開那姓劉的狂生麼？」

「主公在千斤市馬骨而已，哲公何必掃他的興！」逯魯曾早就知道蘇明哲會跟上來，同樣打著哈欠回答。

蘇明哲沒想到重用劉基還有這樣一層意義在，臉上露出幾分佩服。「主公可越來越深不可測了！」

「是越來越有帝王風範了！」逯魯曾則欣慰地道：「肯為我用者，哪怕政見相左也可以推心置腹；不能為我用者，哪怕名滿天下，也絕不假以辭色。消息傳出去，用不了多久，那些遠道而來的士人中間，就會自動發生分化！」

蘇明哲搖頭，「主公居然事先也沒知會蘇某一聲，今日多虧了善公，否則蘇某差一點鑄成大錯！」

「不至於，你出言反對，頂多是讓主公再多強調幾句劉基的功勞罷了！你以為主公是臨時起意麼？如此重要的職位安排，他怎麼會臨時起意？包括今天三院分立，主公想必也琢磨了許久。」

「這，何以見得？」蘇明哲越聽越糊塗。

「三院並行，不就是故宋的東西兩府，外加一個御史臺麼？連主官的職稱都懶得換，直接將知院給搬了過來，經過今日之後，他再說無問鼎逐鹿之志，老夫第一個低頭偷笑！」逯魯曾手捋鬍鬚道。

「啊！」蘇明哲嘴巴張得老大。

他到現在才明白為什麼逯魯曾要拉他的衣角，張松又要欲蓋彌彰，這兩人，一個做過蒙元的中樞閒職，一個做過蒙元的地方知府，自然知道從宋到元的官制演變，所以一聽到朱重九的話，就**知道自家主公有意無意地已經為將來立國做起了準備**。

逯魯曾對仍有些懵懂的蘇明哲道：「哲公，事到如今，我都不知道該恭喜你，還是該提醒你了，咱們淮揚雖然還沒立國，但你始終是吳公麾下第一人，放在春秋，就是一國之相，位極人臣，權傾朝野，一舉一動也關乎國運！」

「啊！這——！」蘇明哲發出一聲驚叫，好險沒栽到座位之下。

這幾年，他這個長史做得很舒坦，門生故舊對他也很尊敬，他沒想到，自己日後竟要做開國宰相，那可是姜子牙、諸葛亮等星君下凡才能觸及的高位，而他不過是一個落第秀才，無良小吏，即便在長史位置上，也多數時間都是個管家角色，怎堪得如此大任？

「哲公也不用過於擔心！」見蘇明哲被嚇成如此模樣，逯魯曾趕緊安撫道：

「你對主公忠心耿耿，主公對你信任有加，此乃為相的頭兩個必備要素。至於其他，做不來可以慢慢學，反正以主公之才，為相者也無須操心太多，而以主公之仁，即便哲公日後有所疏失，頂多也就是數落你一頓，罰你些錢財罷了，而你如今最不缺的就是錢！」

「那是，那是！主公給蘇某的乾股實在太多了，蘇某有時候都犯愁這麼多錢該怎麼用才能用得完。」蘇明哲說了句大實話。

罰款他不怕，只要乾股不收回去，即便把家底罰光，轉眼就又能分回半座金山來；至於丟官，如果有合適的人選，他不在乎把位置交出去，只要朱重九能最後一統天下，他就是排在第二位的收益者，與當不當丞相沒多大關係。

「那就把錢花到主公花錢最多的地方，如大匠院，百工坊，還有各地學堂！」

帶著滿懷的欣慰和感慨，老榜眼逯魯曾與長史蘇明哲，坐在同一輛馬車裡回了揚州城內，然後又找了乾淨安全的酒館相對小酌了幾杯，直到家中長子派人來接，才意猶未盡地跟後者揮手告別。

「雙兒的眼光，老夫自愧不如，呵呵，你這做爹的，更是差了十萬八千里，哈哈！」一回到家，逯魯曾就拉著兒子的手大發感慨。

「阿爺，有客人來訪，正在書房等您！」逸鯤提醒道：「是監察院的兩位同僚，他們想當面向您求教做言官之道，我不便推脫，所以一直陪他們在書房等著！」

「監察院的同僚？」逸魯曾手扶額頭，想了好一會兒，也意識到兒子今天升了監察院知事，而監察院到目前心總共才三名官員，除了逸鯤之外，剩下的就是兩位副知事。

一左一右，今天全都齊了！再加上兒子逸鯤，整個監察院，此刻就在他逸魯曾的書房中！

「胡鬧！」老榜眼的酒意立刻嚇醒了大半，責備兒子道：「你也不是第一天做官了，怎麼如此公私不分？監察院的事，能回到家裡來商量麼？主公雖然待咱們逸家仁厚，可咱們也不能一點都不知道收斂！」

「父親大人？」監察院知事逸鯤被訓了個暈頭轉向。

逸魯曾則是一巴掌狠狠拍在兒子脖子上，「快去，請他們各回各家，改日大總管府議事時再當面請教不遲！這麼晚了，老夫不想招待客人！」

「是！父親大人，我這就送他們走！」逸鯤愣了愣，帶著滿腹的委屈答應。

「回來！」逸魯曾見此，又將兒子叫住，「老夫今日成了政務院副知事，你做了監察院知事。德山是第五軍團都長史，雙兒是吳公夫人，咱們逯家，如今也算得上淮揚數得著的顯赫門庭了，你還嫌不夠引人注目麼？把監察院都搬到老夫的書房來，你要老夫如何指點他們？乾脆咱們爺倆把滿朝文武的名單直接草擬出來算了！」

「父親……」逯鯤只是高興得有點兒過了頭，卻不是個糊塗蟲，聽了父親的話，頓時冷汗順著脊背淋漓而下。

監察院負糾察百官之責，而大晚上的，監察院的人跑到逯家商議事情，還把政務院副知事拉來參與，這要是落到張松那廝眼裡，再經過一番潤色加工，天知道會被歪曲到什麼地步？

即便張松不拿此做文章，萬一被其他同僚看見，直接捅到議事廳中，恐怕女婿再仁厚，心中也會留下陰影。

想到這兒，逯鯤趕緊跟自家父親認了錯，然後三步併作兩步跑進書房，以父親大醉為由，將兩位客人以最快速度送走。

做完這一切，他依舊覺得心中忐忑難安，又走到後院，畢恭畢敬地站在屋門口，隔著門向父親請罪：「阿爺，兒子知道今天做錯了，請阿爺千萬不要氣壞了身子。」

「滾進來！哪裡學的這套？老夫可沒教過你！阿福，去給大少爺開門！」逯魯曾在屋子裡罵了句。

「吱呀」一聲，屋門被老僕人阿福從裡邊拉開，逯鯤看了看老父的臉色，小心翼翼地道：「阿爺，他們今晚來，的確是為了向您求教而來，並非有什麼別的圖謀！」

「若是有，老夫定然不會饒過你！」逯魯曾瞪了兒子一眼，「萬一主公今後問鼎，咱們逯家就是外戚，你懂不懂？有史以來，你見過哪家外戚斂權最後還能得到好下場的？」

「雙兒，她不是那麼多心的人，主公也不是！」逯鯤被罵得滿臉是汗。

「他們夫妻的確不是那種人，可你女婿他畢竟是帝王啊，雖然終日把『平等』兩個字掛在嘴邊，但那只是為了收攏民心為己用，你懂不懂？即便他自己不想做帝王，底下人也會齊心協力把他推到那個位置上！」逯魯曾喟然長嘆。

帝王家沒有私情，無論那個位置上坐的是誰，都必將斷絕一切人間恩義，李世民一代明君，照樣殺兄逼父；趙匡胤未發跡前義薄雲天，只要黃袍往肩膀上一披，照樣欺負結拜兄弟的孤兒寡母。至於蒙元，皇后一族被殺得血流成河的事情還少麼？也就是奇氏乃高麗人，沒有上臺面的親族，才避免了這種麻煩。

「兒子知錯了，請父親不要生氣！明天一早，我就親自去找主公解釋，他自然不會再聽小人挑撥！」逯鯤惶恐地道。

「笨！」逯魯曾聽了，氣得又抬手給了兒子一巴掌。

兩個兒子什麼都好，卻不適合當官，原來一個管著禮局，一個管著學局，都是沒啥實權的清貴位置，所以也不怕闖出禍來，如今老大卻入主新設立的監察院，唉，真是令人喜憂參半。

喜的是，孫女婿知道照顧逯家；憂的則是，以逯鯤這書呆子性格，做了監察院知事，難免會像自己當年在蒙元那邊一樣，動輒得罪同僚，四下樹敵。

想到這兒，他又嘆了口氣，道：「你以為那張松就願意做小人麼？不是他想，而是主公需要他做！一個國家想要不出貪官汙吏，就必須有這麼一個小人虎視眈眈地盯著！」

「那您說我該怎麼辦？」逯鯤怎麼做都不對，乾脆向父親問計。

「不用解釋，明天早晨，直接找主公進諫！只要你們監察院能踢開頭三腳，那今晚他們兩個來就是因為公事。誰也不好吹毛求疵。」

逯魯曾雖然對兒子不滿意，卻也不得不替他想辦法洗清嫌疑。

「進諫，進諫什麼？」逯鯤依舊滿頭霧水。

「那些外地來的書生啊，你沒見主公嘆氣麼？」逯魯曾橫了兒子一眼，「監察院的職責是什麼？糾察百官善惡、政治得失，百官善惡，現在你還沒時間去糾察，但政治得失，眼前就有一件。主公無意間與天下讀書人勢同水火，而來淮揚的讀書人就個個都想以死殉道麼？未必吧！否則你弟弟負責的集賢院中怎麼會擠滿了人？去年的科舉，報名的地方為何盛況空前？」

「這……」逯鯤佩服地看了眼老父，「當然是為了前程而來！學好文武藝，貨與帝王家，如今咱淮揚兵精糧足，最有機會問鼎，所以讀書人自然要爭搶著往這邊趕！」

「然！」逯魯曾點點頭，「不光是普通讀書人，那些士子名儒，有幾個真的從蒙元朝廷那邊得到過好處，真心願意做異族的孤臣？他們看淮揚不滿，無非就是主公的平等宣言而已，而聖人雖然崇禮，卻從沒說過禮不下庶民。我儒家能從兩漢傳承至今，靠的也不是抱殘守缺，而是變中求活，既然能適應得了三國鼎立，適應得了五胡亂華，適應得了大宋和大遼並立，還能針對蒙元馬上得天下，得出夷狄入華夏則華夏的推論，就不會排斥主公之平等，只不過，中間缺了一道橋梁，將其溝通連接起來罷了！」

「橋梁！」彷彿遭到當頭棒喝，逯鯤的身體晃了晃。

事實上，他最近幾個月來，心情也頗為苦悶，啃了半輩子四書五經，談了半輩子三代之治，本以為在新朝中能讓往聖之絕學發揚光大，沒料想主公突然徹底跳出儒家窠臼，離經叛道地拋出了另外一套與儒家所持綱常秩序完全相悖的東西。這讓埋首窮了半輩子的他，如何能夠適應?!

而逯家偏偏早已與朱重九，與淮揚系密不可分！令他想反對都鼓不起任何勇氣，只能把所有困惑和鬱悶都藏在內心深處，默默地承受煎熬。

而今天老父的一番話，在他眼前猛的推開了一扇寬闊的窗口，抬眼望去，外邊竟是風光無限！

「對，橋梁！」

明亮的鯨油燈下，逯魯曾深吸了口氣，「橋雖然短，價值卻逾大路百倍。重九聰明就聰明在他的整個約法只有一句話『蒼天之下，人人生而平等』，這樣下面就有了無數種解釋的可能，而古聖先賢所推崇的聖人之治，其實也語焉不詳。『禮不下庶民』是禮，『天下為公』則為大道！」

「嘶——！」逯鯤聞聽，倒吸一口冷氣，臉上表情迅速由喜悅轉為凝重。

對於儒林子弟來說，後半句話可是標準的大逆不道之言，但事實上，卻絕對無懈可擊，三代之治，聖人之世，皆不見於史料。先賢之言，關於禮的說法也五花八門，直到漢代，才由儒門大賢戴聖相對系統地編纂出一本《禮記》，但是內容又過於龐雜散亂，上至王室之制，下至民間之俗，無不涉獵，其中能夠經得起考證的，偏偏少之又少。

至於「禮不下庶民」，也不是孔聖在《論語》中的原話，而是出自《孔子家語》。後者成書不早於漢代，在宋朝時就有許多人直證其偽，所以用三代之治的故事來解釋朱重九的平等宣言，可行性非常高。將儒家經典《論語》加以引申，也不難得出，在古聖眼中，人和人之間的地位沒有太多分別，否則，夫子就不會說什麼「有教無類」，直接讓草民家的孩子不要讀書就行了。

「我儒家乃入世之學問，絕非大道不行，乘桴浮於海，否則聖人何必嘆無所取材。」見兒子目光發直，半晌沒有回應，逯魯曾緩緩說道：「而入世，必須適應於世，否則我儒家早就與其他諸子百家一樣日漸衰微！所以，興新儒，並非單純為了輔佐汝婿，亦是為了我儒家能夠長盛不衰！」

「世易時移，則變法宜也，可乎？」聽老父越說越鄭重，逯鯤也深吸了口氣。

「無可與不可！」逯魯曾深深地看了自家兒子一眼，「而是看你要求一時之功，還是求萬世之德業！」

「這個……」饒是逯鯤學富五車，也被老榜眼的話給繞了個暈頭轉向，無法接上下一句。

「你的性子其實不適合做此事，如找幾個聰慧練達之弟子，由他們列陣於前，你於帳後暗中點撥謀劃即可！」逯魯曾對兒子掏心說道。

「父親大人教訓的極是！」逯鯤訕訕地承認。相比於宦海沉浮多年的老父，他的確「愚笨」很多，遇到麻煩的時候，根本不知道該如何做出反應，總是過後很久才想出應對之策來。

這種性格，的確不適合衝鋒陷陣，無論血肉橫飛戰場上，還是筆墨橫飛的儒林，但以他的學識和人脈，做個居中調度的主帥倒也人盡其用，畢竟要想以平等之說開山立派，就少不得淮揚大總管府的暗中支持。而朱重九最熟悉和最放心的，也是他們這些自家人。

「世易時移，則變法宜也，乃呂氏之言！」見兒子臉上帶著幾分不甘，逯魯曾開導點撥道：「呂氏雖然因變法興秦而名留千古，下場卻頗為淒涼，為父雖然總是說你愚鈍，實乃不忍看你將來落到如此結局！」

「孩兒明白，父親您儘管放心！孩兒不急於求成便是！」逯鯤心中頓時一暖，點點頭。

「你明白就好！」逯魯曾欣慰地道。

兒子雖然早過不惑之年，對即將追尋的大道來說卻仍嫌稚嫩，以自己的年齡和身子骨，恐怕無法堅持到最後，所以只能多為他找幾個幫手。

「儒學之變，雖然不在朝堂，但凶險卻未必比呂氏變法小多少，稍微不慎，便是千秋罵名，故而，夫最佩服的就是韓昌黎，假託復古之名，卻行革新之實，生前從未遇到大風大浪，其身後，蘇子瞻說其『文起八代之衰』，朱子亦稱其為君子！」

「復古？」逯鯤不解。

「是，**復古！**」逯魯曾像頭千年老狐狸般，臉上縱橫交錯的每一道皺紋裡都寫滿了狡詐。「其實**革新也好**，**復古也罷**，**最終目的都是求變**。只是革新往往一招出錯，滿盤皆輸，而復古，效果雖然慢些，卻如細雨潤物，所以古來變法者，即便事成，亦難免身敗名裂，而復古者，無論韓昌黎還是司馬文正，皆受萬世景仰！」

「父親大人說得是，兒謹受教！」逯鯤越聽眼睛越亮，向老父恭敬地下拜。

正所謂知子莫如父，愛子也莫如父，身為父親的逯魯曾知道自家兒子不甘心被當作「因女得勢」的外戚，急著做一番事業，所以將另立儒學門派的大業交給了他。與此同時，唯恐他惹禍上身，所以乾脆連具體施行措施也手把手一併教之。

那就是，**假託復古之名，行新學之實**。畢竟，無論三代之治，還是聖人經典裡，都有無數現成的東西可以曲解引申，將其牽強附會為「平等」，不會比「夷狄入華夏則華夏」難度更大。

「起來！」逯魯曾伸出手將兒子拉起，然後帶著幾分期盼的意味道：「其實，儒學早就該變了，當年，兩宋均與士大夫共治天下，但臨了，士大夫除了陪著少帝投海之外，卻想不出任何力挽狂瀾的辦法，不是士大夫不肯盡心，而是世易時移，儒學中治國之術卻沒隨之而變。

「都說半本《論語》治天下，半本《論語》怎麼可能真正治得了天下？為父當初為芝麻李所掠，未必沒有殉難之心，然而在徐州見了紅巾賊所為，見了朱重九如何製器、練兵，如何拿他的歪理邪說激勵將士捨生忘死跟他一道與大元拼命，為父才意識到，這世道早就變了。大元那邊卻依舊連半本《論語》都沒學全，豈能推陳出新？故而，今之大元，就如當年之大宋，越是小心翼翼如履薄冰，越如老夫般行將就木。而我淮揚，卻是乳虎嘯穀，不怕聲音稚嫩，就怕發不出聲音，即便聽起來不倫不類，終究是虎嘯，足以令百獸俯首。」

「您放心！孩兒定將我淮揚的聲音傳出去，讓天下豪傑拜服！」逯鯤亦不禁滿懷豪情壯志。

「非但要傳揚，而且要自成一系！你幕後謀劃調度，選三、兩個機智變通又學識廣博的少年才俊列陣於前，一道復往聖之絕學，應時勢之變化。若成，則我逯家何止受五世之遺澤，即便是與國同休也不為過！」逯魯曾彷彿瞬間又回到剛剛金榜題名那一刻，對自己，對未來，都充滿了期望。

鯨油冰翠燈下，老榜眼的身影顯得格外耀眼。

逯鯤不願意因女婿而成事，他又何嘗願意因孫女而得名，在遲暮之前，總希望自己能做出一些事情，留下一些痕跡。讓後人提起來逯魯曾這三個字，不是那個「背主二臣」，也不是那個紙上談兵所向披靡，一上戰場就手足無措的前朝榜眼。

古語云，人有三立。太上有立德，其次有立功，其次有立言，雖久不廢，此之謂三不朽。立德，逯魯曾知道自己就不用想了，儒家講究「忠」，而他先「以身事虜而不能自省」，後又「畏死而降」，無論怎麼塗抹，都高大不起來。

立功，對逯家來說，卻未必是一件好事。眼下逯家無論在朝堂還是在軍隊之中，權力都已經夠大。龐大到根基已經無法支撐，再試圖獲取更多的話，很容易就物極必反。所以唯一的選擇，只剩下了立言。雖然也不是一件容易的事情，卻最方便現在就開始著手進行。

此舉既不威脅到朱重九身上日益增長的帝王權威，又能讓逯氏子孫永遠享受遺澤，並且在眼下朱重九的「平等宣言」被儒生們群起而攻之的時候，也最容易大放異彩。

在四書五經裡浸淫了一輩子的逯魯曾深知，儒家是一門最強大的學問，同時也是一門最孱弱的學問，說其強大，是因為在諸子百家中，唯獨他傳承了一千八百餘年依舊不朽，並且每隔幾百年就有一個大賢出來，將其向上再推進一大步。

說其弱，則是因為有史以來，**刀柄從沒掌握在儒生手裡，他們必須依靠著握刀者才能一展心中所學**。從前秦之王猛，到蒙元之許衡，都是如此，雖然按照眼下淮揚最為暴戾的觀點，王、許之流都該與秦檜同列，但作為儒林名士，逯魯曾卻非常理解王、許兩人當時的選擇。

他們沒有能力，也沒有勇氣與上位者碰撞，無論是為了個人的榮華富貴，還是為了整個儒門道統，他們都不敢去碰撞，雖然《孟子》裡分明寫著「雖千萬人吾往矣！」但這種碰撞的結果卻是誰也承受不起。

焚書坑儒，史書裡不過是四個字，對整個儒林來說，卻是永遠擺脫不了的噩夢。所以，每逢改朝換代，甚至異族入主，儒林中選擇為國殉難者固然車載斗量，到最後，肯定有一批人會站出來，主動接受新朝廷拋出的嗟來之食，哪怕幾年前還大罵過對方是滿身腥羶的「化外蠻夷」。

不是他們不要臉，而是**他們必須生存，必須延續，只有與握刀者妥協，才能入世**；只有按照握刀者的要求做出改變，他們才能將往聖之絕學傳承下去，找到機會再次發揚光大。

如今，又到儒家做出選擇和改變的時候了，逯魯曾佩服那些真正準備殉道者，但同時也確信，只要朱重九能一統天下，這場碰撞的結果，必然是儒林自己選擇屈服，而屈服後的儒林，短時間內必將極度勢微，所以還不如從現在起就去主動求變，積極去適應。

「為天地立心，為生民立命，為往聖繼絕學，為萬世開太平！」張橫渠這句話說得擲地有聲，但張橫渠終其一生也沒機會實現他的目標。如今，這個機會對逯家卻伸手可及，試問，逯家父子憑什麼不牢牢把握？

大亂之後，便是大治，從眼下淮揚徐宿日漸繁榮的實情上看，將來朱重九若是得了天下，不敢說一定就能建立太平盛世，至少其在位期間，民生不會比貞觀之治差得太多。

平等之道，本身就已經側重於生民，所以以平等為基石的新儒，自然可為生民立命。至於為天地立心與繼往聖之絕學，這裡邊講究可就多了，聖人和亞聖雖然強調禮，卻更注重於仁，認可「人人都可以為堯舜」。到了荀聖和董聖之後，禮才日漸躍居於仁之上。

老榜眼學富五車，所以當他想從古聖先賢之言推導出任何結論，都可以輕鬆從往日的知識積累中找到支撐點；老榜眼同時又深通權力鬥爭和學術鬥爭之妙，所以當他想達到某種目的時，謀劃起來肯定是準確且步驟分明。

那一晚，父子兩個談至雞鳴，才拖著疲憊的身軀各自睡去。

父子兩個都有一種預感，此事需要絕對做充足準備，自己即將明著或者暗地裡做的事情，很有可能在儒林引發一場前所未有的狂風暴雨。但當風暴真的來臨後，父子兩個才豁然發現，**他們的引發的豈止是一場風暴？分明是天崩地裂。**

蹶石之風，起於萍末。

就在淮揚大總管府宣布在紫金山建立一座觀星臺後不久，在儒林內頗有影響的《春秋正義》上，忽然於最不起眼的第六版角落裡，刊發了一篇名為《原禮》的短文，總計加起來只有七八百字，並且在開篇當中，還大段大段地引用了朱子的名言：

「蓋自天降生民，則既莫不與之仁義禮智之性也。然其氣質之稟，或不能齊，是以不能皆有以知其性之所有而全也，一有聰明睿智能盡其性者出於其間，則天必命之以為億兆之君師，使之治之而教之，以復其性。此伏羲、神農、黃帝、堯、舜，所以繼天立極，而司徒之職、典樂之官，所由設也……」

乍看之下，這無疑又是射向朱屠戶及其《平等宣言》的一支利箭，然而，在此文的後半段，卻悄悄地拐了個小彎，從《大學章句序》繞向了《中庸章句》，同樣，又大段地引用了朱子的原話，「是以君子必當因其所同，推以度物，彼我之間各得分原，則上下四方均齊方正，而天下平矣」。

這兩段看似風馬牛各不相及，但接下來，文章就開始質疑：朱子後半段話為什麼看起來彼此矛盾？前面說的分明是人和人之間有很大差別，所以必須各司其職，各守其序，後面的話為何又要上下四方均齊方正？

莫非朱子早就認為，人和人之間除了秩序之外，還存在著平等麼？那秩序和平等二者之間又是什麼關係？如果二者彼此水火不能同爐的話，為何聖人也曾經親口說過：「其恕乎！己所不欲，勿施於人。」亞聖也擲地有聲地言明：「人皆可以為舜堯？」

文章的末尾，執筆者則試探著提出疑問，夫禮者，術也。仁者，道也。夫禮之所施，乃令大道能行。若大道不行，則棄禮而求道，可乎。

正所謂一石激起千層浪，這篇文章無論從立意還是行文角度都略顯生澀，如果由周霆震、鄭玉等儒林名宿們來品評的話，恐怕連縣學考試都不會讓其通過，然而，文章末尾那句疑問，卻立刻在揚州城內外引起了軒然大波。

第一批看到文章的儒生，習慣性地就去問罪刊載文章的那家報紙《春秋正義》，但發現其是舉國上下為數不多還能替儒林發聲的通道之一後，就迅速將目標轉向了文章的執筆人。

怎奈令他們鬱悶的是，執筆人只按照慣例在文章末尾留了個假號——青丘子，究竟是誰，根本無從查起。

想方設法找到報紙的掌櫃，和當天負責審閱報紙的幾個讀書人，後者則非常尷尬地承認，最初做審閱時只是草草看了前半段，所以稀里糊塗地就下令付梓了，萬萬沒想到那個青丘子狡詐到如此地步，居然讓文章後半段的立意走向與前半段截然相反的方向！

找不到罪魁禍首怎麼辦？只好發文將這篇《原禮》駁得體無完膚，好在揚州城內大家雲集，不乏運筆如山的儒林名宿，於是在《原禮》刊發後的第五天，本該每句一期的《春秋正義》臨時又增發了一期，八個版面上刊滿了由周霆震、鄭玉、王翰等名宿寫的文章，引經據典，將《原禮》中的內容逐條批駁。

結果不這麼做還好，新增發的《春秋正義》一出，整個儒林轟動，兩千多份報紙當天就被搶購一空，書鋪老闆趕緊又臨時加印了三千多份，依舊供不應求，許多買不到報紙的人，甚至不惜花大錢從縣學中雇請學子謄抄，也要留一份做永久珍藏。

畢竟執筆的都是當世名流，全天下任何一家書鋪想同時讓如此多的才子為其寫文章，基本上沒有可能，《春秋正義》偏偏做到了，並且題目立意都一模一樣，即使不支持其中觀點，拿回家去，也可以給孩子當作範文參考，如此一舉兩得，那期《春秋正義》如何能不賣得揚州紙貴？

這世界上，對金錢最為敏感的就是商人，當發現以往鮮有人問津的《春秋正義》忽然變成了搶手貨後，其他幾家私辦報紙，如《揚子江軼聞》、《兩淮雜事》等，立刻投入了戰場，於是乎，一家家報紙各自號召人手東西效顰。

只可惜，大多數報紙都因為品味太低，很難入大儒們的法眼，所以根本請不到什麼名家，勉強拼湊出來的東西，看起來也驢唇不對馬嘴，刊發後，銷量不增反降，鬧了個貽笑大方。

賠錢的買賣，商販們當然不願意做。正當大夥後悔的幾乎跳腳之際，幾家報紙卻同時收到了青丘子的第二篇文章：《說仁》。

比起上一篇《原禮》來，這篇文章的文筆就提高得太多了，並且不再像先前一樣遮遮掩掩，開篇就向如今盤踞在揚州城內的名流宿儒們發出了問詰。

文章依舊引經據典，文四駢六，想完全讀懂並不容易，但刨除那些複雜的旁徵博引後，大體的意思簡單而清晰，子曰：「當仁，不讓於師。」所以青丘子身為晚輩，就有足夠的理由跟前輩名宿們一較短長，這不是不尊師重道，也不是自不量力，而是要捍衛聖人之本意。

而《春秋正義》刊發了青丘子的《原禮》後，卻將《說仁》拒之門外，明顯是背叛了聖人之言，也辜負了其報刊之名，那些在《春秋正義》上撰文批駁青丘子，卻不肯讓青丘子發出聲音的名宿們，則要麼是膽怯理虧，要麼是蓄意曲解聖人的經典，試圖以己之昏昏使人昭昭。

罵完了名流宿老，青丘子筆鋒一轉，直奔主題，理直氣壯地自問自答，何為仁？聖人在《論語》裡頭其實說得非常明白，「己所不欲勿施於人」；「夫仁者，己欲立而立人，己欲達而達人。」在這方面，聖人將他的本意表達得極為清楚，人和人之間完全是平等的，按照聖人的觀點，人人各盡其知能，則大道將興。雖為父者，不得以非禮束縛其子，而論其他乎？

接下來，青丘子又借題發揮。由聖人之仁引申到揚州，乃至全天下義軍都在做的事情，己所不欲勿施於人，沒有人天生喜歡被當四等賤民對待，更沒有人天生喜歡受奴役，所以紅巾軍起義，就是順應聖人之仁，具有無法反駁的正義性。

而淮揚當前所信奉的人人生而平等，就是仁的具體體現，「蓋非談平等，則不能去奴隸心，非示眾生可為聖賢，則則不能去退卻心，進而欲求大道而無望。」

眾人皆可為聖賢，乃「亞聖」孟子所云，非青丘子首創，孟子以為「人皆能為堯舜」，堯舜於堯舜不分高下，則人與人之初生而平等。聖人曰「有教無類」、「學而優則仕」，則是平等的條件下，後天努力不同，給予那些肯努力向上者，出仕，去更好地推行「仁」之道。

聖人最初就不認為有人天生便可以高高在上。讓大夥出仕，也不意味著他們可以隨意踐踏同族，聖人希望門下弟子，相處以友，取長補短，平等互助，即便聖人曾推崇以禮治世，退一步講，聖人的門下弟子之間，儒生與儒生之間，在聖人眼裡絕對平等。

若是聖人門下子弟繼承聖人絕學，認同彼此之間的平等，那「推己及人」，儒林子弟與非儒林子弟也沒有互相奴役的道理。聖人講究「有教無類」，若是全天下百姓都了讀聖賢書，皆為聖人門下的子弟呢？則平等之道必然大行，天下必然大治。

……

「這，這簡直就是**雪中送炭！**」《兩淮雜事》的掌櫃周玨哪管文章的觀點對不對，還沒看完《說仁》，就意識到自己撈到一個翻本的機會，隨即也不管什麼上句還是下句了，迅速號召人手，將此文在報紙下一期的頭版付印：同時在報紙上最上方，特別用最大號字體寫了一個標題：青丘子舌戰群儒！

聰明人可不止他一個，第二天，與最新新版的《兩淮雜事》同時，另外就有四家報紙都將《說仁》放在了頭版。

而看熱鬧的從不嫌事大，發現有幾家報紙同時對《春秋正義》展開群毆之後，許多原本對此話題不感興趣的市井百姓也紛紛掏出錢，去買份報紙查探究竟。

大夥都看得懵懵懂懂，分辨不出對錯，但不可否認的是，青丘子的《原禮》和《說仁》與名宿們反駁他的文章，同時傳遍了整個淮揚，並且隨著商販和報紙的腳步，迅速向全天下快速傳播。

而《論語》中的「不患寡而患不均，不患貧而患不安。蓋均無貧，和無寡，安無傾。」「己所不欲，勿施於人。」「有教無類」等名言，以及《孟子》中「人皆可以為舜堯」「君視臣如草芥，則臣視君如寇仇」等警句，也以另外一種解釋被廣為人知。

「曲解聖人之意，其罪當誅！」揚州城最大的一家客棧的上房裡，師山先生鄭玉揉著一份《兩淮雜事》，恨不得將青丘子的肉身從報紙中揉出來，然後依「夫子誅少正卯」之舊例當場砍死。

「當誅，當誅！」

「必須把他找出來，驗明正身，然後綁到夫子廟前處以極刑！」……

伯顏子忠、曹彥可、韓因等次一級名儒紛紛磨拳擦掌，怒不可遏，如果此事發生於淮揚之外，大夥絕對可以將報館掌櫃、東家扭送官府，然後逼著他們找出到底誰是青丘子，處以私刑，過後官府非但不會追究，反而會認為他們捍衛了儒林正道，加以大肆褒獎。

而在淮揚，眾人的願望就很難實現了。首先，他們各自身後的人脈都對此地鞭長莫及，其次，街頭巷尾不停走來走去的那些黑衣人，也絕不會容忍任何私刑在他們眼皮底下發生。

「最可惡的是那《春秋正義》！」忽然間有人調轉劍鋒，直奔大夥身後。「要不是它先刊發了青丘子小兒的文章，我等豈會如此進退維谷？」

大夥瞬間驚醒，感覺受到了出賣，幾乎個個怒髮衝冠。如果《春秋正義》不疏忽，大夥就不會撰文反駁青丘子，青丘子的謬論，就不會像現在一樣傳播得人盡皆知，《兩淮雜事》、《揚子江軼聞》這些不入流的小報，就不可能找到機會渾水摸魚。

「那《春秋正義》哪裡是疏忽，分明是為了錢財而公然愚弄我等！」有人循著同樣的思路，得出一個驚人的結論。

事到如今，除了青丘子這個罪魁禍首之外，**收益最大的，無疑是《春秋正義》的背後東家，沒多花一文潤筆，就請來如此多名宿為它撰稿**，讓《春秋正義》從原本苟延殘喘的狀態，立馬翻身躍居淮揚三大報紙之一。

最可惡的是，那報紙掌櫃居然忘恩負義，公然聲稱接下來幾期，他們要同時將儒林名宿們的文章和青丘子及其支持者的文章並列刊刻發行，不再輕易授人以柄，毀了報紙和諸位才子的名聲！

「要不是我等，它怎麼可能起死回生？說是不授人以柄，分明是巴不得我等跟青丘子永遠爭執下去，他好坐收漁利！」

「該死，其心當誅！」……

大夥瞬間發現了第二個該滿門抄斬的對象，恨不得立刻拔出刀來，將其亂刃分屍。

「其罪固然當誅，但吾輩如今身在匪窩，還是不要輕舉妄動為妙，免得又像上次一樣，中了那朱屠戶的圈套！」儒林名宿周霆震年齡稍長，出身也相對寒微，所以想得更多一些，對怒不可遏的眾人提醒道。

「呃！」眾人聞聽，隨即想起老儒王逢氣吐血的場景。那一刻，朱屠戶也是什麼都沒幹，由著他們折騰，最後，他們卻落了個自取屈辱！

莫非，**這又是朱屠戶的詭計？眾人背後冒出一股森然涼意。**

肯定是！那朱屠戶老謀深算，估計此刻就等著大夥忍受不住，主動去觸犯淮揚那多如牛毛的苛法，然後他好將大夥捉拿治罪，名正言順。

呸！什麼不因言罪人，狗屁。找如此多報紙來圍攻大夥，撩撥大夥搶先動手，與因言罪人有什麼差別。

「的確，我等切不可輕舉妄動！」

「然，那朱屠戶最喜歡自我標榜公平公道，只要我等不上當，他多少還要顧忌著一些臉面！」

「如今之際，最好的策略，就是以不變應萬變！靜待時機！」

在場當中不少人，如老儒王翰，才子伯顏守中等，都曾經在官場中打過滾，熟知官府慣用的害人手段，相繼附和道。

「那要等到什麼時候？」

「怕什麼，死則死爾！」

也有不少性格剛烈者，揮舞著胳膊反駁。

「不需要太久，下個月，觀星臺就會落成，屆時，朱屠戶肯定會去江南！」師山先生鄭玉想了想道：「集慶乃新下之地，百姓受朱屠戶的愚弄未深，臨近集慶，便是吳越，天下才俊半數居於此，老夫就不信，聽聞朱屠戶歪解聖人之言，他們卻個個都無動於衷！」

「師山先生是說……」眾人一愣。

「我等可一面於那青丘子論戰，一面四下奔走，聯絡同道，一起前往集慶，以逸待勞；那朱屠戶不來則已，若來，便讓他當場給天下讀書人一個交代！」師山先生鄭玉冷笑道，眼中湧現出幾道寒光。

「不妥，人心難測。一旦把朱屠戶逼入絕境，恐怕會流血漂杵！」老儒周霆震趕忙阻止道。

「就是要流血，那朱屠戶富甲天下，又頗懂收買人心，若不流血，絕無讓天下人認清其真實面目的可能！」師山先生臉上露出捨生取義的決然。

「諸君儘管放心，屆時某絕不藏於人後。不流血則已，若流血，則以鄭某始！」

能留到現在還沒有離開揚州的，都是些心志相對堅定之輩，聽鄭玉說得慷慨激昂，紛紛發言道：「師山先生所言甚是，若流血，請從吾等始！」

「捨生取義乃我輩之幸！」

「昔子路以死殉道，我輩幸隨其後，必將名垂千古！」

「人生自古誰無死，留取丹心照汗青！」

最後一句卻實在有失妥當，話音剛落，氣氛頓時變得極為尷尬，大宋最後一位丞相文天祥乃是血戰不敵才落入元軍之手，曾經多次拒絕忽必烈的拉攏，寧死不屈，而他們這些人，現在卻是為了大元朝的恩義在處心積慮找朱重九的麻煩，跟文丞相當年所為根本就是背道而馳。

老儒鄭玉畢竟為一代宗師，反應機敏，發現眾人士氣下降，立即清了清嗓子，高聲道：「魯齋先生有云，夷狄入華夏則華夏，我大元立國七十載，輕刑薄賦，兵革罕用，生者有養，死者有葬。行漢法，收民心，優渥養士。而那朱屠戶雖托光復之名，卻行顛覆之實。重小民而慢士大夫，好刑罰而輕仁德。其言其行，與禽獸何異？依鄭某所看，他才是真正的化外蠻夷！」

「然，那朱屠戶軍中就多有羅剎、色目之兵，也赤髮碧眼，形如鬼魅！」伯顏手中、王翰等曾經在官場剛打過滾的人，立刻補充。

「其所行之事，從不見華夏史冊。」

「故我等今日，非為朝廷，乃求華夏萬世之正統，千秋之大道，縱死，必流芳百世！」

「師山先生說得對！」

「身死而骨香，死得其所！」

「我儒者，知有君父，縱死，亦不與逆賊同車！」

「我心如鐵，必報大元！」

……

眾人紛紛接口，為自己的行動找尋正義性。

雖然他們叫喊的聲音極大，但比起先前來，氣勢還是弱了不少。

鄭玉見狀，知道不可再久拖下去，趁著大夥的心氣還沒完全降到最低的時候開始分派任務。

「守中，汝家乃江左望族，人脈頗豐。這前往徽州廣邀同道之事，就拜託汝！」

「敢不從命！」伯顏守中心領神會，飄然下拜，然後大笑離去。

「原吉，汝乃兩江名士可否往長洲一行？」鄭玉又將目光轉向前幾天剛剛吐過血的老儒王逢。

「正如吾願！」王逢支撐著快散架的身子，喘息聲中透出幾分悲壯。

「子義，你可願速往杭州一行？遍邀儒林同道共襄盛舉？」鄭玉找上了來自嘉定的名士王彝。

這種氛圍下，誰還敢推辭，王彝當即慨然答應道：「必不負諸君所託！」

鄭玉又趁勢打鐵，連珠箭般點了其他人：

「耀祖……」

「不羈山人……」

被叫到名號者，無不做出壯懷激烈模樣，發誓回去一定要召集充足的儒林正義之士，與朱屠戶不死不休。

剎那間，屋子裡又瀰漫了「風蕭蕭兮易水寒」的味道，「原石先生」鄭玉擦了擦淚眼，繼續給餘下的人分派任務。

正所謂**盛名之下絕無虛士**，這些人學問做得好，智力和行動能力也相當出色。憑著過去的經驗和人脈，如水銀般四下滲透開去，**開始悄然醞釀一場風暴**。

與已經存在了兩年多的軍情、內務兩處相比，名士們的行動又顯得極其業餘。很快，第一波警訊就由兩處的基層眼線之手，迅速傳遞到了剛剛成立的樞密院，傳到了朱重九面前。

「這是什麼鳥事啊？」朱重九將被陳基、張松兩人歸納總結過的情報仔細翻了一遍，滿臉鬱悶地抱怨，「他們又不是淮揚人，老子以什麼為治國方略，他們管得著麼？」

「主公請慎言！」新任樞密院左副知事劉伯溫聞聽，立刻起身直諫。「一則樞密院不比軍中，諸公言行皆為我等之表率；其二，那些人行事雖然孟浪，但終究是士林翹楚，如果主公始終對他們不理不睬的話，恐怕會對主公聲望有損！」

「我搭理他們，他們就會說我的好話麼？未必吧！」朱重九聳肩冷笑，「再說了，他們一邊罵著我是賊頭，一邊給我上書議政，這不是自己打自己嘴巴麼？要上書，他們也該去找妥歡帖木兒和張士誠才對。」

「這……」劉伯溫雖然內心深處對鄭玉等人的觀點頗為贊同，卻也解釋不了那些人的做事邏輯，無力地解釋道：「儒者向來以拯救萬民為己任，也許，他們以為這天下將來非主公莫屬吧！所以才唯恐主公定錯了治國方略！」

這話顯然是驢唇不對馬嘴。鄭玉、王翰、伯顏守中等人，要麼是被各路紅巾軍擊敗，退隱山林的前大元底層官吏，要麼是自詡心懷忠義的地方名宿，唯恐淮安軍打過來，讓他們與草民一樣繳納賦稅。如果朝廷肯派兵征討淮揚的話，他們一個個恨不得都投筆從戎，怎麼可能會認定這日後的天下必將姓朱?!

當即，樞密院右知事劉子雲便反駁道：「伯溫，雖為儒林一脈，你也不能對他們迴護過多，這些人分明是欺軟怕硬，知道主公不會拿他們怎麼樣，才由著性子折騰，若是主公早抓幾個，當眾打得他們屁股開花，這股歪風早就剎住了，豈會拖到現在！」

對於劉子雲這位樞密院右副知事，劉伯溫就不太好張口就噴了，斟酌片刻說道：「劉將軍此言，請恕伯溫不敢苟同！聖人門下古來不乏捨生取義之士，他們只是心憂大道被廢，而蒙元那邊又言路閉塞，才特地趕來揚州，欲說服主公改弦易轍罷了。伯溫當初做的也是同樣之事，然主公卻不怪伯溫狂悖，始終視如腹心！」

「那可不一樣，你畢竟跟大夥共患過難，且有保全揚州之功！」劉子雲素來有主見，怎麼可能三言兩語被劉伯溫說服？搖搖頭道：

「而他們不少人都是被各地紅巾所敗，才畏罪辭官的吧！他們的前程被紅巾軍給毀了，心中豈能沒有恨意？連我淮揚大總管府治下百姓都不是，卻整日四處妖言惑眾，拉幫結夥，亂我軍民之心。就憑著他們的所作所為，說他們乃蒙元朝廷派來的細作死間都不為過，憑什麼跟你伯溫相提並論。」

「劉將軍此言甚是！」軍情處主事陳基也早就看一眾老儒名流不耐煩了，不待劉伯溫繼續辯解，搶先接過話頭道：「我淮揚大總管府不因言而罪人，乃是針對我淮揚官員百姓，他們這些人有什麼資格受此律條保護？若是按照蒙元那邊的規矩，他們即便不被抄家充軍，也早被剝奪了功名，哪還有膽子私下裡拉攏人手，聚眾鬧事？」

「的確！陳主事所言不虛！」內務處主事張松做過大元朝的官，對這群士子名流的底細最為清楚不過，道：「都說聖人門下不乏捨生取義之士，但他們這些人捨得是哪門子生，取得是哪門子義？不過是發現在我淮揚鬧事，既無性命之憂，又可以快速揚名罷了！放在蒙元那邊，哪個敢如此造次。早一頓板子打下去，個個哭喊求告，發誓痛改前非了！」

「二位大人也是儒林翹楚，相煎何必如此之急？」劉伯溫以一對三，當然招架不住，氣得狠狠瞪了陳基和張松二人幾眼，怒衝衝地質問。

「非相煎何太急，乃各為其主，各忠其事也！」張松跟他兩個素來就不對盤，接過話道：「張某食大總管之祿，當然處處要捍衛我淮揚利益，而他們受的是大元的皇恩，念的是大元的好處，當然恨不得將我淮揚基業付之一炬！劉知事你到底應該站在哪邊，還是仔細斟酌一下為好！」

「你……」冷不防被張松狠狠咬了一大口，劉伯溫氣得直打哆嗦，卻一句反駁的話都說不出。

他現在的確是朱重九的臣子，理應急自家主公所急，想自家主公所想，然而內心深處，卻始終無法放棄浸淫多年的理學要義，不知不覺間，就會站在城中鬧事的那批讀書人之立場上說話。

正被憋得進退無路時，軍情處主事陳基卻又衝著朱重九拱手道：「主公，佛經有云，行得霹靂手段，方顯菩薩心腸，主公今日若對那些人多加寬宥，其必定會得寸進尺，萬一哪日圖窮匕見，屆時主公要處置的恐怕就不是這區區二十幾人了！且主公也知，彼等視我淮揚若仇讎。雙方間根本沒有化干戈如玉帛的可能！」

「主公，自古以來，亂世治國除奸，必須秉持重典。」張松得到了支持，於是口齒愈發機敏，「趙宋之所以失國，待士人太寬，乃至縱其亂政耳！且主公乃百戰立國，縱使現在就面北稱稱朕，也沒人能說出什麼話來，何必學那逼人孤兒寡母的趙大，拉攏儒生士子，以搏什麼仁義虛名。」

到底是官場中滾打多年的人精，說出的話來，每一句都引經據典，每一句看上去都似乎恰如其分。

第一句話引自蜀漢丞相諸葛亮，他在劉備的支持下辣手打擊蜀中士紳豪強，才讓蜀國迅速安穩下來，並且在劉備死後還能繼續堅持數十年。

第二句話，則借鑑了北宋和南宋滅亡的教訓。在保衛汴梁和保衛杭州的兩個關鍵時刻，士大夫和讀書人的過分干預，都沒起到什麼正面效果。反而讓朝廷自亂陣腳，給了敵軍可乘之機。

第三句話，依舊說的是趙宋。趙匡胤之所以對士大夫優渥有加，是因為其得國不正，所以怕讀書人們私下裡編排他；而朱重九的基業，是親手一刀一刀砍出來的，即便現在就當皇帝，也名正言順，根本沒必要想方設法討好全天下的讀書人。

整個樞密院中，除了黃老歪、焦玉，和最近隨第二軍回揚州整訓的老伊萬之外，其他人都算得上是讀書人，因此對張松的話理解起來絲毫不費力氣。

很快，大夥就紛紛點著頭，佩服地道：「張主事所言有理，亂世必以重典，如果不及時處置這些腐儒，難免有人會受其蠱惑！」

「然。我淮揚乃主公帶領大夥一起打下來的，那批腐儒既沒跟我等一道拼命，又未曾繳納過任何賦稅，憑什麼天天在城內品頭論足？再言者無罪，也輪不到他們這些外人！」

「要我說，早打早好，一頓板子打過去，是真不怕死，還是賣文求名，立刻就清楚了！」

……

林林總總，觀點或急或緩，卻沒有一個站在劉伯溫這邊。

包括聽得暈頭轉向的伊萬諾夫，都拍打著桌案，嚷嚷道：「打，狠狠地打，這事要擱在歐羅巴那邊，都得把他們綁在十字架上活活燒死，也就是咱們，還講究什麼不因為亂說話就打屁股！」

「哈哈哈哈……」這番不著南北的話，瞬間又引發了一陣哄堂大笑。

但笑過後，大夥卻不約而同地將目光轉向朱重九，等待著他做出最後決斷。

「主公且聽微臣一言！」劉基額頭見汗，衝著朱重九深施一禮，滿臉惶急地求肯。

「主公，微臣這裡也有一言！」張松唯恐劉伯溫再給那些腐儒名士們求情，也緊跟著站起來，朝朱重九深深俯首。

「算了，伯溫！」朱重九看了一眼劉基，又看了眼張松，擺手道：「都坐下吧！你們倆想說的話，我都知道了！」

「是！微臣遵命！」劉基和張松被朱重九說話的語氣嚇了一跳，互橫了一眼，退回原位。

「伯溫想說的，無非是他們背後站著幾乎全天下的讀書人，處置起來必須慎重，以免壞了我淮揚的口碑！」朱重九又看向張松，道：「而你，張主事，無非想說這種時候得殺一儆百，或者人才非我所用必該為我所殺！」

平心而論，朱重九真的非常認同張松等人的看法，需要行霹靂手段剎住十幾個讀書人帶頭掀起的這股妖風，但另一個世界的經驗卻告訴他，必須控制住自己心中的怒火，所謂言論自由，是每個人都有表達的權利，哪怕他說的是蠢話。

「朱某從沒想過能從他們這幫人嘴裡落到什麼好名聲，也不願意下重手處置他們以儆效尤，他們不是天下儒林，犯不著朱某花太多心思討好或者打擊。至於我淮揚之不因言以罪人，也不是光為了鼓勵人進諫，更不是只適用於淮揚！朱某其實早就氣得想殺人了，但殺人容易，腦袋砍掉後卻無法再接回來，此事只要有了開頭，就誰也預料不到結尾在哪兒！

「今日朱某若因觀念不合處置了他們，他日便不敢保證會不會因為跟爾等觀念起了衝突，便循此舊例；你們幾個，先是因為治國的觀念不合而互相痛下殺手，然後是因為某項政事不合，恨不得將對方抄家滅族，然後大夥殺來殺去，有一天朱某耳根子終於徹底清靜，帳下卻再沒有一個活人了！諸君都是聰明人，諸君請仔細想想，朱某所言有沒有道理？」

請續看《燕歌行》14　幕後真凶

燕歌行 卷13 上兵伐謀

作者：酒徒
發行人：陳曉林
出版所：風雲時代出版股份有限公司
地址：10576台北市民生東路五段178號7樓之3
電話：(02) 2756-0949
傳真：(02) 2765-3799
執行主編：朱墨菲
美術設計：許惠芳
行銷企劃：林安莉
業務總監：張瑋鳳

初版日期：2020年10月
版權授權：蔡雷平
ISBN ：978-986-352-863-0
風雲書網：http://www.eastbooks.com.tw
官方部落格：http://eastbooks.pixnet.net/blog
Facebook：http://www.facebook.com/h7560949
E-mail：h7560949@ms15.hinet.net
劃撥帳號：12043291
戶名：風雲時代出版股份有限公司

風雲發行所：33373桃園市龜山區公西村2鄰復興街304巷96號
電話：(03) 318-1378
傳真：(03) 318-1378
法律顧問：永然法律事務所 李永然律師
北辰著作權事務所 蕭雄淋律師

行政院新聞局局版台業字第3595號 營利事業統一編號22759935

定價：270元

國家圖書館出版品預行編目資料

燕歌行 ／酒徒 著. -- 初版 -- 臺北市：風雲時代，
2020.04- 冊；公分

ISBN 978-986-352-863-0（第13冊；平裝）

857.7 109000129